The
Gospel in Brief

톨스토이
복음서

KB191350

톨스토이 복음서

초판 1쇄 발행 2020년 8월 25일
　　2쇄 발행 2022년 7월 15일

펴 낸 곳 | 해누리
펴 낸 이 | 김진용
지 은 이 | 톨스토이
옮 긴 이 | 이동진
편집주간 | 조종순
디 자 인 | 종달새
마 케 팅 | 김진용

등　　　록 | 1998년 9월 9일(제16-1732호)
등록변경 | 2013년 12월 9일(제2002-000398호)
주　　　소 | 서울특별시 영등포구 당산로 20길 13-1
전　　　화 | 02)335-0414　팩스 | 02)335-0416
전자우편 | haenuri0414@naver.com

ⓒ이동진, 2020

ISBN 978-89-6226-116-5 (02890)

*이 도서의 국립중앙도서관 출판예정도서목록(CIP)은
서지정보유통지원시스템 홈페이지(http://seoji.nl.go.kr)와
국가자료공동목록시스템(http://www.nl.go.kr/kolisnet)에서
이용하실 수 있습니다.(CIP 제어번호 : 2020031185)

The
Gospel in Brief

톨스토이
복음서

톨스토이 지음
이동진 옮김

해누리

CONTENTS

인간의 영혼이 도달할 수 있는
가장 순수하고 완벽한 가르침

내가 여기서 쓰고 있는 예수의 이야기는 교회에서 공인된 네 가지 복음서의 구절들을 그대로 나열해 놓은 것은 아니다. 그렇다고 복음서들의 구절 하나하나가 모두 신성불가침의 것이라고 보는 것은 아니다. 플라톤, 필로, 마르쿠스 아우렐리우스 등은 후세에 저술을 남겼지만 예수 자신은 단 한 권의 책도 쓴 적이 없다.

또한 소크라테스의 경우와 달리 예수는 유식한 제자들에게 자신의 가르침을 전한 것도 아니며, 다만 글도 모르는 군중 앞에서 참된 삶의 길을 설교했을 뿐이다.

게다가 예수의 가르침이라는 것도 그가 죽은 지 수십 년의 세월이 흐른 후에 그의 말을 기억하는 사람들이 기록하기 시작한 것에 불과하다.

　이러한 기록은 수없이 많았겠지만, 교회는 그 가운데서 처음에 세 가지를 가려냈고, 나중에 한 가지를 추가하여 네 가지 복음서를 확정했다.

　그러나 나를 그리스도인이 되게 한 것은 신학도 역사도 아니었다. 나는 나이 50이 되어서야 그리스도인이 되었다. 그 당시 나는 "나는 무엇인가? 나의 삶의 목적은 무엇인가?"라는 질문을 나 스스로 던지고 유명한 철학자들과 여러 문제에 관해서 많은 얘기를 나누었다.

　그 결과 나는 스스로 이런 결론을 내렸다. 나라는 존재는 원자들의 우연한 결합이고, 나의 삶에는 아무런 목적도 없으며, 삶 자체가 악이라는 결론에 도달한 것이다. 나는 절망했다. 그리고 스스로 목숨을 끊으려고도 했다.

　한편 나는 내가 아직 신앙을 유지하던 어린 시절을 회상했다. 그 당시에는 삶이 나에게는 의미가 있는 것이었고, 돈과 재산에 더렵혀지지 않은 채, 신앙을 굳게 지키던 주위의 수많은 사람들도 삶의 의미를 잘 깨닫고 있었다.

　지난 날을 곰곰 생각해 본 결과, 나는 나의 처지

에 관한 저명한 학자들과 교수들의 대답이 과연 옳은 것인지 의심하기 시작했다. 그래서 의미 있는 삶을 살아가는 사람들에게 그리스도교가 주는 대답은 어떤 것인지 다시금 알아보기로 결심했다.

나는 그리스도교의 어떤 가르침이 사람들의 삶을 인도하는지부터 연구했다. 실생활에 적용되는 그리스도교의 가르침, 그리고 그 가르침의 원천을 연구하기 시작한 것이다.

그리스도교의 가르침의 원천은 복음서들이다. 나는 이 복음서들 안에서 중요한 것을 발견했다. 그것은 참된 삶을 살아가는 사람들에게 활력을 주는, 영혼에 관한 설명이었다.

나는 빛을 몰랐고, 인생에는 확실한 진리가 없다고 생각했다. 그러나 사람이 살아가도록 만들 수 있는 것은 오로지 빛밖에는 없다는 것을 깨닫자, 그 빛의 원천을 찾기 시작했다.

나에게 중요한 것은 오로지 이 빛, 지금까지 1,800년 이상 동안 인류 전체를 비추어 온 이 빛, 예전에 나를 비추었고 지금도 비추고 있는 이 빛뿐이었다. 이 빛을 아는 것 이외에는, 이 빛의 원천을 무엇이라고 불러야 되는지, 그 구성 요소들은 무엇인지, 무엇이 그 빛에 불을 붙였는지 등은 전혀 나의 관심 밖이었다.

복음서들이 최근에 발견되었더라면, 예수의 가르침이 1,800여 년 동안이나 계속해서 그릇된 해석의 대상이 되지만 않았더라면, 나의 머리말은 여기서 끝이 났을 것이다. 그러나 그렇지가 못하다. 예수가 분명히 자신의 가르침을 완전히 이해했던 것과 마찬가지로, 오늘날 우리가 예수의 가르침을 올바로 이해하기 위해서는 과거의 그릇된 해석들의 주요 원인을 반드시 알아내야만 하기 때문이다.

오늘날 우리가 예수의 참된 가르침을 복원하려고 해도 어려운 것은 과거의 그릇된 해석들 때문이며, 이 그릇된 해석의 주요 원인은 그리스도교의 가르침이라는 울타리 안에서 교회의 가르침이 전파되어 왔다는 사실이다.

이 해답을 얻으려는 사람에게는 무엇보다도 예수의 가르침을 이해하는 것이 필요하다고 생각할 것이다. 물론 이해하지 않으면 안 된다.

다른 불순물이 추가된 예수의 가르침이 아니라, 있는 그대로 분명하게 보이는 예수의 가르침 자체를 이해해야만 하는 것이다. 그러나 바로 이 점이

간과되어 온 것이다.

그리스도교에 관한 유식한 역사가들은 예수가 하느님이 아니라고 생각하는 것으로 크게 만족한 나머지, 예수의 가르침은 신성한 것이 전혀 없고, 따라서 구속력이 없다는 것, 그리고 그것이 매우 명백한 사실에 근거하지 않는다는 것을 증명하는 데 몰두한다.

하지만 그들은 예수가 단순히 사람에 불과하고 그에게 신성한 것이 전혀 없다는 것을 증명하면 할수록 자신들이 풀려고 하는 문제가 더욱 모호해지고 해결 불가능한 상태로 더욱 깊이 빠진다는 점은 깨닫지 못한다.

그들은 예수가 인간에 불과했고, 따라서 그의 가르침은 사람들에게 의무를 지우는 것이 아니라는 것을 증명하려고 모든 노력을 기울이고 있다.

그들의 이 엄청난 잘못을 분명하게 지적해 주는 것은 바로 르낭의 제자인 M. 하베트의 저술의 마지막 구절이다. 하베트는 "그리스도는 그 어느 것에 관해서도 결코 그리스도교 신자가 아니었다."라고 아주 간단하게 말했던 것이다.

반면에 M. 수리는 예수가 교양이 전혀 없는 사

람, 평범한 사람이라는 주장에 매혹되었다. 예수가 하느님이 아니었고 그의 가르침은 신성하지 않았다는 것을 증명하는 것은 그가 가톨릭 신자가 아니었다고 증명하는 것과 마찬가지로 본질적인 것이 아니다.

오히려 본질적인 것은 그의 가르침이 근본적으로 무엇인가를 아는 것이다. 그의 가르침은 사람들에게 너무나도 고매하고 소중한 것으로 보였다. 그는 사람들에게 하느님을 가르쳐 주었고, 그래서 사람들은 그에게 거듭 감사했다. 과연 그 가르침이란 무엇인가?

교육을 받은 수많은 사람 가운데는 교회의 신앙 안에서 자라고 교회의 모순들을 배척하지 않는 사람들이 있다. 또한 그리스도교의 가르침을 사랑하고 존경하든, "외투에 지금 벌레가 들어갔으니 외투를 태워라."고 하는 속담을 따라서 그리스도교의 가르침 전체를 사악한 미신이라고 보든, 이성과 양심을 따르는 사람들이 있다.

어느 쪽에 속하는 사람이든 명심할 것이 있다. 그것은 그에게 너무나도 충격적인 것, 미신으로 보이는 것이 예수의 진정한 가르침은 아니라는 점,

그리고 예수의 사후에 그의 가르침에 추가된 어리석은 내용에 관해서는 예수는 아무 책임도 없다는 것이다.

우리에게 오로지 필요한 것은 예수의 가르침을 원래의 형태대로, 예수 자신의 것이라고 기록된 그의 말과 행동 안에서 우리에게 전해 온 대로 연구하는 것이다.

나의 이 책은 그리스도교가 고매한 것들과 저열한 것들이 혼합되어 있음을 보여 줄 것이다. 또한 그리스도교는 미신이 아니라 그와 반대로 형이상학과 도덕의 가장 신빙성 있는 직감, 삶에 관한 가장 순수하고 완벽한 가르침, 인간 정신이 도달한 가장 높은 빛이며, 정치, 학문, 시, 철학 분야에서 인간의 가장 고상한 모든 행동이 본능적으로 그 근거로 삼는 가르침이라는 것도 보여 줄 것이다.

한편 교육을 받은 사람들 가운데 극소수는 교회에 머물러 있고, 외부적 목적이 아니라 내면적 평온을 위해서 종교를 받아들인다. 그들에게는 이 책이 보여 주는 그리스도의 가르침이 자신이 이해하는 것과 매우 다를 것이다.

그들에게 문제가 되는 것은 그러한 상이점이 아

니라, 많은 문헌들을 조화시켜서 만든 자기 교회의 가르침과 순전한 예수의 가르침 가운데 어느 것이 자신의 이성과 마음에 더 적절한 것인가 하는 점이다. 그들에게는 새로운 가르침을 받아들일 것인가, 아니면 자기 교회의 가르침을 계속해서 따를 것인가를 선택하는 문제만 남는다.

또 한편으로는 특정 교회의 가르침에 대해, 진리 때문이 아니라 표면적 수용이 주는 이익 때문에 그것을 평가하고 받아들이는 사람들이 있다.

그들은 동료 신자들의 숫자가 아무리 많든, 그 교회를 믿는 사람들의 세력, 신분, 지위가 어마어마하든, 설사 군주들까지 거기 속해 있다 해도, 원고가 아니라 피고의 입장에 놓여 있다.

그들은 자기 변호를 할 필요가 없다. 오랜 세월 동안 그런 변호는 얼마든지 나왔다. 그들이 증거를 댄다고 해도, 그것은 수백 가지의 서로 반대되는 종파들이 각각 자기 종파의 증거를 대는 것과 조금도 다를 바가 없다. 이러한 사람들은 아무것도 증명할 필요가 없다.

그러나 우선은 자신들이 하느님이라고 받드는 예수의 가르침을 에즈라 예언자, 각종 공의회, 테

오필락투스 등의 가르침과 동격으로 취급하는 신성모독, 하느님의 말씀을 사람들의 말에 맞추어서 왜곡하는 신성모독 행위를 그만두어야 한다.

그 다음에는 자기 마음속에 도사리고 있는 모든 종류의 광신을 하느님인 예수에게서 나오는 그리스도의 가르침이라고 선언하는 불경 행위를 그만두어야 한다.

끝으로 우리를 구원하기 위해 지상으로 내려오신 하느님의 가르침을 사람들에게 숨기는 반역 행위, 하느님의 가르침 대신에 성령의 전통을 끌어들이고 그래서 예수가 사람들에게 가져다 준 구원을 무수한 사람들로부터 뺏는 반역 행위를 그만두어야 한다.

또한 여기서 더 나아가 평화와 사랑 대신에 대립하는 각종의 모든 종파를 만들어 내고, 모든 차별, 살인, 각종 범죄 행위를 저지르는 또 하나의 반역 행위를 그만두어야 한다.

이러한 사람들이 취할 태도는 두 가지 중 하나이다. 하나는 겸손하게 복종하여 자신의 속임수를 버리는 것이고, 다른 하나는 그들이 자행했고 또 지금도 자행하고 있는 악을 고발하기 위해 일어난 사람들을 박해하는 것이다.

그들이 자신의 속임수를 버리지 않는다면, 앞으로 취할 태도는 오로지 한 가지밖에 없다. 그것은 나를 박해하는 것이다. 나는 그 박해를 기꺼이 받을 준비가 되어 있다. 다만 나 자신의 인간적 허약함을 우려할 뿐이다.

레프 톨스토이 씀

The
Gospel in Brief

1장

하느님의 아들

사람은 누구나 하느님의 아들이다
그의 육체는 무력하지만 영혼은 자유롭다

1

예수 그리스도가 이 지상에 어떻게 태어났는지부터 시작해 보자. 그의 어머니 마리아는 요셉과 약혼한 사이였다. 그런데 그들이 부부로서 살림을 차리기도 전에 의외의 일이 벌어졌다. 요셉의 약혼녀 마리아가 임신한 사실이 드러난 것이다.

그러나 요셉은 마음씨가 착한 남자인 데다가 마리아가 여자로서 치욕을 당하도록 내버려둘 수 없었다. 그래서 그는 마리아를 아내로 맞아들인 뒤, 마리아의 첫아들이 태어날 때까지 마리아와 아무런 관계도 맺지 않았다. 그리고 마리아의 첫아들에게 예수라는 이름을 붙여 주었다.

이윽고 아기는 무럭무럭 자라 소년이 되었고 그는 나이에 비해 매우 영리했다.

예수가 열두 살 되던 해의 일이었다. 마리아와 요

섭은 유대인의 관습에 따라 매년 예루살렘에서 열리는 종교 축일의 행사에 참석하기 위해 예루살렘으로 올라갔는데, 그때 소년 예수도 데리고 갔다.

축일 행사가 모두 끝난 뒤 그들은 다시 집으로 돌아가려고 길을 떠났지만, 소년 예수가 자기들을 따라오는지 여부를 미처 챙겨 보지 못했다. 한참 길을 가다가 비로소 그들은 소년 예수가 곁에 없다는 사실을 깨달았다. 그리고는 소년 예수가 자기 또래의 다른 아이들과 어울려 앞서 가고 있을 것이라고 추측했다.

그러나 아무리 걸어가면서 둘러보아도 소년 예수의 모습은 전혀 보이지 않았다. 그들은 소년 예수를 찾기 위해 오던 길을 되돌아 예루살렘으로 다시 올라갔다. 그리고 사흘 동안 예루살렘 시내를 헤매면서 수소문을 했다.

그러다가 드디어 예루살렘 성전에서 소년 예수를 만났는데, 그때 소년 예수는 유대교 관습법을 잘 아는 학자들과 함께 한자리에서 그들의 말을 듣기도 하고 또 그들에게 질문을 던지기도 하고 있었다. 그 자리에 있던 모든 사람들이 소년이 매우 영리한 것을 보고는 놀라고 있었다.

마리아는 자기 아들을 보자마자 달려가 말했다.

"네가 어떻게 우리에게 이런 식으로 행동할 수가 있단 말이냐? 너의 아버지와 나는 걱정이 태산 같았고 여태껏 너를 찾아다녔단 말이다."

그런데 소년 예수는 마리아와 요셉에게 알쏭달쏭한 대답을 했다.

"그런데 저를 찾으러 어디를 다니신 거죠? 아들을 찾으려면 그의 아버지 집에서 찾아야만 한다는 것쯤은 당연히 아실 분들이 아닌가요?"

그래서 마리아와 요셉은 소년 예수가 대답하는 말을 전혀 알아듣지 못했다. 그들은 소년 예수가 자기 아버지라고 부르는 그 아버지가 누구인지도 알지 못했다. 그러나 예수는 어린 시절부터 하느님을 자기 아버지라고 불렀다.

그런 일이 있은 뒤 소년 예수는 어머니 마리아의 집에서 살면서 무슨 일에 관해서나 마리아의 말이라면 모두 잘 따랐다. 그리고 그는 나이가 들면 들수록 두뇌가 더욱 명석해졌다. 한편 동네 사람들은 누구나 그가 요셉의 아들이라고 생각했다. 세월이 흘러 그의 나이는 어느덧 서른 살이 되었다.

율리우스 슈노르 폰 카롤스펠트 작   성전의 소년 예수

2

그 무렵 요한이라는 예언자가 유대인들이 사는 지방에 나타났다. 요르단강 근처의 유데아 사막에서 사는 요한은 낙타털로 만든 옷을 입고 가죽 끈을 허리띠로 삼았으며 나무껍질과 각종 나물을 주로 먹고 지냈다. 다시 말하면 채식만 한 것이다.

요한은 하느님의 나라가 지상에 온다고 설교했다. 사람들이 생활 태도를 바꾼다면, 서로 동등한 사람으로 대한다면, 서로 해치는 것이 아니라 서로 섬긴다면, 그때 하느님이 지상에 나타나고 그의 나라가 지상에 이루어질 것이라고 말했다.

그는 또한 사람들이 죄악의 굴레에서 벗어나려면 기존의 생활 태도를 근본적으로 바꾸어야만 한다고 가르쳤다. 그리고 생활 태도를 근본적으로 바꾼 증거로 사람들에게 요르단 강물에 몸을 담그는 세례를 베풀었다. 또한 많은 사람들에게 말했다.

"한 목소리가 여러분에게 크게 외치고 있습니다. '황량한 장소들을 통과하는 길, 하느님을 위한 길을 마련하십시오. 그분을 위해 길에서 모든 장애물을 치워 버리십시오. 그 길은 평평해야만 하고, 계곡도 언덕도, 높은 곳도 낮은 곳도 없어야만 합니다. 그 길이 마련되면 하느님께서는 여러분과 함께 머무시고 여러분은 모두 구원을 얻을 것입니다.' 그 목소리는 그렇게 외치고 있습니다."

그러자 백성들이 물었다.

"그러면 우리가 어떻게 해야 합니까?"

그가 대답했다.

"옷을 두 벌 가진 사람은 헐벗은 사람에게 한 벌을 내어주십시오. 먹을 것이 있는 사람은 굶주리는 사람에게 먹을 것을 내어주십시오."

이어서 세금을 걷는 관리들이 다가와서 물었다.

"우리는 무슨 일을 해야만 합니까?"

그가 대답했다.

"지시받은 금액만 거두고, 세금을 구실로 내세워서 정해진 금액 이상으로 백성들을 착취하지는 마십시오."

그 다음에는 군인들이 물었다.

"우리는 어떻게 살아야 마땅한 것입니까?"

그가 대답했다.

"아무도 해치지 마십시오. 속임수로 남의 재물을 빼앗지 마십시오. 여러분이 받는 봉급으로 만족하십시오."

예루살렘의 주민들뿐만 아니라 요르단강 일대의 모든 유대인들이 그의 가르침을 듣기 위해 몰려들었다. 그리고 그들은 요한에게 죄를 고백했다. 요한은 생활 태도를 근본적으로 바꾼 증거로 사람들에게 요르단 강물에 몸을 담그는 세례를 베풀었다.

유대교의 정통 교리를 내세우는 경건주의자들도 많이 찾아왔지만, 그들은 군중 틈에 섞여서 남의 눈에 띄지 않으려 했다. 그러나 요한은 그들의 정체를 간파하고는 이렇게 말했다.

"독사의 족속인 여러분이 여기 오다니! 하느님의 뜻은 아무도 피할 수 없다는 사실을 여러분도 이제 알아차렸단 말입니까? 그렇다면 스스로 잘 반성하고 여러분의 믿음을 바꾸십시오! 만일 여러분의 믿음을 바꾸고 싶다면 구체적인 행동으로 그것을 증명해 보이십시오.

도끼는 이미 나무를 찍어 넘기려 하고 있습니다. 나쁜 열매만 맺는 나무는 베어져 불구덩이에 던져 질 것입니다. 여러분의 근본적인 변화의 증거로 나는 여러분을 물로 깨끗이 씻어 주고 있습니다.

　그러나 이 물의 세례 과정에서 여러분은 성령으로 깨끗해지지 않으면 안 됩니다. 집 주인이 타작마당을 깨끗하게 쓸듯이 성령은 여러분을 깨끗하게 만들어 줄 것입니다. 추수 때 그분이 밀은 거두어들이지만 쭉정이는 불로 태워 버릴 것입니다."

3

예수는 요한이 베푸는 물의 세례를 받기 위해 갈릴레아 지방을 떠나 요르단강의 요한에게 갔다. 그는 요르단 강물에 몸을 담그는 세례를 받고 요한의 가르침에 귀를 기울였다.

그런 다음 예수는 광야로 들어가 정신적 번민의 과정을 거쳤다. 그는 인간의 삶의 의미, 모든 존재의 무한한 원천인 하느님과 자신의 관계에 관하여 곰곰이 생각해 보았다. 그리고 모든 존재의 무한한 원천이며, 요한이 하느님이라고 부른 그분을 자기 아버지로 받아들였다.

그는 아무것도 먹지도 마시지도 않은 채 사막에서 사십 일 밤낮을 지냈다. 그는 몹시 배가 고팠다. 그때 그의 육체의 목소리는 그에게 이렇게 말했다.

"네가 만일 전능하신 하느님의 아들이라면 하느

광야의 예수

님과 똑같은 존재가 되어야만 하고, 너는 네 스스로의 뜻에 따라 돌멩이를 빵 덩어리들로 만들 수 있을 것이다. 그러나 실제로 너는 그렇게 할 수가 없다. 너는 굶주리고 빵을 먹고 싶어하지만 빵은 어디서도 나오지 않는다. 따라서 너는 전능하지도 않고 하느님의 아들도 아니다."

그러자 예수는 자신에게 이렇게 대답했다.

"내가 돌을 빵으로 만들 수 없다는 것은 사실이다. 그렇지만 빵이 없는 상태를 극복할 수는 있다. 육체적으로는 전능하지 못하지만 영혼 안에서는 내가 전능하다. 그것은 내가 육체의 신의 아들이 아니라 영혼의 하느님의 아들이라는 것을 의미한다. 나는 육체를 통해서가 아니라 영혼을 통해서 하느님의 아들인 것이다. 나는 빵으로 사는 것이 아니라 영혼으로 살아 있는 것이다. 그래서 나의 영혼은 육체를 무시할 수 있는 것이다."

그럼에도 불구하고 굶주림은 역시 그를 괴롭혔다. 그리고 육체의 목소리는 다시금 그에게 이렇게 말했다.

"네가 오로지 영혼의 힘만으로 살고 육체를 무시할 수 있다면, 너는 육체를 버릴 수도 있어야 한다.

네가 영혼의 하느님의 아들이라면 당연히 네 육체를 스스로 버릴 수 있을 것이다. 그리고 육체를 버린 뒤에도 네 영혼은 살아 있어야만 할 것이다."

그때 예수는 자기가 예루살렘 성전의 지붕 위에 서 있는 것 같다는 생각이 들었다. 육체의 목소리는 계속해서 들려왔다.

"네가 만일 영혼의 하느님의 아들이라면 성전 꼭대기에서 뛰어내려 보아라. 너는 죽지 않을 것이다. 오히려 보이지 않는 힘이 너를 떠받들고 도와주어서 너는 아무런 상처도 입지 않을 것이다."

그러나 예수는 자신에게 이렇게 대답했다.

"나는 육체를 입고 태어난 영혼이다. 나는 육체를 무시할 수는 있지만 버려서는 안 된다. 왜냐하면 육체를 가진 나 자신은 영혼이 낳은 것이기 때문이다. 이것은 나의 영혼의 아버지의 뜻이었다. 그래서 나는 그분의 뜻을 거스를 수 없는 것이다."

육체의 목소리가 다시금 그에게 말했다.

"성전 꼭대기에서 뛰어내려 목숨을 버리는 것이 네 아버지의 뜻을 거스르는 일이기 때문에 못한다면, 음식을 먹어야 할 때 굶는 것 또한 네 아버지의 뜻을 거스르는 일이기 때문에 너는 해서는 안 된다. 너는 육체의 욕구를 하찮게 여겨서는 안 된다. 육체의 욕구는 너 자신 안에 자리잡고 있는 것이고 너는 그 욕구를 채우지 않으면 안 된다. 너는 육체를 위해 일하고 육체가 주는 모든 쾌락을 즐겨야만 한다."

그러자 예수의 눈에는 지상의 모든 나라와 인류 전체가 선명하게 보이는 듯했다. 모든 사람이 육체를 위해 살고 육체를 위해 힘들여 일하는데, 그것은 육체로부터 어떤 이익을 얻으려고 기대하기 때문이었다. 육체의 목소리가 다시금 그에게 말했다.

"자, 네가 보는 바와 같이 이 모든 사람들은 나를 위해 일하고, 나는 그들에게 원하는 것을 모두 준다. 네가 만일 나를 위해 일한다면 너도 원하는 것을 모두 받을 것이다."

그러나 예수는 자신에게 이렇게 대답했다.

"내가 육체의 요구를 벗어날 수 없는 것과 마찬가지로, 나는 그 요구를 충족시킬 수도 없다. 그러나 나의 생명은 나의 아버지의 영혼이라는 면에서 전능하다. 나의 아버지는 육체가 아니라 영혼이시다. 나는 그분의 힘으로 살아 있다. 그분이 내 안에 있다는 것을 나는 언제나 알고 있다. 나는 오로지 그분만을 공경하고 오로지 그분을 위해서만 일한다. 나는 오로지 그분에게서만 보상받기를 원하기 때문이다."

이윽고 유혹의 과정이 끝났다. 그리고 예수는 영혼의 힘을 깨달았다. 사람의 생명은 오로지 아버지의 뜻 안에만 있다는 것을 확신했다.

영혼의 힘을 깨닫고 난 뒤 예수는 광야를 떠나서 다시 요한에게 돌아갔다.

4

　그리고 한동안 예수는 요한과 함께 지냈다. 예수가 요한의 곁을 떠날 때 요한은 예수에 대해 이렇게 말했다.

　"저분은 사람들을 구원하러 오신 분입니다."

　요한의 그 말을 들은 요한의 제자들 가운데 두 명이 지금까지 모시던 자신들의 스승 곁을 떠나서 예수의 뒤를 따라갔다. 그들이 뒤따라오는 것을 보고 예수는 걸음을 멈추고 물었다.

　"무엇을 원하십니까?"

　그들이 대답했다.

　"선생님! 우리는 선생님과 함께 머물면서 가르침을 듣고 싶습니다."

　예수가 말했다.

　"나와 함께 갑시다. 나는 무엇이든지 모두 당신

들에게 가르쳐 주겠습니다."

그들은 예수를 따라가서 함께 머물렀고 밤 열 시가 되도록 그의 가르침에 귀를 기울였다. 그 두 명 가운데 한 사람이 안드레아였다. 안드레아에게는 시몬이라는 형제가 있었다. 예수의 가르침을 듣고 나서 안드레아는 시몬을 찾아가 이렇게 말했다.

"예언자들이 메시아에 관해서 예언서에 기록해 왔는데 우리가 그분을 발견했네. 우리의 구원을 선포해 주신 그분을 우리가 발견했단 말이네."

안드레아는 시몬과 함께 집을 나선 뒤 그를 예수가 있는 곳에 데리고 갔다. 예수는 안드레아의 형제인 시몬을 베드로라고 불렀는데, 베드로는 바위라는 뜻을 지닌 보통명사다. 그래서 이 두 형제는 예수의 제자가 되었다.

그 다음에 예수는 갈릴레아 지방에 들어서기에 앞서 필립보를 만났는데, 그에게 자기를 따라오라고 불렀다. 필립보는 베드로와 안드레아와 마찬가지로 벳사이다 출신이었다. 예수를 알고 난 다음 필립보는 자기 형제인 나타나엘을 찾아가서 말했다.

"예언자들과 모세는 하느님께서 선택하신 분에 관해 기록했는데, 우리가 바로 그분을 찾았다네.

그분은 요셉의 아들이며 나자렛 출신인 예수라네."

예언자들이 말하던 그분이, 자기가 사는 곳의 이웃 마을에서 나왔다는 말을 들은 나타나엘은 몹시 놀랐다. 그래서 이렇게 대꾸했다.

"하느님의 사자가 나자렛에서 나온다는 것은 도무지 말이 되지 않네."

그러나 필립보는 이렇게 권했다.

"나와 함께 가자. 그리고 네가 직접 그분을 만나 보고 그분의 말을 들어보면 알 것 아닌가?"

나타나엘은 그 말에 일리가 있다고 수긍한 뒤 자기 형제와 함께 가서 예수를 만나 보았다. 그리고 예수의 가르침을 듣고 나서는 예수에게 이렇게 고백했다.

"당신이 하느님의 아들이자 이스라엘의 왕이라는 것이 사실임을 제가 이제는 깨달았습니다."

그러자 예수는 그에게 대답했다.

"당신은 그보다 더욱 중요한 사실을 깨달아야 합니다. 이제부터는 하늘나라가 열려 있고 사람들이 하늘나라의 힘과 친교를 이룰 수 있다는 것, 그리고 이제부터는 하느님께서 더 이상 사람들로부터

나자렛 회당

멀리 떨어져 계시지 않을 것이라는 사실입니다."

이윽고 예수는 고향 나자렛으로 돌아갔다. 안식일이 되자 평소와 다름없이 그는 유대교 교회에 들어가 구약 성서를 읽기 시작했다.

사람들이 그에게 이사야 예언서를 건네주었는데 그가 두루마리를 펴서 낭독하기 시작했다. 마침 그 구절은 이런 것이었다.

"주님의 영혼이 내 안에 계십니다. 그분께서는 불행한 사람들과 절망에 빠진 사람들에게는 행복을 선포하라고, 묶여 있는 죄수들에게는 자유를 선포하라고, 눈 먼 사람들에게는 그들이 밝은 세상을 보게 되었다고 선포하라고, 지치고 쓰러진 사람들에게는 구원과 안식을 선포하라고 나를 선택하셨습니다."

예수는 두루마리를 다시 감아서 곁에 시중드는 사람에게 넘겼다. 그리고 자리에 앉았다. 모든 사람들이 그가 무슨 말이든 한 마디 하기를 초조하게 기다렸다. 이윽고 그가 입을 열었다.

"이 구절은 바로 여러분들의 눈앞에서 지금 완전히 실현되었습니다."

The
Gospel in Brief
2장

영혼 안에서 사는 삶

그러므로 사람은 육체가 아니라
영혼을 위해서 일해야 한다

1

하루는 예수가 제자들을 거느린 채 안식일에 밀밭을 통과한 적이 있었다. 제자들은 배가 몹시 고팠기 때문에 밀 이삭들을 뽑아 손바닥으로 비벼서 알맹이를 먹었다.

그런데 유대교의 정통 교리에 따르면, 누구나 안식일을 지켜야만 하고 안식일에는 아무런 일도 해서는 안 된다고 하느님께서 모세와 계약을 맺으셨다. 유대인들이 하느님을 섬기면 하느님은 그들을 돕기로 계약을 맺었다는 것이다.

그리고 그 계약의 핵심은 안식일의 준수였다. 정통주의자로 자처하는 유대인들은 외면적인 하느님, 창조주이자 우주의 주님인 하느님을 경배했다.

그들은 예수의 제자들이 밀 이삭을 안식일에 손바닥으로 비벼서 먹는 것을 보고 꾸짖었다.

안식일과 밀밭

"안식일에 그런 행동을 하는 것은 옳지 않습니다. 안식일에는 아무도 일을 해서는 안 되는데 당신들은 밀 이삭을 손바닥으로 비비고 있습니다. 하느님께서 안식일을 지키라고 명령하셨고 또한 안식일을 어기는 사람은 죽음의 처벌을 받아야만 한다고 명령하셨습니다."

그 말을 들은 예수는 대꾸했다.

"여러분이 만일 '나는 제사보다 사랑을 더 원한다.'라고 하신 하느님의 말씀을 제대로 알아들었다면, 비난받을 일도 아닌 일에 대해 그렇게 비난하지 않을 것입니다.

안식일은 사람이 만든 제도입니다. 사람이 영혼 안에서 사는 것이 그 어떤 종교 예식보다도 더 중요합니다. 안식일보다 더 중요한 것이 바로 사람입니다."

또 다른 안식일에 예수가 유대인 교회에서 사람들을 가르치고 있을 때 병든 여인이 그에게 다가와서 도움을 요청했다. 그래서 예수는 그 여인을 치유해 주기 시작했다.

그런 행동을 하는 예수에 대해 정통주의자인 유대교 원로들이 분노하여, 사람들을 향해 소리쳤다.

"일을 할 수 있는 것은 일주일에 엿새라고 하느님의 법에 규정되어 있습니다."

그러자 예수는 유대교 전통법의 전문가들인 그들에게 반문했다.

"외형적인 모든 종교 예식과 마찬가지로 안식일의 준수에도 맹점은 있습니다. 안식일에 아무 일도 하지 않는다는 것은 불가능합니다. 정말 아무것도 해서는 안 된다면, 당신들은 안식일에는 다른 사람을 도와주지 않겠다는 것입니까?"

그들은 어떻게 대답해야 좋을지 몰랐다. 이윽고 예수는 말했다.

"당신들은 사람들을 속여 세상을 어지럽히는 무리에 불과합니다! 안식일에도 당신들은 누구나 자기 가축을 외양간에서 끌어내어 물가로 데리고 가지 않습니까?

그리고 자기 양이 우물에 빠진다면 비록 안식일이라 해도 누구나 달려가서 그 양을 우물에서 끌어낼 것입니다. 양 한 마리보다 더 소중한 것이 바로 사람입니다. 그런데도 당신들은 안식일에는 사람을 도와주어서는 안 된다고 말합니다.

그렇다면 당신들은 안식일에는 선행과 악행 가

운데 어떤 것을 해야 한다고 봅니까? 사람의 목숨을 구해야 합니까, 아니면 그를 죽여야 합니까?

선행이란 언제나 하지 않으면 안 되는 것입니다. 비록 안식일이라 해도 선행은 해야만 하는 것입니다. 그리고 만일 안식일이 선행을 못하게 금지한다면 그런 안식일은 잘못된 것입니다."

2

어느 날 예수는 세금을 걷고 있는 관리를 한 명 만났다. 그는 마태오라는 사람이었다. 예수는 그와 이야기를 나누기 시작했다. 마태오는 예수의 말을 이해했고 예수의 가르침을 좋아했다. 그래서 예수를 자기 집으로 초대하여 식사를 대접하기로 했다. 예수가 마태오의 집에 갔을 때 마태오의 친구들도 그 집에 초대를 받아 도착했다. 그들은 세금을 걷는 관리들과 유대교를 믿지 않는 사람들이었다.

그러나 예수는 그들을 멸시하지 않았고 제자들과 함께 식탁에 자리를 잡고 앉았다. 그 광경을 본 유대교의 정통주의자들이 예수의 제자들을 불러내어 비난했다.

"당신네 선생이 세금을 걷는 관리들과 유대교를 믿지 않는 무리와 어울려서 함께 식사를 하다니 말이나 되는 소립니까?"

유대교의 정통 교리에 따르면 하느님께서는 유대교를 믿지 않는 사람들과 친교를 이루는 것을 금지하셨다. 그들의 말을 전해들은 예수는 대꾸했다

"모든 것이 정상적이고 건강한 사람에게는 의사가 필요 없지만 병든 사람에게는 의사가 필요합니다. '나는 제사보다 사랑을 더 원한다.'라고 말씀하신 하느님의 뜻을 잘 깨닫지 않으면 안 됩니다. 하느님은 자신에게 바칠 제사를 요구하는 것이 아니라 오로지 사람들이 서로 사랑하기만을 요구하는 것입니다.

나는 스스로 정통주의자로 자처하는 사람들에게는 믿음을 바꾸도록 가르칠 수가 없습니다. 그러나 스스로 믿음이 없다고 자처하는 사람들에게는 진리를 가르쳐 줄 수가 있습니다."

유대교 전통법의 전문가인 정통주의자들이 예루살렘을 떠나 예수가 있는 곳에 간 적이 있다. 그들은 예수의 제자들뿐만 아니라 예수 자신도 물로 손을 씻지도 않은 채 빵을 먹고 있는 모습을 보았다. 그들은 예수를 심하게 비난하기 시작했다.

그들은 유대교의 전통에 따라 그릇과 접시를 물

로 씻는 방법에 관한 규정을 엄격하게 지켰고, 물로 제대로 씻은 그릇과 접시가 아니면 절대로 식사에 사용하지 않았기 때문이다. 또한 그들은 시장에서 돌아온 뒤에는 먼저 몸을 물로 씻지 않으면 절대 아무것도 먹지 않았다.

그래서 전통법의 전문가들은 예수에게 물었다.

"당신은 어째서 유대교 전통에 따라서 살지 않고 또한 물로 씻지도 않은 손으로 빵을 집어서 먹는 것입니까?"

그러자 예수는 이렇게 대답했다.

"당신들은 당신들의 교회 전통을 따른다는 것을 구실로 삼아 하느님의 계명을 거스르고 있지 않습니까?

'자기 아버지와 어머니를 공경하라.'는 것은 하느님의 계명입니다. 그러나 당신들이 그 계명을 왜곡한 결과, '나는 부모님께 드리던 것을 하느님께 바친다.'는 말을 이제는 누구나 할 수 있게 되었습니다. 그리고 그런 말을 하는 사람은 누구나 자기 부모를 돌볼 필요가 없게 되는 것입니다.

당신들은 이런 식으로 교회 전통을 앞세워서 하느님의 계명을 어기고 있습니다. 당신들은 사람들을 속이는 무리에 불과합니다! 이사야 예언자는 당신들에 관해서 이미 참으로 옳은 말을 했습니다.

'이 백성은 마음은 나에게서 저 멀리 떨어져 있으면서도 오로지 형식적으로만 내 앞에 엎드려 기도하고 입으로만 나를 찬미한다. 나에 대한 그들의 두려움이란 그들이 기억하고 있는 사람의 전통에 따른 것에 불과하다. 그러므로 나는 이 백성에게 놀랍고도 매우 특이한 일이 일어나게 할 것이다. 지혜로운 사람들의 지혜가 사라질 것이며 지혜를 생각하는 사람들의 명석함이 무디어질 것이다. 영원하신 그분의 눈을 속여서 자신의 각종 욕심을 감추려 드는 사람들, 그리고 어둠 속에서 못된 짓을 하는 사람들은 재앙을 받을 것이다!'

이러한 이사야 예언자의 말은 바로 당신들에게도 적용되는 것입니다. 하느님은 외형적인 청결을 요구하지 않고 오로지 다른 사람들에 대한 동정과 사랑만을 요구하는 것입니다.

그런데 당신들은 하느님의 법에서 중요한 하느님의 계명은 저버리고, 잔을 물로 씻는 일 따위의 인간적 전통에만 매달리고 있는 것입니다!"

예수는 외형에만 치우친 예식은 모두 해롭고 교

회의 그러한 전통 그 자체가 나쁜 것이라고 가르친 것이다. 교회의 전통이 사랑의 가장 중요한 행위를 못 하게 방해한다는 것이었다.

3

그런 다음 예수는 사람들을 가까이 불러 모으고는 이렇게 말했다.

"여러분은 모두 나의 말을 잘 듣고 깨닫지 않으면 안 됩니다. 밖에서 사람의 안으로 들어가는 것 가운데 사람을 더럽힐 수 있는 것은 이 세상에 하나도 없습니다.

오히려 사람을 더럽히는 것은 사람의 안에서 밖으로 나오는 것입니다. 사랑과 자비를 여러분의 영혼 안에 간직하십시오. 그러면 모든 것이 깨끗하게 될 것입니다. 이 말을 잘 깨닫도록 노력하십시오."

얼마 후 예수가 집으로 돌아갔을 때 제자들이 물었다.

"조금 전에 하신 말씀은 무슨 뜻입니까?"

그러자 예수가 이렇게 대답했다.

"나의 제자라는 여러분마저도 알아듣지를 못한단 말입니까? 사람 바깥에 있는 모든 것, 즉 육체에 속해 있는 모든 것이 사람을 결코 더럽힐 수 없다는 사실을 깨닫지 못한단 말입니까? 바깥에 있는 것은 사람의 영혼이 아니라 그의 육체에 들어가는 것입니다. 그것이 육체로 들어가고, 그 다음에 다시 육체에서 바깥으로 배설됩니다.

사람을 더럽히는 것은 오로지 사람 자신, 그의 영혼으로부터 밖으로 나가는 것뿐입니다. 사람의 생각과 행동이 그를 더럽히는 것입니다. 사람의 영혼으로부터는 악행, 간음, 악의, 살인, 도둑질, 탐욕, 분노, 속임수, 오만, 질투, 모함, 자만, 그리고 각종 어리석음이 나오기 때문입니다. 사악한 이 모든 것은 사람의 영혼으로부터 나오며, 바로 이러한 것들만이 사람을 더럽힐 수가 있는 것입니다."

4

얼마 후 유대인들의 종교 축제인 과월절이 가까이 오자 예수는 예루살렘으로 올라가서 성전에 들어갔다. 유대인들은 예루살렘을 거룩한 도시로 보았고, 정통주의자들은 하느님이 그곳의 성전에서 산다고 믿었다.

성전 마당에는 암소, 황소, 숫양 등 가축의 무리가 우글거리는가 하면, 비둘기들로 가득 찬 새장들도 사방에 널려 있었고, 외국 화폐를 성전에서 통용되는 화폐로 바꾸어 주는 환전 상인들이 탁자를 앞에 놓고 늘어서 있었다.

그 모든 것은 사람들이 하느님께 제물을 바치기 위해 필요한 것이었다. 가축과 비둘기를 죽여서 제물로 바쳐야 했던 것이다. 그것은 유대교 전통법의 전문가인 정통주의자들이 가르치는 유대인들의 기도 방식이었다.

성전 구내로 들어가자 예수는 노끈을 꼬아서 채찍을 만든 다음 그 채찍을 휘둘러서 모든 가축을 성전 밖으로 내몰았다. 그리고 새장을 열어 비둘기들을 모조리 하늘 높이 날아가게 만들었다. 그뿐만 아니라 환전 상인들의 탁자를 뒤엎어 버리고는 성전 구내로 돈을 가지고 들어와서는 안 된다고 환전 상인들을 꾸짖었다. 그리고 이렇게 말했다.

"이사야 예언자는 '하느님의 집은 예루살렘에 있는 성전이 아니라 하느님의 백성들이 사는 온 세상'이라고 여러분에게 말했습니다.

예레미야 예언자도 또한 '여기 이곳에 영원하신 그분의 집이 있다고 하는 거짓말을 믿지 말라. 그런 거짓말은 믿지도 말고 오히려 생활 태도를 근본적으로 바꾸라. 그릇된 판결을 하지 말라. 떠돌이 나그네와 과부와 고아를 억누르고 괴롭히지 말라. 죄 없는 사람을 죽여 그 피를 흘리지 말라. 아무도 모르게 악행을 해도 된다는 말을 하려거든 아예 하느님의 집에 들어오지도 말라. 나의 집을 강도들의 소굴로 만들지 말라.'고 여러분에게 말했습니다."

또한 예수는 사람들에게 이렇게 가르쳤다.

"하느님께 제물을 바치는 것은 아무 소용도 없습니다. 사람은 성전보다 더 소중한 것입니다. 사람에게는 오로지 한 가지 의무밖에는 없는데, 그것은 바로 자기 이웃을 사랑하고 도와주는 것입니다.

또한 사람은 특정한 장소에서 하느님을 섬길 필요가 없고, 영혼 안에서, 행동을 통하여 그분을 섬기지 않으면 안 됩니다. 영혼은 보여 줄 수도 없고 보이지도 않는 것입니다. 영혼이란 인간이 무한한 정신의 아들이라는 사실을 깨닫는 각자의 의식입니다. 눈에 보이는 성전은 하나도 필요가 없습니다. 참된 성전은 사랑 안에 결합된 사람들의 사회인 것입니다.

하느님에 대한 모든 외형적인 경배는, 유대인들 사이에서 그것이 살인을 초래하고 부모를 돌보지 않아도 된다고 허용되는 것처럼, 거짓되고 해로운 것입니다. 또한 외형적 예식을 마친 사람이 올바른 사람이 되었다고 스스로 생각하고 사랑을 행동으로 실천할 의무에서 벗어났다고 믿기 때문에 형식에만 치우친 예식은 사악한 것입니다.

자기 자신이 불완전하다고 느끼는 사람만이 선행을 목표로 삼고 또 선행을 실천합니다. 선행을

율리우스 슈노르 폰 카롤스펠트 작 　　　　　　　　　　　성전을 정화하는 예수

하려면 자기 자신이 불완전하다고 생각하지 않으면 안 됩니다. 그러나 외형적 예배 예식은 사람들에게 자만의 착각을 심어 줍니다.

모든 외형적 예식은 불필요한 것이고, 그래서 버리지 않으면 안 됩니다. 사랑의 실천 행위는 예식의 거행과 양립할 수 없고 예식의 형태로는 선행을 할 수가 없습니다. 사람은 영혼에 따라 하느님의 아들이며 따라서 영혼 안에 아버지를 섬기지 않으면 안 되는 것입니다."

5

　그러자 유대인들이 그에게 시비를 걸기 시작했다. 그리고 "당신은 우리가 하느님을 섬기는 방식이 틀렸다고 말하는데, 증거를 보여 줄 수 있는 것입니까?"라고 대들었다. 예수는 몸을 돌려 그들을 정면으로 바라보면서 말했다.

　"이 성전을 허물어 버리십시오. 그러면 나는 사흘 안에 새로운 성전, 살아 있는 성전을 일으킬 것입니다."

　유대인들은 "이 성전은 46년이나 걸려서 지은 것인데, 당신이 어떻게 사흘 만에 새로운 성전을 짓겠다고 하는 겁니까?"라고 비웃었다. 그러자 예수는 말했다.

　"나는 지금 성전 자체보다 더 중요한 것에 관해서 당신들에게 말하고 있는 것입니다. 나는 하느님이다. 나는 너희가 바치는 제물을 기쁘게 여기는 것이 아니라 너희가 서로 사랑할 때 드러나는 그 사랑을 기쁘게 여긴다.'고 한 예언자의 말을 당신들이 제대로 알아들었다면 내 말을 비웃는 그런 말은 하지 않았을 것입니다.

살아 있는 성전이란 사람들이 사는 온 세상을 가리키며 그것은 그들이 서로 사랑할 때 완성되는 것입니다."

예루살렘 주민들 가운데 많은 사람이 예수의 말을 믿었다. 그러나 예수 자신은 외면적인 것은 하나도 믿지 않았다.

그는 모든 것이 사람의 내면에 들어 있다는 것을 알고 있었기 때문이다. 그에게는 어떤 사람이 다른 사람에 대해 증언할 필요가 없었다. 그는 사람 안에 성령이 들어 있다는 것을 알고 있었기 때문이다.

6

언젠가 예수가 유다 지방을 떠나 갈릴레아로 돌
아갈 때 사마리아 지방을 거쳐서 간 적이 있었다.
그는 사마리아인들이 사는 시카르 마을에 이르렀
다. 그 마을은 예전에 야곱이 자기 아들 요셉에게
준 토지와 가까운 곳에 있었고, 그곳에는 야곱의
우물이 있었다. 먼 길을 걸어오느라 지친 예수는
우물가에서 쉬려고 앉았고, 제자들은 빵을 구하려
고 마을로 들어갔다.

그때 시카르 마을에서 한 여인이 물을 길으려고
나왔는데, 예수가 그 여인에게 마실 물을 좀 달라
고 부탁했다. 그러자 여인이 말했다.

"마실 물을 달라고요? 그건 말도 안 되지요. 당
신은 유대인이잖아요? 유대인들은 우리 사마리아
인들에게 철저히 등을 돌리고 있잖아요."

그러나 예수는 다시금 말을 던졌다.

"당신이 내가 누군지 알고 또한 나의 가르침을 알았더라면 당신은 그런 말을 하기는커녕 오히려 내게 물을 주고 나는 당신에게 생명의 물을 주었을 것입니다. 당신이 가진 물을 마시는 사람은 누구나 다시 목이 마를 것입니다. 그러나 내가 가진 물을 마시는 사람은 누구나 다시는 목이 마르지 않고 나의 물은 그에게 영원한 생명을 줄 것입니다."

여인은 예수가 종교적인 문제에 관해서 말하고 있다는 사실을 깨닫고 이렇게 대꾸했다.

"이제 보니 당신은 예언자고 그래서 저를 가르치려고 하는군요. 그렇지만 당신은 유대인이고 저는 사마리아인인데 어떻게 당신이 종교 문제에 관해서 가르치겠다는 건가요?

우리 사마리아인들은 이 산에서 하느님을 섬기지만, 당신네 유대인들은 하느님의 집은 오로지 예루살렘에만 있다고 말하지요. 유대인들과 사마리아인들은 각각 서로 다른 신앙을 지니고 있기 때문에 당신은 저를 가르칠 수가 없어요."

그러자 예수는 말했다.

"여인이여, 나를 믿으십시오. 아버지께 기도하

율리우스 슈노르 폰 카롤스펠트 작   사마리아 여자와 예수

려는 사람들이 이 산에도, 예루살렘에도 모여들지 않는 그때가 이미 여기 이르렀습니다. 하느님을 참으로 섬기는 사람들이 하늘에 계신 아버지를 영혼 안에서, 그리고 구체적인 실천을 통하여 예배할 때가 이미 된 것입니다. 아버지께서는 바로 그러한 사람들이 필요하십니다. 하느님은 영혼이시고 따라서 사람들은 영혼 안에서, 그리고 구체적 실천을 통해서 그분을 예배하지 않으면 안 됩니다."

여인은 그의 말을 이해하지 못했다. 그래서 다시 말했다.

"사람들이 기름으로 축성된 분이라고 부르는 하느님의 사자가 올 것이라는 말은 저도 들었어요. 그분이 오시면 모든 것을 밝혀 주실 거예요."

그러자 예수가 여인에게 말했다.

"당신이 말하는 그 사자가 바로 지금 당신과 이야기를 하고 있는 사람입니다. 나 이외에 다른 사람을 기다리지 마십시오."

7

그 일이 있은 뒤 예수는 유대인들의 땅으로 들어가서 제자들과 함께 머물면서 사람들을 가르쳤다. 그 무렵 요한은 살림 근처에서 사람들을 가르치면서 애논강에서 물의 세례를 베풀고 있었다. 그때는 요한이 아직 감옥에 갇히기 전이었다.

그런데 요한의 제자들과 예수의 가르침에 귀를 기울이던 사람들 사이에 논쟁이 벌어졌다. 요한의 물의 세례와 예수의 가르침 가운데 어느 것이 더 좋은가를 두고 벌어진 논쟁이었다. 그들은 요한에게 몰려가서 물었다.

"당신은 물로 깨끗이 씻어 주지만 예수는 말로 가르치기만 합니다. 그런데도 사람들이 모두 그에게 몰려갑니다. 당신은 예수에 대해 어떻게 평가하십니까?"

요한은 이렇게 대답했다.

"스스로 나선 사람은 하느님께서 그를 가르쳐 주시지 않는 한 아무것도 가르칠 수가 없습니다. 현세에 관해서 말하는 사람은 누구나 현세에 속한 사람입니다.

그러나 하느님에 관해서 말하는 사람은 누구나 하느님으로부터 오는 사람입니다. 사람이 입으로 하는 말이 하느님으로부터 오는 것인지 아닌지를 증명하기란 절대 불가능합니다. 하느님은 영적인 존재입니다. 사람은 그분을 측량할 수도 없고 증명할 수도 없습니다.

아버지는 자기 아들을 사랑하시기 때문에 그 아들에게 모든 것을 가르쳐 주셨습니다. 그 아들을 믿는 사람은 누구든지 생명을 얻고 그 아들을 믿지 않는 사람은 누구든지 생명을 얻지 못합니다. 하느님은 사람 안에 있는 영혼입니다."

8

얼마 후 유대교의 정통주의자 한 사람이 예수를 저녁 식사에 초대했다. 예수는 그 집에 들어가 식탁에 자리를 잡았다. 주인은 예수가 식사 전에 손을 씻지 않은 것을 알고는 크게 놀랐다. 그러자 예수가 그에게 말했다.

"정통주의자인 당신들은 무엇이든지 겉은 잘 씻고 있습니다. 그렇지만 당신들의 내면도 깨끗합니까? 다른 사람들에게 자선을 베푸십시오. 그러면 모든 것이 깨끗해질 것입니다."

예수가 정통주의자의 집에 머물러 있는 동안 그 마을에 사는 한 여인이 찾아왔다. 그 여인은 유대교를 믿지 않는 사람이었는데 예수가 정통주의자의 집에 있다는 말을 듣고는 향유 한 병을 들고 그집에 들어선 것이었다.

이윽고 여인은 예수의 발 아래 무릎을 꿇은 채 울었다. 그리고 자기 눈물에 젖은 예수의 발을 머리카락으로 닦고 나서 발에 향유를 부어 주었다. 그 광경을 바라보던 정통주의자 주인은 이렇게 혼 잣말처럼 중얼거렸다.

"저런 사람이 예언자일 리가 있겠는가? 그가 만일 참으로 예언자라면 자기 발을 씻는 여자가 어떤 여자인지 알았을 것이다. 저 여자가 이 마을에서 죄인으로 소문난 여자라는 것을 알았을 테고, 그러면 여자가 자기 발에 손도 대지 못하게 했을 것이 아닌가!"

집주인이 무슨 말을 중얼거리는지 훤하게 들여다본 예수는 몸을 돌려서 그에게 물었다.

"내가 어떻게 생각을 하는지 들어보겠습니까?"

주인이 좋다고 머리를 끄덕였다. 그러자 예수는 말했다.

"자, 들어보십시오. 두 사람이 어떤 부자에게 각각 오백 냥과 오십 냥의 빚을 졌지만 그들은 모두 그 빚을 갚을 능력이 없었습니다. 그러자 부자가 그들의 빚을 전부 탕감해 주었습니다. 이런 경우, 두 사람 가운데 누가 그 부자를 더 사랑하고 더 깊이 감사의 뜻을 표할 거라고 당신은 생각합니까?"

집주인은 "그야 물론 탕감받은 액수가 더 큰 사람입니다."라고 대답했다. 예수는 향유를 부어 주는 여인을 손으로 가리키면서 집주인에게 이렇게 말했다.

"당신과 이 여인의 경우도 내가 방금 애기한 경우와 마찬가지입니다. 당신은 자신이 정통주의자이며, 따라서 빚을 적게 진 사람이라고 자처합니다. 그러나 이 여인은 자신이 유대교를 믿지 않는 사람이며, 따라서 빚을 많이 진 사람이라고 여깁니다.

내가 당신 집에 들어왔을 때 당신은 발 씻을 물도 주지 않았습니다. 그러나 이 여인은 자기 눈물로 내 발을 씻어 주고 자기 머리카락으로 내 발을 닦아 주었습니다. 당신은 내게 인사의 키스도 해 주지 않았지만, 이 여인은 내 발에 키스를 했습니다. 당신은 내 머리에 바를 기름조차 주지 않았지만 이 여인은 내 발에 값비싼 향유를 발라 주었습니다.

정통주의에 머물러 있는 사람은 사랑을 실천하지 않을 것이지만, 자신이 유대교를 믿지 않는 사람이라고 여기는 사람은 사랑을 실천할 것입니다.

그리고 사랑을 실천한 사람은 모든 죄를 용서받는 것입니다."

이어서 예수는 여인에게 "당신의 죄는 모두 용서를 받았습니다."라고 말했다. 그리고 이렇게 한마디 덧붙였다.

"죄의 용서 여부는 모두 각자가 자신을 어떤 사람으로 여기는가에 달려 있습니다. 스스로 선한 사람이라고 자처하면 누구나 선한 사람이 되지 못할 것이고, 스스로 악한 사람이라고 여기면 누구나 선한 사람이 될 것입니다."

그런 다음에 한 가지 비유를 더 들었다.

"두 사람이 성전에 기도하려고 들어갔는데 한 사람은 정통주의자고 또 한 사람은 세금을 걷는 관리였습니다. 정통주의자는 '저는 다른 사람들과 같지가 않습니다. 재산에 탐욕을 부리지도 않고 방탕하지도 않은 사람입니다. 나쁜 짓을 일삼는 악당도 아니며 저 세금 걷는 관리처럼 무가치한 인간쓰레기도 아닙니다. 저는 매주 두 번 단식을 하고 재산의 십분의 일을 성전에 바칩니다. 이 모든 것에 대해 하느님 당신께 감사드립니다.' 라고 기도했습니다.

율리우스 슈노르 폰 카롤스펠트 작　　　　　　　　　　　　　세리의 기도

반면에 세금을 걷는 관리는 제단에서 아주 멀리 떨어진 곳에 서서 감히 얼굴조차 들지 못한 채 다만 자기 가슴을 손으로 치면서 '주님, 저는 무가치한 인간쓰레기입니다. 제게 자비를 베풀어 주십시오.'라고 기도했습니다. 결국은 세금을 걷는 관리가 정통주의자보다도 훨씬 더 착한 사람이있습니다. 왜냐하면 누구든지 자기를 높이면 낮아질 것이지만, 자기를 낮추면 높아질 것이기 때문입니다."

9

얼마 후 요한의 제자들이 예수를 찾아가서 물었다.

"우리와 정통주의자들은 자주 단식을 하는데 당신 제자들은 왜 단식을 하지 않는 것입니까? 유대교 전통법에 따르면 하느님께서는 모든 백성에게 단식을 명령하셨는데 말입니다."

그러자 예수가 대답했다.

"신랑이 피로연에 참석하고 있는 동안에는 아무도 슬퍼하지 않는 법입니다. 다만 그가 떠나고 난 뒤에야 비로소 사람들은 슬픔에 잠길 것입니다. 목숨이 붙어 있는 한 사람은 슬픔에 잠겨서는 안 됩니다.

하느님을 외면적으로 섬기는 것은 사랑의 실천과 조화될 수 없습니다. 하느님을 외면적으로 섬기는 것은 낡은 가르침인데, 그것은 이웃 사람들에게

사랑을 실천하라는 나의 새로운 가르침과 하나가
될 수 없습니다.

　나의 가르침을 낡은 가르침과 결합하는 것은 새
옷에서 한 조각을 베어내 그것을 낡은 옷에 꿰는
것과 마찬가지입니다. 나의 가르침을 모두 받아들
이든가, 아니면 낡은 가르침을 모두 받아들이든가
둘 중에 하나밖에는 없습니다.

　그리고 일단 나의 가르침을 받아들인 다음에는
깨끗하게 만드는 예식, 단식, 안식일 등에 관한 낡
은 가르침을 따르기란 불가능합니다. 그것은 새로
담근 포도주를 낡아빠진 가죽 술 자루에 담아 둘
수 없는 것과 마찬가지입니다.

　새 포도주를 낡은 자루에 담는다면 낡은 자루가
터지고 포도주가 새어 버리고 말 것입니다. 그러니
까 새 포도주는 새로 만든 튼튼한 가죽 술 자루에
담아야만 하고, 그렇게 하면 포도주도 술 자루도
모두 온전히 보존이 될 것입니다."

생명의 원천

모든 사람의 생명은
아버지의 영혼으로부터 나오는 것이다

1

얼마 후, 요한의 제자들이 다시 예수를 찾아가서 질문했다. 요한이 자기 뒤에 오실 분이라고 말한 사람이 바로 예수 자신인가? 예수는 하느님의 나라를 드러내고 있는가? 예수는 사람들을 영혼으로 새롭게 만들고 있는가? 그러한 질문에 대해 예수는 이렇게 대답했다.

"당신들은 눈으로 보고 귀로 들으십시오. 그리고 하느님의 나라가 이미 시작되었는지, 사람들이 영혼으로 새롭게 되고 있는지에 관해서 요한에게 그대로 알려 주십시오. 그리고 내가 어떤 종류의 하느님의 나라를 가르치고 있는지도 그에게 알려 주십시오.

하느님의 나라가 오면 사람들이 축복을 받을 것이라고 예언자들은 말했습니다. 내가 말하는 하느님의 나라란 요한이 설교한 그 나라와 같은 것입니다. 즉, 가난한 사람들도 축복을 받을 뿐만 아니라, 내 말을 이해하는 사람은 누구나 축복을 받는다는 것입니다. 자, 요한에게 이것을 알려 주십시오."

요한의 제자들을 떠나보낸 뒤 예수는 요한이 제일 먼저 선포했던 하느님의 나라에 관해서 사람들에게 이렇게 말했다.

"여러분이 물의 세례를 받으러 광야에 갔을 때 무엇을 보려고 그곳에 갔던 것입니까? 유대교의 전통법을 가르치는 정통주의자들도 역시 요한에게 갔지만 요한이 선포하는 것을 알아듣지 못했습니다. 게다가 그들은 요한을 아무 짝에도 쓸모가 없는 사람으로 여겼습니다.

전통법을 가르친다는 이 정통주의자들의 무리는 오로지 자신들이 지어내고 자기들끼리 주고받는 내용만이 진리라고 여기고, 오로지 자기들이 고안해낸 것만을 전통법으로 인정하는 것입니다.

그러나 그들은 요한이 말하는 것, 다시 말하면 내가 말하는 것에는 귀를 기울이지도 않고 이해하지도 못합니다. 요한이 말하는 것 가운데 그들이 이해하는 것이라고는 그가 광야에서 단식한다는 것뿐인데, 그러면서도 그들은 '요한은 나쁜 귀신이 들렸다.'고 말합니다.

내가 말하는 것에 대해서도 그들이 이해하는 것이라고는 내가 단식하지 않는다는 것뿐인데, 그러면서도 그들은 '예수는 세금 걷는 자들과 죄인들과 먹고 마신다. 그는 그들의 친구다.'라고 말합니다.

그들은 길에서 노는 어린아이들처럼 자기들끼리 허튼소리나 지껄이고 있으면서도, 아무도 자기들 말에 귀를 기울이지 않는 것을 이상하게 여깁니다.

그런데 그들의 지혜는 그들의 행동으로 드러납니다. 여러분이 값진 비단옷을 입은 사람을 보려고 광야에 갔다면 그것은 헛수고입니다. 그런 사람들은 왕궁에서 살고 있습니다.

그러면 여러분은 어떤 인물을 만나려고 광야에 갔던 것입니까? 요한이 다른 예언자들과 똑같은 인물이라고 여겼기 때문에 그에게 간 것입니까?

천만에 말씀입니다! 요한은 결코 다른 예언자들과 같은 인물이 아니었습니다. 그는 그 어느 예언자보다도 위대한 인물이었습니다. 예언자들은 앞으로 일어날 일을 예언했습니다. 그러나 요한은 현재의 사실을 선포했습니다. 즉, 하느님의 나라가

지상에 있었고, 또 지금도 여기 있다는 사실을 사람들에게 선포한 것입니다.

나는 사실을 사실대로 여러분에게 말하는데, 지상에 태어난 사람들 가운데 요한보다 더 위대한 사람은 없었습니다. 그는 지상에 있는 하느님의 나라, 사람들 안에 있는 하느님의 나라의 진리를 선포했고, 따라서 그 어느 누구보다도 더 위대한 것입니다.

유대교의 전통법과 모든 예언자들, 그리고 신성한 예배의 모든 외형적 형식은 요한이 오기 이전에만 필요한 것이었습니다.

그러나 요한이 온 이후 지금까지는 하느님의 나라가 지상에 왔다는 사실, 하느님의 나라가 사람의 영혼 안에 있다는 사실, 그리고 거기 들어가려고 노력하는 사람은 누구나 그 나라에 들어간다는 것이 선포되었습니다.

모든 것의 시작과 끝은 사람의 영혼 안에 있습니다. 사람은 누구나 육체적 생명을 가지고 있고, 자신이 육체적 부모를 통해 잉태되었다고 알고 있는데, 그 외에도 자신 안에 육체와는 별개의 존재인 자유롭고 지성적인 영혼이 있다는 것을 인식합니다. 바로 이 영혼은 무한한 것으로부터 나오는 무한한 것으로, 만물의 원천이며 우리가 하느님이라고 부르는 그분입니다.

우리는 우리 안에서 그분을 알아보아야만 비로소 그분을 알게 됩니다. 이 영혼이 우리 생명의 원천이고, 모든 것보다 더 위에 놓여야만 하며, 우리는 그분을 따라 살아야만 합니다. 그분을 우리 생명의 원천으로 삼아야만 우리는 참되고 무한한 생명을 얻습니다.

이 영혼을 사람들 안에 보내 준 영혼의 근원인 아버지는 사람들이 그분을 의식하면서도 그분을 잃도록 속이라고 영혼을 보내 주었을 리가 없습니다. 그분은 분명히 사람들이 그분을 통하여 무한한 생명을 얻도록 하려는 목적에서 사람에게 영혼을 주신 것입니다.

따라서 이 영혼 자체를 자기 생명으로 삼는 사람은 무한한 생명을 얻는 것입니다. 그러나 그렇게 하지 않는 사람은 참된 생명이 없습니다. 사람은 스스로 생명이나 죽음을 선택할 수 있습니다. 생명은 영혼 안에, 죽음은 육체 안에 있는 것입니다.

영혼의 생명은 선이고 빛입니다. 육체의 생명은

악이고 어둠입니다. 영혼을 믿는다는 것은 선행을 하는 것을 의미합니다. 그것을 믿지 않는다는 것은 악행을 하는 것을 의미합니다. 선은 생명이고 악은 죽음입니다.

우리 밖에 존재하는 창조주인 하느님, 모든 것의 시작인 그분의 시작을 우리는 모릅니다. 그분에 관해 우리가 알고 있는 것이라고는 그분이 사람들 안에 영혼을 파종했다는 것, 씨 뿌리는 농부가 씨를 뿌리듯이 장소에 차별을 두지 않고 밭의 모든 곳에 씨를 뿌렸는데, 좋은 땅에 떨어진 씨는 싹이 터서 자라고, 불모의 땅에 떨어진 씨는 죽어 버린다는 것입니다. 우리가 아는 것은 그것뿐입니다.

생명을 주는 것은 오직 영혼만이 할 수 있지만, 그 생명을 보존하거나 잃는 것에 대한 책임은 사람에게 있습니다. 영혼 자체에는 악이 존재하지 않습니다. 악이란 생명의 환상에 불과합니다. 생명에는 살아 있다는 것과 살아 있지 않다는 것, 이 두 가지 조건밖에는 없습니다.

세상은 이렇게 누구에게나 주어지는 것이고, 누구나 그의 영혼 안에는 하늘나라에 대한 인식이 있습니다. 사람은 누구나 자신의 자유로운 뜻에 따라 하늘나라에 들어가거나 들어가지 않거나 할 것입니다.

그 나라에 들어가려면 영혼에 대한 믿음이 필요합니다. 영혼의 그 생명을 믿는 사람은 무한한 생명을 가집니다."

게으른 농부와 씨 뿌리는 농부

2

그러자 전통주의자들이 예수에게 몰려와서 이렇게 물었다.

"그렇다면 하느님의 나라는 어떻게, 그리고 언제 오는 것입니까?"

이에 예수는 이렇게 대답했다.

"내가 말하는 하느님의 나라는 예전에 예언자들이 말한 것과 똑같은 것이 아닙니다. 예언자들은 하느님께서 눈에 보이는 여러 가지 징표들 가운데 오신다고 말했지만, 내가 말하는 하느님의 나라가 오는 것은 사람들의 눈에 보이지 않습니다.

어느 누가 여러분에게 하느님의 나라가 이미 왔다거나 앞으로 올 것이라거나, 아니면 그것이 여기 또는 저기 있다고 말한다 해도 그런 말은 조금도 믿지 마십시오.

하느님의 나라는 특정 시간이나 장소에 한정되지도 않고 특정 종류에 속하는 것도 아닙니다. 그것은 여기서도 저기서도 또한 어느 곳에서도 눈에 보이는 번개와도 같은 것입니다.

게다가 그 나라는 시간도 장소도 없습니다. 왜냐하면 내가 말하는 하느님의 나라는 여러분 내면에 있는 것이기 때문입니다."

3

얼마 후 니코데모가 예수를 밤에 몰래 찾아가서 만났다. 그는 유대교의 정통주의를 믿는 사람으로, 유대인의 지도자들 가운데 하나였다. 그가 예수에게 말했다.

"당신은 우리에게 안식일을 지키라고 요구하지 않습니다. 깨끗한 것과 불결한 것을 가리는 관습법의 준수도 요구하지 않습니다. 제물을 바치는 것도 단식하는 것도 요구하지 않습니다.

그리고 당신은 예루살렘 성전을 파괴하려고 합니다. 당신은 하느님이 영혼이라고 말합니다. 그리고 당신이 말하는 하느님의 나라는 우리 내면에 있다고 합니다.

그렇다면 이것은 어떤 종류의 하느님의 나라입니까?"

그러자 예수가 대답했다.

"사람이 하늘나라로부터 잉태된다면 그의 내면
에는 틀림없이 하늘나라에 속한 것이 있다는 점을
당신은 깨달아야만 합니다."

니코데모는 그 말을 알아듣지 못해서 반문했다.

"자기 아버지의 육체로 잉태되어 이미 늙도록
살아온 사람이 어떻게 어머니의 뱃속으로 다시 들
어가서 잉태될 수가 있단 말입니까?"

그러자 예수는 이렇게 대답했다.

"내 말을 잘 알아들어야만 합니다. 사람은 육체
뿐만 아니라 영혼에 의해서도 잉태됩니다. 따라서
사람은 누구나 육체와 영혼으로 잉태되며, 하느님
의 나라가 그의 내면에 깃들게 되는 것입니다.

육체로부터는 육체가 나옵니다. 육체로부터 영
혼이 태어날 수는 없습니다. 영혼은 오로지 영혼으
로부터만 나옵니다. 영혼은 당신 안에서 살고 있는
그것, 자유와 이성 안에 살고 있는 그것입니다.

당신은 그것의 시작도 끝도 모릅니다. 그러나 사
람은 누구나 자기 안에 있는 그것을 느낍니다. 그
런데도 우리가 하늘나라로부터 잉태되어야만 한다
는 나의 말을 납득하지 못하는 것입니까?"

니코데모는 "그런 일이 가능하다고는 여전히 믿지 못하겠습니다."라고 말했다.

이윽고 예수는 이렇게 대꾸했다.

"이것을 알아듣지 못하겠다면 당신은 도대체 무슨 자격으로 다른 사람들을 가르친다는 말입니까? 나는 어려운 문제를 설명하고 있는 것이 아닙니다. 오히려 우리 모두가 알고 있는 것을 설명하고 있고, 우리 모두가 직접 보는 것을 증언하는 것입니다. 지상에 있는 것, 당신 자신 안에 있는 것도 믿지 않는다면 당신이 어떻게 하늘나라에 있는 것을 믿을 것입니까?

지상의 사람들 가운데 단 한 사람을 제외하고는 아무도 하늘나라에 올라간 적이 없습니다. 그는 하늘나라에서 내려왔고 하늘나라에 속하는 사람입니다. 그는 곧 사람 안에 있는 하늘나라의 아들인데, 모든 사람이 그를 믿도록, 모든 사람이 멸망하지 않고 하늘나라의 생명을 받도록 하기 위해서 반드시 높이 매달리지 않으면 안 됩니다.

하느님은 자기와 동일한 본질을 지닌 자기 아들을 내어주셨는데, 그것은 사람들의 멸망이 아니라 그들의 행복을 위한 것입니다. 하느님은 모든 사람

니코데모와 대화하는 예수

이 자기 아들을 믿도록, 그들이 멸망하지 않고 영원한 생명을 얻도록 하기 위해 그를 내어주신 것입니다.

하느님은 사람들의 세상을 멸망시키기 위해서 영원한 생명인 자신의 아들을 사람들의 세상에 보내신 것이 아닙니다. 그분은 사람들의 세상이 자기 아들을 통해서 생명을 얻도록 하기 위하여 영원한 생명인 그를 보내신 것입니다.

누구든지 자기 생명을 그에게 바치는 사람은 죽지 않습니다. 그러나 그에게 자기 생명을 바치지 않는 사람은 영원한 생명인 그를 믿지 않았기 때문에 스스로 멸망합니다. 죽음이란, 생명이 세상에 왔지만 사람들이 스스로 그 생명을 등지는 것을 말합니다.

빛은 사람들의 생명입니다. 빛이 세상에 왔지만 사람들은 빛보다도 어둠을 더 좋아해서 빛을 향하여 가까이 다가가지 않습니다. 악행을 저지르는 사람은 자기 행실을 감추기 위해 빛을 향해 가까이 다가가지 않는데, 이런 사람은 생명을 잃고 맙니다.

반면에 진리 안에 사는 사람은 자신의 행실을 드러내기 위해 빛을 향하여 가까이 다가가는데, 이런 사람은 생명을 얻고 하느님과 결합됩니다.

하느님의 나라는 당신이 생각하는 것처럼 특정한 시기에, 특정한 장소에 모든 사람을 위하여 올 것이라는 식으로 알아들어서는 절대로 안 됩니다. 오히려 온 세상에서 언제나, 하늘에서 내려온 사람의 아들을 믿는 일부의 사람들은 하느님 나라의 아들이 되지만, 그를 믿지 않는 사람들은 멸망한다고 알아들어야만 합니다.

사람 안에 있는 그 영혼의 아버지는 오로지 자신이 아버지의 아들임을 인정하는 사람들만의 아버지입니다. 따라서 아버지가 주신 것을 자기 안에 간직하는 사람들만이 아버지에게는 존재하는 것입니다."

4

그 일이 있은 뒤에 예수는 하느님의 나라가 무엇인지 사람들에게 설명해 주기 시작했다. 그리고 비유라는 수단을 동원해서 그 의미를 명확하게 드러냈다. 그는 이렇게 말했다.

"아버지는 영혼 자체인데, 그분은 농장 주인이 자기 밭에 씨를 뿌리듯 깨달음의 삶이라는 씨를 온 세상에 뿌리십니다. 어떤 씨앗이 어디에 떨어지든 상관하지 않으시면서 밭 전체에 씨를 뿌리십니다.

어떤 씨들은 길에 떨어져, 새들이 날아와서 쪼아 먹고 맙니다. 어떤 씨들은 돌이 많은 밭에 떨어져, 돌 틈을 비집고 싹이 나온다 해도 뿌리를 내릴 곳이 충분하지 못해서 시들어 죽고 맙니다. 또 어떤 것은 가시덤불 속에 떨어져, 싹이 터도 가시덤불이 뒤덮어 짓누르고 이삭이 생겨도 알맹이가 차지 못하고 맙니다.

그런가 하면 어떤 것은 비옥한 땅에 떨어져 싹이
터서 주인이 손해 본 것을 보충해 줍니다. 이런 것
들은 이삭이 나오고 알맹이가 차서, 한 이삭이 백
배 또는 육십 배, 또는 삼십 배의 수확을 냅니다.

이와 마찬가지로 하느님은 사람 안에 영혼을 널
리 파종합니다. 그것은 어떤 사람들 안에서는 죽어
버리지만, 또 어떤 사람들 안에서는 백 배의 수확
을 냅니다. 백 배의 수확을 내는 이 사람들이 바로
하느님의 나라를 이룹니다.

그러니까 하느님의 나라란 당신이 생각하는 것
과 같이 사람들을 다스리기 위해 하느님이 오시는
것이 아닙니다. 하느님은 다만 영혼을 파종할 뿐이
고, 하느님의 나라는 그것을 잘 보존하는 사람들
안에 자리 잡을 것입니다.

하느님은 사람들에게 억지로 일을 시키지는 않
으십니다. 씨 뿌리는 사람은 밭에 씨를 뿌리지만,
그 다음에는 씨앗에 대해 더 이상 생각하지 않습니
다. 그렇지만 씨앗들은 저절로 부풀어서 싹을 트이
고 잎과 줄기와 이삭을 만들며 이삭을 알맹이로 채
웁니다.

밀이 완전히 익었을 때 비로소 주인은 밀을 추수하기 위해 낫을 들고 나섭니다. 이와 마찬가지로 하느님은 자기 아들, 즉 영혼을 세상에 주셨습니다. 영혼은 스스로 이 세상에서 자라고 영혼의 아들들은 하느님의 나라를 이룩하는 것입니다.

반죽하는 여인은 효모를 나무통에 넣어 밀가루와 섞어서 반죽을 합니다만, 반죽이 끝나면 더 이상 주무르지 않고 그것이 스스로 발효하여 부풀어 오르도록 내버려 둡니다.

사람들이 살아 있는 생전에는 하느님이 그들의 삶에 개입하지 않으십니다. 그분은 세상에 영혼을 주셨고, 영혼 자체는 사람들 안에서 살아 있으며, 영혼에 따라 사는 사람들은 하느님의 나라를 이룩합니다. 그 영혼에게는 죽음도 악도 없습니다. 죽음과 악은 육체를 위한 것이지, 영혼을 위한 것이 아닙니다.

하느님의 나라는 이런 방식으로 옵니다. 농부가 좋은 씨를 자기 밭에 뿌립니다. 농부는 영혼의 근원인 아버지이고, 밭은 세상이며, 좋은 씨앗들은 하느님 나라의 아들들입니다. 그런데 농부가 잠든 사이에 그의 원수가 와서 밭에 가라지 씨를 뿌렸습니다. 원수는 유혹이고, 가라지 씨는 유혹의 아들들입니다.

일꾼들이 농부에게 가서 '당신은 나쁜 씨앗들을 결코 뿌리지 않았을 것입니다. 당신 밭에 가라지가 무성하게 자랐습니다. 우리를 파견해 주십시오. 그러면 우리가 가라지를 모두 뽑아 버리겠습니다.' 라고 말했습니다.

그러자 농부는 '그렇게 해서는 절대로 안 됩니다. 가라지를 뽑으려다 당신들이 밀도 짓밟을 것이기 때문입니다. 밀과 가라지가 함께 자라도록 내버려두십시오. 추수할 때가 되면 나는 추수하는 사람들에게 가라지를 베어서 불에 태우라고 지시할 것입니다. 그리고 나는 밀을 창고에 쌓을 것입니다.' 라고 대답했습니다.

추수란 인간의 생명이 끝나는 죽음이고, 추수하는 사람들은 하늘의 천사들입니다. 가라지는 불에 태워질 것이지만, 밀은 깨끗이 탈곡되어 창고에 쌓일 것입니다.

이와 마찬가지로 사람의 생명이 끝날 때는 시간의 가면에 가려졌던 것이 모두 사라지고 오로지 영혼 안의 참된 생명만이 홀로 남게 될 것입니다. 영혼의 근원인 아버지에게는 악이 전혀 없기 때문입니다. 영혼은 자기에게 필요한 것은 보존하고, 불필요한 것은 영혼을 위해 존재하지 않게 할 것입니다.

하느님의 나라는 그물과 같습니다. 어부는 바다에 그물을 던져서 모든 종류의 물고기를 잡을 것입니다. 그런 다음에는 그물을 끌어올려 쓸데없는 것들은 골라서 바다에 다시 던져 버릴 것입니다. 세상이 끝날 때에도 이와 마찬가지일 것입니다. 하늘의 천사들은 선한 사람들을 가려내어 구원하고 악인들은 버릴 것입니다."

5

예수가 이야기를 마치자 제자들은 이 여러 가지 비유를 어떻게 이해해야 좋을지 물었다. 그러자 예수는 이렇게 대답했다.

"나의 이 비유들을 두 가지 방식으로 알아들어야만 할 것입니다. 내가 이러한 비유들을 들려준 것은 나의 제자 여러분과 같은 사람들은 하느님 나라가 어디 있는지 알고, 하느님 나라가 사람 각자 안에 있다는 것을 이해하며, 그 나라에 어떻게 들어가는지도 깨닫는 반면, 이런 것을 전혀 깨닫지 못하고 있는 사람이 있기 때문입니다.

깨닫지 못하는 사람들은 눈으로 바라보기는 하지만 실제로는 보지 못하고, 귀로 듣기는 하지만 진리를 알아듣지는 못합니다. 그들의 마음이 무디어졌기 때문입니다.

따라서 나는 이 두 종류의 사람들을 위해 두 가지 의미를 지닌 비유들을 들려주는 것입니다. 깨닫지 못하는 사람들에게는 하느님에 관해, 하느님의 나라가 그들에게 무엇인지에 관해 비유를 들어 주는데, 이것은 그들이 깨닫도록 하기 위해서입니다.

반면에 여러분에게는 하느님의 나라가 여러분을 위해 무엇인지, 그러니까 여러분 안에 있는 그 나라에 관해서 비유를 들어 준 것입니다.

여러분은 씨 뿌리는 사람의 비유를 반드시 잘 알아들어야만 합니다. 이 비유는 여러분을 위해 이와 같은 뜻을 지닌 것입니다.

누구든지 하느님 나라의 의미를 알아들었지만 진심으로 그것을 받아들이지 않는다면, 유혹이 그에게 닥치고 이미 뿌려진 씨앗을 빼앗아 가고 마는데, 그런 사람은 길에 떨어진 씨앗과 같습니다.

그리고 돌밭에 떨어진 씨앗은 하느님 나라의 의미를 즉시 기쁘게 받아들이지만, 자기 안에 뿌리가 없기 때문에 일시적으로만 받아들이는 데 불과한 사람입니다. 하느님 나라의 의미 때문에 심한 어려움과 박해가 닥치게 되면 그는 즉시 하느님의 나라를 저버립니다.

가시덤불에 떨어진 씨앗은 하느님 나라의 의미를 알아듣기는 하지만 세속적 근심과 재물의 유혹이 그 사람 안에 있는 하느님 나라의 의미를 질식시켜 버려서 아무 결실도 내지 못하는 사람입니다.

그러나 비옥한 땅에 떨어진 씨앗은 하느님 나라의 의미를 잘 알아듣고 진심으로 그것을 받아들이는 사람인데, 이런 사람은 백 배 또는 육십 배 또는 삼십 배의 수확을 냅니다. 자기 안에 있는 것을 보존하는 사람에게는 더 많은 것이 주어지지만, 보존하지 못하는 사람은 자기 안에 있는 것을 모두 빼앗길 것이기 때문입니다.

따라서 여러분은 이 비유들을 잘 알아듣도록 조심해야만 합니다. 잘 알아들어서 속임수, 잘못, 근심걱정에 굴복하지 않고 오히려 삼십 배 또는 육십 배 또는 백 배의 수확을 내도록 해야만 합니다.

하느님 나라는 영혼 안에서 아무것 없이도 자라고 퍼져서 모든 것을 제공해 줍니다. 그것은 세상의 씨앗 가운데 가장 작은 자작나무 씨앗과 같습니다. 이 씨앗이 싹트면 그 나무가 자라서 다른 어느 나무보다도 더 높이 솟으며 하늘의 새들이 그 가지에 둥지를 틀게 됩니다."

4장

하느님의 나라

그러므로 모든 사람이
생명과 행복을 누리는 것이 아버지의 뜻이다

1

예수는 농촌 마을과 도시를 두루 순방하면서 아버지의 뜻을 실천하는 행복을 모든 사람들에게 가르쳤다. 예수는 사람들을 가엽게 여겼다. 그들은 참된 생명이 어디에 있는지도 모른 채 죽어 가고, 목자 없는 양 떼와도 같이 이유도 모른 채 이리저리 내몰리고 고통을 당하고 있기 때문이었다. 또한 그들은 참으로 축복받은 상태가 무엇인지 모르고 있었기 때문이었다.

한번은 많은 사람들이 예수의 가르침을 들으려고 몰려들었을 때 그는 산으로 올라가서 자리를 잡고 앉았다. 제자들이 그의 주위를 둘러싸고 있었다. 이윽고 예수는 아버지의 뜻이 무엇인지에 관해서 백성들에게 가르치기 시작했다. 그리고 이렇게 말했다.

"가난하고 집 없는 사람들은 축복을 받았습니다. 재산이나 지위가 없으면서도 그런 것을 추구하지 않는 사람들은 축복을 받았습니다. 왜냐하면 이렇게 가난한 사람들과 억압받는 사람들은 아버지의 뜻 안에 있기 때문입니다.

일시적으로 굶주린다 해도 그들은 배가 부를 것입니다. 비탄에 잠기고 슬피 운다고 해도 그들은 위로를 받을 것입니다. 사람들이 그들을 멸시하고 따돌리며 어디를 가나 내몰아 버린다 해도 그들은 자기가 받는 대우에 대해 기뻐해야 합니다. 하느님의 백성은 그렇게 박해를 받아 왔으며 지금 하늘나라의 보상을 받고 있기 때문입니다.

반면에 부자들은 불행합니다. 재산과 지위를 얻으려 추구하는 사람들은 불행합니다. 그들은 자기가 원하는 것을 모두 이미 얻었고 앞으로는 더 이상 아무것도 받지 못할 것이기 때문입니다. 부자들, 그리고 세상의 인정을 받은 사람들은 일시적인 이 지상의 삶을 위해 사람들로부터 이익을 얻을 것만 추구하기 때문입니다.

지금 그들은 배가 부르지만 앞으로는 굶주릴 것입니다. 지금 그들은 즐겁게 지내지만 앞으로는 슬퍼질 것입니다. 모든 사람의 칭찬을 받는다 해도 그들은 불행합니다. 오로지 남을 속이는 사람들만 이 모든 사람의 칭찬을 받기 때문입니다.

가난하고 집 없는 사람들은 축복을 받았습니다. 그러나 단순히 물질적으로 가난한 것이 아니라 정신적으로도 가난할 때 비로소 축복을 받은 것입니다. 그것은 마치 소금이 진짜 소금일 때에만, 다시 말하면 겉모양만 소금이 아니라 진짜 짠맛을 낼 때에만 좋은 것과도 같습니다.

따라서 가난하고 집 없는 여러분은 세상을 가르치는 선생들이기도 합니다. 참된 행복이 가난하고 집 없는 상태에 있다는 사실을 안다면 여러분은 축복을 받은 것입니다. 그러나 여러분이 물질적으로만 가난하다면, 짠맛을 잃어버린 소금처럼 아무 짝에도 쓸모가 없습니다.

여러분은 세상을 비추는 빛이 되지 않으면 안 됩니다. 따라서 여러분의 빛을 숨기지 말고 오히려 사람들에게 드러내 보이십시오. 촛불을 켠 사람은 그것을 의자 아래 두지 않고 식탁 위에 올려놓아 촛불이 방 안을 환하게 비추도록 합니다.

따라서 여러분도 자기 빛을 숨기지 말고 선행을

율리우스 슈노르 폰 카롤스펠트 작   산상설교

통해 그것을 사람들에게 드러내 보이십시오. 그래서 그들이 여러분이 진리를 안다는 것을 깨달을 뿐만 아니라, 여러분의 선행을 보고 하늘에 계신 아버지를 알아보도록 만드십시오.

하느님의 뜻을 실천하려면 가난과 멸시를 두려워해서는 안 되고, 오히려 가난과 멸시를 기뻐하는 한편 사람들에게 참된 행복이 무엇인지 보여 주어야만 합니다."

2

계속해서 예수가 말했다.

"내가 여러분을 유대교의 전통법에서 풀어준다고 생각하지는 마십시오. 나는 전통법의 굴레에서 여러분을 풀어주려고 가르치는 것이 아니라 영원한 법의 완성을 가르치고 있습니다. 하늘 아래 사람들이 살아 있는 한 영원한 법은 있게 마련입니다. 오로지 사람들이 전적으로 영원한 법에 따라 행동할 때에만 아무런 법도 남지 않을 것입니다.

이제 나는 여러분에게 영원한 법의 계명들을 주겠습니다. 가장 사소한 계명들 가운데 하나라도 스스로 어길 뿐만 아니라 다른 사람들도 어기도록 가르치는 사람은 하늘나라에서 가장 보잘것없는 사람이 될 것입니다.

반면에 계명들을 스스로 지킬 뿐만 아니라 다른

사람들도 지키도록 가르치는 사람은 하늘나라에서
가장 위대한 사람이 될 것입니다. 왜냐하면 여러분
의 덕행이 정통주의 지도자들의 덕행보다 더 뛰어
나지 않는 한 여러분은 결코 하늘나라에 들어가지
못할 것이기 때문입니다.

생명과 행복을 주는 하느님의 뜻을 실천하기 위
해서 모든 사람들은 다음과 같은 다섯 가지 계명을
지켜야 합니다. 그 영원한 법의 계명들은 이러한
것입니다.

(1) 예전의 전통법에서는 '살인하지 말라. 살인
을 저지르면 누구든지 재판을 받아야만 한다.'고
했습니다.

그러나 나는, 자기 형제에게 화내는 사람은 누구
나 재판을 받아야 마땅하다고 여러분에게 말합니
다. 자기 형제에게 욕하는 사람은 더욱 큰 잘못을
저지른 사람입니다.

따라서 하느님께 기도를 바치려고 할 때 여러분
은 자기에게 나쁜 감정을 품은 사람이 아무도 없는
지부터 먼저 잘 살펴보아야만 합니다. 여러분에게
모욕을 당했다고 생각하는 사람이 한 명이라도 있

다는 사실이 머리에 떠오른다면 기도하기에 앞서서 먼저 여러분의 형제를 찾아가서 그와 화해를 하십시오. 그리고 나서 기도를 바쳐야만 합니다.

하느님께서 원하시는 것은 제물도 기도도 아니고, 여러분 사이의 평화와 화목과 사랑이라는 사실을 깨달아야만 합니다. 여러분이 사랑하지 않는 사람이 단 한 명이라도 남아 있는 한 여러분은 기도를 하든 하느님을 생각하든 아무 소용이 없습니다.

따라서 첫 번째 계명은 '화내지 말라. 욕하지 말라. 그리고 남과 다투었다면 아무도 네게 나쁜 감정을 품지 않도록 화해하라.' 는 것입니다.

이것은 어느 누구에게도 악행을 하지 말고, 절대 다른 사람의 원한을 사도록 행동하지 말라는 것입니다. 왜냐하면 악은 악으로부터 나오기 때문입니다.

(2) 예전의 전통법에서는 '간통하지 말라. 자기 아내를 버리려고 하는 사람은 이혼 증서를 그 여자에게 주어야 한다.' 고 했습니다.

그러나 나는, 만일 여자의 아름다움에 매혹되었다면 여러분은 이미 간통을 저지른 것이라고 말합니다.

모든 육욕은 영혼을 파멸시킵니다. 따라서 여러분은 자기 생명을 잃는 것보다 육체의 쾌락을 포기하는 것이 더 낫습니다. 여러분이 만일 자기 아내를 버린다면, 여러분 자신이 죄를 지을 뿐만 아니라, 그 여자는 물론이고 그 여자를 앞으로 데리고 살 남자마저도 죄를 짓도록 만드는 것입니다.

따라서 두 번째 계명은 '여자에 대한 사랑이 좋은 것이라고 생각하지 말라. 여자들의 아름다움을 찬미하지 말라. 다만 너와 결혼한 여자와 함께 살고 그 여자를 버리지 말라.'는 것입니다.

이것은 또한 여자들의 뒤를 쫓아다니지 말고, 일단 결혼한 뒤에는 자기 아내를 버리지 말라는 것입니다. 아내를 버리고 바꾸는 것은 세상의 모든 방탕을 초래하기 때문입니다.

(3) 예전의 전통법에서는 '너희 하느님이신 주님의 이름을 쓸데없이 입에 담지 말라. 거짓말을 하면서 하느님의 이름에 걸고 맹세하지 말라. 너희 하느님의 이름을 부끄럽게 만들지 말라. 나의 이름으로 거짓 맹세를 하여 너희 하느님을 모독하지 말라.'고 했습니다.

그러나 나는 어떠한 맹세든 모두 하느님을 모독하는 것이라고 말합니다. 따라서 맹세라는 것은 전혀 하지 마십시오.

인간이란 전적으로 아버지의 힘 안에 속해 있기 때문에 아무것도 약속할 수가 없습니다. 흰 머리카락 하나도 검게 만들 수 있는 사람은 없습니다. 그런 주제에 자기가 이러저러한 것을 할 것이라고 어떻게 미리 맹세를 하며, 더욱이 어떻게 감히 하느님의 이름으로 맹세를 한단 말입니까?

맹세란 그 어느 것이나 하느님을 모독하는 것입니다. 왜냐하면 사람이 하느님의 뜻을 거스르는 맹세를 지켜야만 할 경우, 그것은 그가 하느님의 뜻을 거스르겠다고 이미 맹세했다는 말이 될 수밖에 없기 때문입니다.

그래서 맹세란 모두 나쁜 것입니다. 그러니까 다른 사람들이 여러분에게 질문을 던질 때 수긍할 것은 '그렇다.'고 하고 부인할 것은 '아니다.'라고 대답하면 그만입니다. 여기에 추가된 것이 있다면 그것은 모두 나쁜 것입니다.

따라서 세 번째 계명은 '그 누구에게도, 아무것도 맹세하지 말라. 수긍할 것은 '그렇다.'고 하고 부인할 것은 '아니다.' 라고 하라. 그리고 맹세란 모두 나쁜 것이라는 사실을 명심하라.' 는 것입니다.

(4) 예전의 전통법에서는 '다른 사람을 죽인 사람은 목숨을 목숨으로 갚아야 한다. 그리고 눈은 눈으로, 이는 이로, 손은 손으로, 황소는 황소로, 노예는 노예로 갚으라.' 고 했습니다.

그러나 나는 악을 악으로 대항하지 말라고 말합니다. 전통법에 따라 황소는 황소로, 노예는 노예로, 목숨은 목숨으로 갚지 않아야 할 뿐만 아니라, 악에 전혀 대항하지 말아야만 하는 것입니다.

만일 누가 전통법에 따라 여러분의 황소를 가져가려고 한다면, 그에게 다른 황소마저도 내어주십시오. 만일 누가 전통법에 따라 여러분의 외투를 가져가려고 한다면, 그에게 다른 겉옷마저도 내어주십시오. 만일 누가 여러분의 한쪽 뺨을 때려서 이빨을 부러뜨린다면 그에게 얼굴을 돌려서 다른 쪽 뺨마저도 내밀어 주십시오.

사람들이 여러분에게 한 가지 일을 요구하면 또한 가지 일을 더 해서 주십시오. 사람들이 여러분의 재산을 가져가려고 한다면 그 재산을 그들에게 내어주십시오. 사람들이 여러분의 돈을 돌려주지 않는다면 그것을 돌려달라고 요청하지 마십시오.

따라서 남을 심판하지도, 재판에 걸지도, 처벌하지도 마십시오. 그러면 여러분 자신도 심판받지도, 처벌받지도 않을 것입니다. 모든 사람을 용서하십시오. 그러면 여러분도 용서를 받을 것입니다. 여러분이 다른 사람들을 심판하면 그들도 여러분을 심판할 것이기 때문입니다.

여러분은 남을 심판할 수가 없습니다. 왜냐하면 인간에 불과한 여러분은 누구나 눈이 멀었고 진리를 보지 못하기 때문입니다. 아무것도 보지 못하도록 가려진 눈으로 여러분이 어떻게 형제의 눈에 들어 있는 티끌을 분별할 것입니까?

여러분은 먼저 자신의 눈을 제대로 보게 만들어야만 합니다. 그러나 누구의 눈이 제대로 보는 것입니까? 소경이 소경을 인도할 수가 있습니까? 그런 경우에는 둘 다 구덩이에 빠질 것입니다. 이와 마찬가지로 남을 심판하고 처벌하는 사람들은 소경을 인도하는 소경들과 같습니다.

남을 심판하고 매질, 사지절단, 사형 등 잔인한 형벌에 처하는 사람들이 백성들을 가르치려고 합니다. 그러나 제자가 선생에게 배워서 선생과 똑같이 되는 것 이외에 무슨 다른 결과가 그들의 가르침에서 나올 수 있겠습니까? 그들에게 배운 사람들이 나중에 무슨 짓을 하겠습니까? 그들은 선생과 마찬가지로 폭력과 살인을 일삼을 뿐입니다. 남에게 복수하는 것은 다른 사람들에게 복수를 가르칠 뿐입니다.

재판소에서 정의를 찾을 생각은 아예 하지도 마십시오. 법률적 정의를 찾는 것, 사람들이 세운 재판소에 분쟁의 처리를 맡기는 것은 값비싼 진주를 돼지에게 던지는 것과 마찬가지입니다. 돼지는 진주를 발로 짓밟고 여러분을 갈기갈기 찢어버릴 것입니다.

따라서 네 번째 계명은 '사람들이 아무리 부당한 행동으로 해친다 해도 악에 대항하지 말고, 심판하지 말고, 소송을 걸지 말고, 고발하지 말고, 처벌하지 말라.' 는 것입니다. 그것은 사람은 누구나 잘못으로 가득 차 있고 다른 사람들을 인도할 수가 없는 존재이기 때문입니다.

(5) 예전의 전통법에서는 '너와 같은 민족인 사

람들에게는 호의를 베풀고 이민족 사람들에게는 가혹하게 대하라.'고 했습니다. 그러나 나는 여러분의 동족뿐만 아니라 다른 민족들도 사랑하라고 말합니다.

이민족 사람들이 아무리 여러분을 미워하고 학대한다 해도 그들에 대해 좋게 말하고, 그들에게 선행을 베풀어 주십시오. 여러분이 동족에게만 호의를 베푼다면, 물론 이민족들도 누구나 자기 민족 사람들에게만 호의를 베풀 테니까, 결국은 전쟁이 벌어지고 맙니다. 모든 민족의 사람들을 공평하게 똑같이 잘 대우하십시오. 그러면 여러분은 아버지의 아들들이 될 것입니다. 모든 사람은 그분의 자녀들이고, 따라서 모든 사람은 여러분의 형제인 것입니다.

따라서 다섯 번째 계명은 '동족끼리 서로 잘 대우하는 것과 같이 이민족 사람들도 동족과 똑같이 잘 대우하라. 모든 사람의 아버지 앞에서는 민족들도 나라들도 아무런 차별이 없다. 모든 사람은 형제이며, 다 같이 한 분의 아버지를 모시는 아들들이다. 민족과 나라가 다르다고 해서 사람들을 차별하지 말라.'는 것입니다.

따라서 다섯 가지 계명은 다음과 같습니다.

첫째, 화내지 말라. 오히려 모든 사람과 평화롭게 지내라.

둘째, 성적 만족을 추구하지 말라.

셋째, 그 누구에게도, 아무것도 맹세하지 말라.

넷째, 악에 대항하지 말라. 심판하지 말라. 소송을 걸지 말라.

다섯째, 국적이 다르다고 해서 다른 사람을 차별하지 말라. 동족과 마찬가지로 이민족을 사랑하라.

이 모든 계명은 '남이 당신에게 해주기 바라는 바로 그 모든 것을 당신이 남에게 해주라.' 는 말로 요약됩니다. 이 다섯 가지 계명의 준수는 사람들로부터 칭찬을 받기 위해서가 아니라, 자기 자신을 위해, 자신의 행복을 위해 필요한 것입니다."

3

계속해서 예수가 말했다.

"따라서 사람들이 보는 앞에서 기도나 단식을 할 필요는 없습니다. 사람들의 칭찬을 받기 위해서 나의 가르침을 실천하지는 마십시오. 사람들의 평판 때문에 그렇게 한다면 여러분은 사람들로부터 보상을 얻을 것입니다.

그러나 사람들의 평판 때문에 그렇게 하는 것이 아니라면 여러분은 하늘나라의 아버지로부터 보상을 받을 것입니다.

그러므로 사람들에게 선행을 하는 경우, 사람들 앞에서 그 선행을 자랑하지는 마십시오. 그런 짓은 사람들의 칭찬을 바라는 위선자들이나 하는 것입니다. 그리고 위선자들은 자기가 원하는 것을 받습니다.

그러나 여러분은, 아무도 그것을 보지 못하도록, 오른손이 하는 것을 왼손이 모르도록 선행을 하십시오. 그러나 여러분의 아버지는 그 선행을 보실 것이며, 여러분에게 필요한 것을 주실 것입니다.

기도하려고 할 때에는 위선자들처럼 기도하지는 마십시오. 위선자들은 사람들이 보는 가운데 교회에서 기도하기를 좋아합니다. 그들은 사람들의 평판을 얻기 위해서 그렇게 하는데, 그런 사람들은 자기가 원하는 것을 사람들로부터 얻습니다.

그러나 여러분이 기도하려고 할 때에는 아무도 보는 사람이 없는 곳에 가서 영혼 자체이신 아버지께 기도를 바치십시오. 아버지는 여러분의 영혼 안에 있는 것을 보실 것이며, 여러분이 영혼 안에서 원하는 것을 주실 것입니다.

기도할 때는 위선자들처럼 잡다하게 많은 말을 늘어놓지는 마십시오. 여러분이 입을 열기도 전에 여러분의 아버지는 여러분이 원하는 것을 모두 알고 계십니다. 아버지는 사람들이 필요한 것을 모두 알고 있습니다.

따라서 구체적인 것들을 아버지에게 요청하는 기도는 바칠 필요가 없습니다. 필요한 것이라고는

헤라르드 다우 작　　　　　　　　　　　　　　　　　기도

아버지의 뜻 안에 있도록 노력하는 것뿐입니다. 그런데 아버지의 뜻은 사람이 다른 사람에게 화를 내지 않는 것입니다.

여러분이 바쳐야만 하는 기도는 오로지 이것뿐입니다.

하늘처럼 시작도 끝도 없으신 우리 아버지!

오로지 당신의 존재만 신성한 것이 되기를 빕니다.

오로지 당신 홀로 모든 권능을 차지하시기를 빕니다. 그리하여 당신의 뜻이 시작도 끝도 없이 지상에서 실현되기를 빕니다.

제게 지금 생명의 양식을 주십시오.

제가 형제들의 모든 잘못을 덮어 주고 잊어버릴 때, 당신도 저의 지난 모든 잘못을 그렇게 해 주시고, 그래서 제가 유혹에 넘어가지 않도록, 그리고 재앙을 면하도록 해 주십시오.

왜냐하면 권능과 권한이 당신에게 있고 심판은 당신이 하실 일이기 때문입니다.

기도할 때 여러분이 무엇보다도 먼저 할 일은 아무에게도 악의를 품지 않는 것입니다. 만일 여러분이 다른 사람들의 잘못을 용서하지 않는다면, 아버지도 또한 여러분의 잘못을 용서하시지 않을 것이기 때문입니다.

단식할 때는 아무것도 먹지 마십시오. 그러나 여러분이 단식한다는 사실을 다른 사람들에게 드러내서는 안 됩니다. 위선자들은 자신의 단식을 남들에게 드러내 보이는데, 그것은 사람들이 자신의 단식을 알아보고 칭찬하게 만들려는 것입니다. 이런 종류의 단식은 필요하지 않습니다.

물론 사람들은 위선자들을 칭찬하고 그들은 자기가 원하는 것을 얻습니다. 그러나 이러한 칭찬은 피해야 마땅합니다. 여러분은 그런 식으로 단식하지는 마십시오. 오히려 배가 고파서 고통스럽다 해도 유쾌한 표정을 지으며 돌아다녀서 사람들이 여러분의 단식을 알아채지 못하게 하십시오. 물론 여러분의 아버지는 여러분의 단식을 알 것이며, 여러분에게 필요한 것을 주실 것입니다."

계속해서 예수가 말했다.

"재물을 긁어모아 지상에 쌓아두려고 하지는 마십시오. 지상에서는 벌레들이 갉아먹거나 녹이 슬어 못 쓰게 되거나 도둑들이 훔쳐 갑니다. 오히려 여러분을 위해 하늘나라의 재산을 모아서 쌓으십시오. 하늘나라의 재산은 벌레가 갉아먹지도 않고, 녹이 슬어 못 쓰게 되지도 않으며, 도둑들이 훔쳐 가지도 못합니다. 여러분의 재산이 있는 그곳에 여러분의 마음 또한 있습니다.

육체의 등불은 눈이고, 영혼의 등불은 마음입니다. 여러분의 눈이 침침해지면 온몸이 어둠에 잠길 것입니다. 여러분의 마음의 등불이 어두워지면 여러분의 영혼은 어둠에 잠길 것입니다.

여러분은 두 주인을 한꺼번에 섬길 수 없습니다.

한 주인은 기쁘게 하고, 다른 주인은 기분을 상하게 할 것입니다. 여러분은 하느님과 육체를 다 같이 섬길 수 없습니다. 육체에 관해 염려하는 동안, 하늘나라에 관해서는 염려할 수가 없습니다.

여러분은 지상의 생명을 위해 일하거나, 아니면 하느님을 위해 일할 것입니다. 따라서 여러분은 무엇을 먹고, 무엇을 마시며, 무엇으로 옷을 해 입을지 걱정하지 마십시오. 생명은 음식과 옷보다 훨씬 더 소중하며, 또한 하느님께서 여러분에게 주신 것입니다.

하느님의 피조물인 새들을 보십시오. 새들은 파종도, 거두어들이는 일도, 추수도 하지 않지만 하느님께서는 새들을 먹여 기릅니다. 하느님께서 보시기에는 사람이 새보다 못한 존재가 결코 아닙니다. 하느님께서 사람에게 생명을 주셨다면 그분은 또한 그를 먹여살릴 수 있을 것입니다.

사람은 먹을 것과 입을 것을 걱정하지 않아도 계속해서 살아 있을 것입니다. 아버지가 그에게 생명을 주실 것입니다. 바로 지금 사람에게 필요한 것은 그가 아버지의 뜻 안에 있는 것입니다. 아버지는 자기 자녀들에게 필요한 것을 줍니다. 우리는 아버지가 주는, 영혼 자체의 힘만을 바라지 않으면 안 됩니다.

여러분이 아무리 발버둥을 친다 해도 자신을 위해 할 수 있는 것이 아무것도 없다는 사실은 여러분 스스로가 잘 알고 있습니다. 여러분은 자신의 수명을 단 한 시간도 더 연장할 수 없습니다.

그런데 왜 옷 걱정을 하는 것입니까? 들에 핀 꽃들은 일하지도 않고, 실을 만들지도 않지만 전성기의 솔로몬 왕이 입던 옷보다 훨씬 더 화려한 옷을 입고 있습니다. 자, 그렇다면, 오늘 자랐다가 내일 베어질 들판의 꽃들도 하느님께서 이토록 화려하게 꾸며주셨다면, 그분이 여러분을 헐벗도록 내버려두시겠습니까?

걱정하지 마십시오. 무엇을 먹고, 어떻게 옷을 마련할지 궁리해야만 한다는 말을 하지 마십시오. 음식과 옷은 누구나 다 필요한 것이고, 하느님께서는 여러분의 이러한 필요를 알고 계십니다. 그러니까 미래의 일에 관해서는 걱정하지 마십시오. 다만 오늘 일만 생각하면서 사십시오.

아버지의 뜻 안에 머물러 있도록 조심하십시오. 오로지 중요한 것만 얻기를 바라면 됩니다. 나머지는 모두 저절로 올 것입니다. 오로지 아버지의 뜻 안에 머물러 있도록 노력하십시오. 그러므로 미래의 일에 관해서는 걱정하지 마십시오. 미래가 닥치면 그때 가서 걱정하는 것입니다. 오늘 겪어야 할 걱정거리만 해도 매우 많습니다.

요청하십시오. 그러면 여러분은 받을 것입니다. 찾아다니십시오. 그러면 여러분은 발견할 것입니다. 문을 두드리십시오. 그러면 여러분에게 문이 열릴 것입니다. 자기 아들에게 빵 대신에 돌멩이를, 생선 대신에 뱀을 줄 아버지가 있습니까?

그렇다면, 사악한 인간인 우리도 자녀에게 필요한 것을 자녀에게 줄 줄 아는데, 하물며 하늘에 계시는 여러분의 아버지가 여러분이 정말로 필요한 것을 달라고 요청할 때 그것을 주지 않으실 리가 있겠습니까? 요청하십시오. 그러면 하늘에 계시는 아버지는 자기에게 요청하는 사람들에게 영혼의 생명을 주실 것입니다."

5

계속해서 예수가 말했다.

"다섯 가지 계명은 하늘나라에 이르는 길을 드러내 보입니다. 이 좁은 길만이 영원한 생명으로 인도합니다. 생명에 도달하는 길은 좁지만, 바로 이 좁은 길을 걸어가십시오. 생명에 이르는 길은 오직 하나뿐, 그것은 좁고 험한 길입니다.

그 길 주위로는 어마어마하게 넓은 평원이 깔려 있지만 그것은 멸망의 길입니다. 오직 좁은 길만이 생명으로 인도하는데, 그것을 발견하는 사람은 거의 없습니다. 그렇지만 작은 양 떼여, 겁내지 마십시오! 아버지는 여러분에게 하늘나라를 약속해 주셨습니다.

다만 거짓 예언자들과 거짓 선생들을 조심하십시오. 그들은 양 가죽을 쓰고 여러분에게 가까이

다가오지만 그들의 정체는 먹이를 찾아 헤매는 늑대들입니다.

여러분은 그들의 열매, 그들이 내는 결실을 보고 그들의 정체를 알아볼 것입니다. 엉겅퀴에서 무화과를, 가시나무에서 포도를 얻을 수는 없습니다. 그러나 좋은 나무는 좋은 열매를 맺고 나쁜 나무는 나쁜 열매를 맺습니다.

따라서 여러분은 그들의 가르침의 결실을 보고 그들의 정체를 알아볼 것입니다. 선한 사람은 자신의 선한 마음으로부터 모든 선한 것을 내보내지만, 사악한 사람은 자신의 사악한 마음으로부터 모든 사악한 것을 내보냅니다. 왜냐하면 입술은 마음에서 흘러넘치는 것을 말하기 때문입니다.

다른 사람들에게 나쁜 것을 하라고 가르치는 선생이 있다면, 즉 그들이 폭력과 처형과 전쟁을 자행하라고 가르친다면 그들이 가짜 선생임을 깨달으십시오. 거짓 선생들은 선의 이름으로 악을 가르치기 때문에 언제나 분명히 알아볼 수 있습니다. 그들이 가르치는 행동을 보고 그들을 알아보아야만 합니다.

아버지의 뜻을 실천하는 사람은 아버지의 이름

을 부르는 사람이 아니라, 선행을 하는 사람입니다. 하늘나라에 들어갈 사람은 '주님! 주님!' 하고 부르는 사람이 아니라, 하늘에 계신 아버지의 말을 실천하는 사람입니다. 가짜 선생들은 '주님! 주님! 우리는 당신의 가르침을 사람들에게 가르쳤고 당신 가르침에 따라 악령을 쫓아내었습니다.' 라고 말할 것입니다.

그러나 나는 그들을 나의 제자로 인정하지 않을 것입니다. 그리고 나는 그들에게 이렇게 말합니다. '나는 너희를 인정한 적이 없었고 지금도 인정하지 않는다. 내 앞에서 썩 물러가라. 너희는 불법적인 일을 자행하고 있다.'

그리고 다섯 가지 계명을 지키는 사람은 안전하고 참된 생명을 받을 것입니다. 그러나 다섯 가지 계명을 지키지 않는 사람은 불안정한 생명을 받고, 그것마저도 곧 잃어 아무것도 가지지 못하게 될 것입니다.

따라서 이러한 나의 모든 말을 듣고 그대로 실천하는 사람은 지혜로운 사람과 마찬가지로 자기 집을 바위 위에 짓습니다. 그 집은 어떠한 폭풍우에도 잘 견디고 서 있을 것입니다.

그러나 이러한 나의 모든 말을 듣고도 실천하지 않는 사람은 어리석은 바보와 마찬가지로 자기 집을 모래 위에 짓습니다. 폭풍우가 닥치면 그 집은 무너지고 그는 모든 재산을 잃을 것입니다."

그의 가르침을 들은 모든 사람이 크게 놀랐다. 또한 모두 기뻐했다. 그의 가르침은 전통법을 가르치는 정통주의자 선생들의 가르침과 전혀 딴판이었기 때문이다. 정통주의자 선생들은 사람들이 반드시 지켜야만 하는 전통법을 가르쳤지만, 예수는 모든 사람이 자유롭다고 가르친 것이다.

예수의 가르침은 하느님의 선택을 받은 분이 사람들에게 빛을 가지고 올 것이며, 폭력이 아니라 친절과 온순함과 선량함으로 악을 물리치고 진리를 회복할 것이라고 하는 요한의 예언을 이룬 것이었다.

또한 "어둠 속에 사는 백성, 죽음의 그늘 아래 놓인 백성이 생명의 빛을 보았다. 진리의 이 빛을 주는 그 사람은 사람들에게 난폭하게 굴지도 그들을 해치지도 않는다. 그는 온순하고 친절하다. 세상에 진리를 가져오기 위해 그는 논쟁하지도 않고 크게 고함치지도 않는다. 그는 목청을 높여서 소리친 적도 없다. 그는 밀짚 하나라도 꺾지 않고 가장 작은 등불마저도 입김을 불어 끄지 않을 것이다. 그리고 사람들의 모든 희망이 그의 가르침 안에 있다."고 한 이사야 예언자의 예언이 예수 그리스도 안에서 이루어졌다.

The
Gospel in Brief
5장

참된 생명

사람이 자신의 뜻에 따르면 죽음에 이르고
아버지의 뜻에 따르면 참된 생명을 얻을 것이다

1

생명에 관한 사람의 지혜는 자기 생명이 아버지
의 영혼 자체에서 나온 것임을 인정하는 것이다.
사람들은 육체적 생명이라는 목적을 눈앞에 두고
그 목적을 달성하려고 자기 자신과 다른 사람들을
괴롭힌다. 영혼의 생명에 관한 가르침을 받아들이
고 육체를 억제하고 가볍게 여김으로써 사람들은
영혼 자체의 생명 안에서, 자신들에게 주어진 생명
안에서, 완전한 만족을 얻을 것이다.

예수는 영혼의 힘을 크게 기뻐하면서 이렇게 말
했다.

"나는 하늘과 땅의 만물의 원천이신 아버지의
영혼을 인정합니다. 그분은, 지혜롭고 학식이 많은
사람들에게 숨겨져 왔던 것을 순박한 사람들에게
드러내셨는데, 그것은 그들이 아버지의 아들들임

을 스스로 인정할 때에만 드러나는 것입니다.

사람들은 모두 육체적 행복을 위해서 애쓰고 있고, 자신이 들어올릴 수도 없을 만큼 무거운 짐을 스스로 짊어졌습니다. 그들은 자신을 위해 만들어진 것이 아닌 멍에를 스스로 목에 걸었습니다.

나의 가르침을 이해하고 그것을 따르십시오. 그러면 살아가는 동안에 안식과 기쁨을 맛볼 것입니다. 나는 여러분에게 다른 짐과 다른 멍에를 줍니다. 그것은 바로 영적인 삶입니다.

영적인 삶을 살아가십시오. 그러면 나에게서 평화와 행복을 배울 것입니다. 마음이 고요하고 온순한 사람이 되십시오. 그러면 여러분의 삶은 축복을 받을 것입니다. 나의 가르침은 여러분을 위해 만들어진 멍에고, 내 가르침을 실천하는 것은 여러분을 위해 만들어진 멍에와 함께 가벼운 짐이 되기 때문입니다."

2

한번은 예수의 제자들이 그에게 음식을 들고 싶은지 물은 적이 있었다. 그러자 예수가 대답했다.

"나에게는 여러분이 모르는 음식이 있습니다."

제자들은 자기들 이외의 누군가가 그에게 먹을 것을 이미 가져다주었다고 생각했다. 그러나 그는 이렇게 말했다.

"내가 먹는 음식이란 나에게 생명을 주신 그분의 뜻을 실천하는 것, 그분이 나에게 지시하신 것을 완수하는 것입니다. 밭갈이 하는 농부가 추수를 기다리면서 말하듯이 '아직 시간이 있다.'고 말하지 마십시오.

아버지의 뜻을 실천하는 사람은 언제나 배가 부르며 굶주림도 목마름도 모릅니다. 하느님의 뜻을 실천하는 것은 그 자체 안에서 스스로 보상을 해주기 때문에 언제나 배를 부르게 만듭니다.

여러분은 '아버지의 뜻은 나중에 실천하겠다.'고 말해서는 안 됩니다. 살아 있는 동안에 항상 아버지의 뜻을 실천할 수 있어야 하고, 또한 실천해야만 합니다.

우리의 일생은 아버지가 씨를 뿌리는 밭이고, 우리의 임무는 거기서 결실을 거두어들이는 것입니다. 우리가 결실을 거두어들인다면 보상으로 영원한 삶을 얻습니다. 우리는 스스로 자신에게 생명을 주지 못하고, 다른 누군가에게 생명을 받는다는 것은 분명한 사실입니다.

우리가 살아 있는 동안 결실을 거두어들이기 위하여 열심히 일한다면 추수하는 사람들처럼 보상을 받습니다. 나는 아버지가 여러분에게 주신 이 삶 속에서 결실을 거두어들이라고 가르치는 것입니다.

사람의 참된 음식은 영혼 자체인 아버지의 뜻을 완전히 실천하는 것입니다. 이 실천은 언제나 가능합니다. 우리의 일생 전체는 아버지가 우리 안에 씨 뿌린 생명의 열매들을 거두는 것입니다. 그리고 이 열매들이란 우리가 다른 사람들에게 베푸는 선행입니다.

우리는 선행 이외의 다른 것을 애타게 기대해서
는 안 됩니다. 생명에 대한 관심을 계속해서 유지
하면서 우리는 다른 사람들에게 선행을 하지 않으
면 안 되는 것입니다."

3

언젠가 예수가 예루살렘에 올라간 적이 있었다.
당시에 거기에는 사람들이 목욕하는 못이 하나 있
었다. 사람들이 이 못에 관해서 말하는 바에 따르
면, 천사가 내려와 그 못에 들어가면 물이 움직이
기 시작하는데, 물이 움직이기 시작한 뒤 제일 먼
저 물에 뛰어든 사람은 그가 무슨 병을 앓든 완전
히 낫는다고 했다. 그리하여 못 주위에는 헛간들이
들어섰고 헛간 지붕 아래 병든 사람들이 누워서 못
의 물이 움직이기를 기다렸다. 물이 움직이면 뛰어
들 작정이었던 것이다.

그 가운데 한 사내는 38년 동안이나 거기서 기
적을 기다리며 지내고 있었다. 예수가 그에게 누구
냐고 물었다. 그 사내는 그토록 오랫동안 어떻게
병에 시달려 왔는지 설명하고, 물이 움직이면 병을

고치기 위해서 못으로 들어가려고 여전히 기다리고 있지만, 38년 동안 다른 사람들이 항상 자기보다 먼저 못에 들어가서 자기는 한 번도 제일 먼저 못에 들어갈 수가 없었다는 말도 덧붙였다.

예수는 그 사내가 거기 매우 오래 머물러 있던 사람이라는 것을 알았다. 그래서 그에게 물었다

"당신은 병이 낫기를 원하십니까?"

그 사내가 대답했다.

"낫기를 원합니다. 그렇지만 물이 움직일 때 즉시 저를 물에 넣어 줄 사람이 없습니다. 누군가 다른 사람이 항상 저보다 먼저 물에 들어갑니다."

그러자 예수가 그에게 말했다.

"기적으로 병이 낫기를 바라지 말고 당신 힘으로 당신 삶을 살아가십시오. 그리고 삶의 목적에 대해 착각하지 마십시오. 깨어나십시오. 당신 이부자리를 걷어들고 걸어가십시오."

이윽고 병든 그 사내가 자기 이부자리를 걷어들고는 걸어갔다.

그날은 안식일이었다. 그래서 정통주의자들이 그 사내를 꾸짖으며 말했다.

"오늘은 안식일이기 때문에 당신은 이부자리를

일어나 걸어가라

들고 다녀서는 안 됩니다."

그는 "저를 일으켜 세워 준 분이 이부자리도 들고 가라고 말했습니다."라고 대꾸했다. 그리고 병든 그 사내는 자기를 고쳐 준 사람이 예수라고 정통주의자들에게 말했다. 그들은 분개했고 예수를 몹시 비난했다. 예수가 안식일에 그런 일을 했기 때문이다.

그러자 예수는 이렇게 말했다.

"내가 한 일은 조금도 새로운 것이 아닙니다. 영혼이신 우리 모두의 아버지가 하시는 일을 나도 할 능력이 있을 뿐입니다. 우리 모두의 아버지는 살아 있고 사람들에게 생명을 줍니다. 나는 아버지와 똑같은 일을 한 것입니다. 그리고 이 일은 누구나 해야 하는 일입니다.

아버지가 언제나 하시는 일을 나도 또한 합니다. 사실대로 말하자면, 아들은 자기 힘으로는 아무것도 할 수가 없습니다. 아들은 오로지 아버지로부터 배운 것만 합니다. 아버지가 하시는 것은 아들도 역시 합니다. 아버지는 아들을 사랑하시고 바로 그 사랑 때문에 아버지는 아들에게 그가 알아야만 하는 것을 모두 가르치셨습니다.

아버지는 죽은 자들에게 생명을 주십니다. 그래서 아들은 생명을 원하는 사람에게 생명을 주는 것입니다. 아버지의 일이 생명이듯이, 아들의 일도 생명이 되지 않으면 안 되기 때문입니다. 아버지는 사람들에게 죽음의 판결을 내리시지 않았고, 오히려 그들에게 삶이나 죽음을 마음대로 선택할 힘을 주셨습니다. 사람들이 아버지와 마찬가지로 아들을 섬긴다면 그들은 삶을 얻을 것입니다.

진실로 말하건대, 나의 가르침의 의미를 알아듣고 모든 사람의 공통의 아버지를 믿은 사람은 이미 생명을 얻어서 죽음으로부터 구출되었습니다. 인생의 의미를 깨달은 사람들은 이미 죽음으로부터 탈출했고 영원히 살 것입니다.

아버지가 스스로 사는 것과 마찬가지로, 아버지는 아들에게 아들 안에 생명을 주셨기 때문입니다. 그리고 아버지는 아들에게 자유를 주셨습니다. 바로 이 자유 덕분에 그는 사람의 아들인 것입니다.

사람은 누구나 자유롭습니다. 그래서 누구나 살 수도 있고, 살지 않을 수도 있습니다. 산다는 것은 아버지의 뜻을 완전히 실천하는 것, 즉 다른 사람들에게 선행을 하는 것입니다. 살지 않는다는 것은 자신 스스로의 뜻을 실천하는 것, 즉 다른 사람들에게 선행을 하지 않는 것입니다. 이것을 하거나 저것을 하거나, 생명을 얻거나 생명을 버리거나, 그것을 할 능력은 누구에게나 있습니다.

유한한 목숨을 가진 모든 사람들이 앞으로는 두 종류로 나누어지게 될 것입니다. 오로지 선행을 하는 사람들만이 생명을 얻는 반면에, 악행을 저지르는 사람들은 멸망할 것입니다. 그런데 이것은 나의 결정이 아니라, 다만 내가 아버지로부터 배운 것일 뿐입니다.

그리고 나의 결정은 옳은 것입니다. 나는 내가 원하는 것을 하기 위해서가 아니라, 모든 사람들의 아버지가 원하시는 것을 모든 사람이 하도록 만들기 위해서 결정하는 것이기 때문입니다.

나의 가르침이 옳다고 내가 모든 사람을 설득하려고 한다면, 나의 가르침을 입증하지 못할 것입니다. 그러나 나의 가르침을 입증해 주는 것이 있는데, 그것은 바로 내가 가르치는 실천적 행동입니다. 그것은 내가 스스로 가르치는 것이 아니라, 모든 사람의 아버지의 이름으로 가르친다는 것을 보여 줍니다. 그리고 나를 가르치신 나의 아버지는 나의 계명들의 진실성을 모든 사람들의 영혼 안에서 확인해 주십니다.

그러나 여러분은 아버지의 목소리를 이해하려고도, 알려고도 하지 않습니다. 그리고 여러분은 이 목소리가 말하는 것의 의미를 받아들이지 않습니다. 여러분 안에 있는 그 목소리는 하늘로부터 내려온 영혼인데, 이것을 여러분은 믿지 않는 것입니다.

여러분이 가진 성서 구절들의 의미를 살펴보십시오. 여러분은 나의 가르침 안에 들어 있는 것과 똑같은 것, 즉 자신만을 위해서 사는 것이 아니라 다른 사람들의 행복을 위해서 살아야 한다는 계명을 여러분의 성서 속에서도 발견할 것입니다.

그렇다면 여러분은 모든 사람들에게 생명을 주는 나의 계명들을 왜 믿으려 하지 않는 것입니까? 나는 모든 사람의 아버지의 이름으로 가르치는데, 여러분은 나의 가르침을 받아들이지 않습니다. 그러나 다른 사람이 자기 이름으로 가르친다면 여러분은 그를 믿을 것입니다.

사람들이 서로 주고받는 말은 믿을 수가 없지만 사람은 누구나 자신 안에 아버지와 같은 아들이 있다는 사실만은 믿을 수 있습니다."

4

하느님의 나라는 눈에 보이는 어떤 것으로 이루어지는 것이 아니라 아버지의 뜻을 실천하는 데 있다는 것, 사람들을 죽음에서 구출하고 생명을 주는 것은 오로지 아버지의 뜻을 실천하는 것밖에 없다는 것, 그리고 이를 위해서는 각자가 노력해야 하며, 더 나아가 우리가 태어나는 이유는 자신을 위해서가 아니라 아버지의 뜻을 실천하기 위해서임을 모든 사람이 깨닫도록 힘써야만 한다는 것을 알려 주기 위해 예수는 이러한 비유를 들어 주었다.

"사람의 참된 생명은 다음 이야기와 같은 것입니다. 한곳에 부자가 살았는데 집을 떠나 여행을 해야만 했습니다. 떠나기 전에 그는 자기 노예 열 명을 불러서 각자에게 금화 한 개씩 주면서 '내가 여행하는 동안 너희는 각자 받은 돈을 잘 활용해 보라.'고 지시했습니다.

그런데 그가 떠나고 난 뒤 어떤 노예들은 '우리는 더 이상 그를 섬기고 싶지 않다.'고 말했습니다.

먼 길에서 돌아온 부자는 자기 돈을 받았던 노예들을 불러서 그 돈을 어떻게 활용했는지 물었습니다. 첫째 노예가 와서 '주인님, 보십시오. 저는 금화 열 개를 벌었습니다.'라고 대답했습니다. 그러자 주인은 '잘했다. 너는 훌륭한 하인이다. 너는 작은 일에 충직했으니까 내가 네게 훨씬 더 중요한 일들을 맡길 것이다. 내 모든 재산을 나와 함께 관리하라.'고 말했습니다.

둘째 노예가 와서 '주인님, 보십시오. 저는 금화 다섯 개를 벌었습니다.'라고 대답했습니다. 그러자 주인은 '잘했다. 너는 훌륭한 노예다. 나의 모든 토지를 나와 함께 관리하라.'고 말했습니다.

그런데 다른 노예가 와서 '여기 주인님의 금화가 있습니다. 저는 주인님이 두려워서 그것을 천으로 싼 뒤 땅에 묻어 두었습니다. 주인님은 가혹한 분이라서 자신이 쌓아 두지 않은 곳에서 가져가시고 자신이 씨를 뿌리지 않은 곳에서 거두어가십니다.'라고 말했습니다.

그러자 주인은 '너는 어리석은 노예다! 나는 네 입에서 나온 바로 그 말로 너를 심판하겠다. 너는 내가 두려워서 금화를 활용하지도 않은 채 땅에 묻어 두었다고 말했다. 내가 가혹한 사람이고 맡기지도 않은 곳에서 가져간다고 생각했다면, 왜 내가 지시한 대로 하지 않았느냐? 네가 나의 금화를 활용했더라면 재산이 늘었을 테고, 너는 나의 지시를 실천했을 것이다. 그러나 너는 금화를 맡긴 목적대로 그것을 활용하지 않았다. 따라서 너는 그것을 소유해서는 안 된다.' 라고 말했습니다.

　　그리고 나서 주인은 금화를 활용하지 않은 노예로부터 금화를 빼앗으라고, 그리고 금화를 가장 잘 활용한 노예에게 그것을 주라고 명령했습니다. 그러자 하인들이 '주인님, 그는 이미 가진 것이 아주 많습니다.' 라고 말했습니다.

　　그러나 주인은 '일을 많이 한 사람들에게 금화를 주어라. 자기가 가진 것을 잘 보살피는 사람은 더 많은 것을 받을 것이기 때문이다. 그리고 나를 섬기기를 원하지 않는 자들은 밖으로 내쫓아서 여기 더 이상 머물지 못하게 하라.' 고 말했습니다."

　　여기서 이 주인은 생명의 원천이자, 영혼 자체

맡겨진 금화

인, 아버지이다. 그의 노예들은 사람들이며, 금화는 영혼의 생명이다. 주인은 자기 토지에서 직접 일하지는 않고, 자기 노예들에게 각자 자기 땅에서 일하라고 명령한다.

이와 같이 사람들 안에 있는 생명의 영혼은 사람들의 생명을 위해 일하라는 명령을 내린 다음, 간섭하지 않고 사람들을 그대로 내버려둔다. 주인의 권한을 인정하지 않는다고 말하는 사람은 생명의 영혼을 인정하지 않는 사람이다.

주인이 다시 돌아와 그동안의 결과를 보고하라는 명령은, 육체적인 생명의 소멸 뒤에 각자에게 주어진 생명을 넘어서 다른 생명을 가지게 될 것인지에 대한 각자의 운명을 결정하는 것을 말한다. 받은 것을 활용하여 이익을 많이 내서 주인의 뜻을 완수한 노예들은, 생명을 받은 뒤 생명이 아버지의 뜻이며 그것은 다른 사람의 생명에 봉사하기 위해서 주어지는 것임을 깨달은 사람들이다.

금화를 활용하지 않고 땅에 묻어 둔 어리석고 사악한 노예는 아버지의 뜻이 아니라 오로지 자신 스스로의 뜻만을 완수하며 다른 사람의 생명에 봉사하지 않는 사람들을 대표한다. 주인의 뜻을 완수하고 주인의 재산을 늘리기 위해 힘써 일한 노예들은 주인의 전 재산에 참여하는 사람이 되는 반면, 주인의 뜻을 완수하지 않고 그를 위해 일하지 않은 노예들은 자기에게 주어진 것마저도 빼앗긴다.

아버지의 뜻을 완수하고 생명에 봉사한 사람들은 아버지의 생명에 참여하는 사람이 되며, 육체적 생명이 소멸됨에도 불구하고 또 다른 생명을 받는다. 그러나 아버지의 뜻을 완수하지 않고 생명에 봉사하지도 않은 사람들은 멸망한다.

주인의 권한을 인정하지 않았던 사람들은 주인을 위해 존재하는 것이 아니다. 그러므로 주인은 그들을 내쫓아 버린다. 자신 안에 있는 영혼의 생명, 사람의 아들의 생명을 인정하지 않는 사람들은 아버지를 위해서 존재하는 것이 아니다.

참된 생명은 개인의 생명이 아니라 인류의 공동 생명이다. 사람은 누구나 다른 사람의 생명을 위해서 일하지 않으면 안 된다.

5

그 후 예수가 광야로 갔는데 많은 사람들이 따라 갔다. 저녁이 되어 어느 산에 올라간 그는 제자들과 함께 자리를 잡고 앉았다. 대단히 많은 사람들이 모여든 것을 본 예수가 물었다.

"저 사람들을 모두 먹일 빵을 우리는 어디서 구할 것입니까?"

필립보가 대답했다.

"아무리 조금씩 나누어준다 해도 은화 이백 냥 이상은 필요할 것입니다. 우린 지금 얼마 안 되는 빵과 생선밖에 없습니다."

그러자 다른 제자가 말했다.

"저 사람들은 빵을 가지고 있습니다. 한 소년이 빵 다섯 덩어리와 생선 두 마리를 가지고 있는 것을 제 눈으로 보았습니다."

빵의 기적

모인 사람들 가운데 아무것도 없는 사람들이 있는가 하면, 빵과 생선을 가진 사람들도 있었던 것이다. 예수는 제자들에게 지시했다.

"사람들에게 풀밭에 앉으라고 하십시오. 그리고 여러분이 가진 빵을 모두 내게 주십시오."

이윽고 예수는 자신이 들고 있던 빵 덩어리들을 제자들에게 내주면서 그것을 다른 사람들에게 나누어주라고 지시했다. 그래서 모든 사람이 그곳에 있던 음식을 다른 사람에게 건네주기 시작했고, 결국은 모두 배불리 먹었으며 그리고도 많이 남았다. 예수는 이렇게 말했다.

"바로 이런 식으로 하십시오. 모든 사람이 각자 자기 음식을 마련할 필요는 없습니다. 영혼 자체가 명령하는 것, 즉 누구나 자기가 가지고 있는 것을 다른 사람들에게 나누어주는 것이 필요합니다.

사람의 참된 음식은 아버지의 영혼 자체입니다. 사람은 오로지 영혼 자체의 도움으로만 삽니다. 생명 안의 모든 것은 이것에 종속되어 있어야 합니다. 각자의 뜻을 실천하는 것이 아니라 생명의 아버지의 뜻을 실천하는 것에 우리의 생명이 달려 있기 때문입니다.

그리고 생명의 아버지의 뜻은 사람들에게 주어진 영혼의 완전한 생명이 그들 안에 머물러 있는 것, 그리고 모든 사람이 자기 안에 있는 영혼의 생명을 죽을 때까지 사랑하는 것입니다. 생명의 원천인 아버지가 바로 그 영혼입니다.

　생명은 오로지 아버지의 뜻을 완전히 실천하는 것에 달려 있습니다. 그리고 영혼의 뜻을 실천하려면 사람은 육체를 포기하지 않으면 안 됩니다. 육체는 영혼의 생명을 위한 음식이자 재료입니다. 육체가 포기되어야만 비로소 영혼이 삽니다."

6

다음 날 사람들이 예수에게 다시 몰려들었다. 그러자 예수가 말했다.

"자, 이제 여러분이 나를 이렇게 찾아온 것은 기적을 보았기 때문이 아니라, 빵을 받아먹고 배가 불렀기 때문입니다. 썩어 없어져 버릴 식량을 위해서가 아니라, 영원한 식량을 얻기 위해서 일하십시오. 영원한 식량이란 오로지 하느님으로부터 권한을 받은 '사람의 아들'의 영혼만이 주는 것입니다."

유대인들이 물었다.

"하느님의 일을 하기 위해서 우리는 무엇을 해야 좋겠습니까?"

예수가 대답했다.

"하느님의 일이란 그분이 여러분에게 주신 바로 그 생명을 믿는 것입니다."

그러자 그들이 대꾸했다.

"기적을 보여 주십시오. 그러면 우리가 믿겠습니다. 당신은 어떤 행동으로 그 증거를 보여 줄 수가 있는 것입니까? 우리 조상들은 광야에서 만나를 먹었습니다. 하느님께서는 하늘에서 빵을 내려 주셔서 그들에게 먹게 하셨다고 기록되어 있습니다."

예수는 그들에게 말했다.

"하늘로부터 내려오는 진정한 빵은 '사람의 아들'의 영혼입니다. 그것은 아버지가 주는 것입니다. 사람의 생명을 유지하는 식량은 하늘에서 내려온 영혼이며, 세상에 생명을 주는 것은 바로 이 영혼이기 때문입니다.

나의 가르침은 사람에게 참된 식량을 줍니다. 나를 따르는 사람은 굶주리지 않을 것이며, 나의 가르침을 믿는 사람은 영원히 목마르지 않을 것입니다. 그러나 이미 내가 여러분에게 말한 바와 같이 여러분은 이것을 보았지만 아직도 믿지 않고 있습니다.

아버지가 아들에게 주는 그 생명은 모두가 나의 가르침을 통해서 실현될 것입니다. 그리고 나의 가르침을 믿는 사람은 누구나 그 생명을 나누어 받을 것입니다. 나는 나의 뜻을 이루기 위해서가 아니라 아버지의 뜻, 나에게 생명을 주신 그분의 뜻을 이루기 위해 하늘에서 내려온 것입니다.

그런데 나를 세상에 보내신 아버지의 뜻은 그분이 주신 모든 생명을 내가 보존하고 하나라도 멸망시키지 않는 것입니다. 따라서 나를 보내신 아버지의 뜻은 모든 사람이 아들을 보고, 그를 믿고, 영원한 생명을 얻는 것입니다. 그리고 나의 가르침은 육체의 마지막 날에 생명을 줍니다."

자신의 가르침이 하늘로부터 온 것이라고 한 예수의 말에 유대인들은 엄청난 충격을 받았다. 그래서 그들은 자기들끼리 떠들었다.

"아니, 저 사람은 요셉의 아들 예수가 아닙니까? 우리는 그의 부모를 압니다. 그런데 저 사람이 어떻게 자기 가르침이 하늘로부터 온 것이라고 말할 수 있단 말입니까?"

예수는 말했다.

"내가 누구인지, 그리고 내가 어디 출신인지에 관해서는 논쟁을 그만두십시오. 모세처럼, 내가 시나이 산에서 하느님과 함께 이야기를 나누었다고 선언한다고 해서 나의 가르침이 옳은 것이 되는 것은 아닙니다. 나의 가르침이 옳은 것은 그것이 바로 여러분 안에 있기 때문입니다.

나의 계명들을 믿는 사람은 누구나 내가 그 계명을 말하기 때문에 믿는 것이 아니라, 우리의 모두의 아버지가 자신을 아버지에게 끌어당기기 때문에 믿는 것입니다. 그리고 나의 가르침은 마지막 날에 그에게 생명을 줄 것입니다.

하느님께서 모든 사람을 가르치실 것이라고 예언자들의 책에 기록되어 있습니다. 따라서 아버지를 이해하고 그분의 뜻을 이해하는 사람은 누구나 나의 가르침을 따를 것입니다.

하느님으로부터 오는 사람 이외에는 아무도 아버지를 본 적이 없습니다. 하느님으로부터 오는 사람은 아버지를 보았고, 또 지금도 보고 있습니다.

나와 나의 가르침을 믿는 사람은 영원한 생명을 가지고 있습니다. 나의 가르침은 생명의 식량입니다. 여러분의 조상들은 하늘로부터 직접 내려온 음식인 만나를 먹었지만 죽었습니다.

그러나 하늘로부터 내려오는 생명의 진정한 식량이란 그것을 먹는 사람이 죽지 않게 해 주는 것입니다. 나의 가르침은 하늘로부터 내려온, 바로 이 생명의 진정한 식량입니다. 이 식량을 먹는 사람은 영원히 삽니다. 그리고 내가 가르치는 이 식량은 모든 사람의 생명을 위해 내가 내어주는 나의 몸입니다."

유대인들은 예수가 하는 말을 이해하지 못했다. 그래서 예수가 어떻게 사람들의 식량으로 자기 살을 내어줄 수가 있는지, 그리고 왜 그렇게 하려는 것인지에 관해 논쟁하기 시작했다. 그러자 예수가 말했다.

"여러분이 영혼의 생명을 위해 육체를 버리지 않는다면, 여러분 안에 생명은 없을 것입니다. 영혼을 위해서 육체를 버리지 않는 사람은 참된 생명을 가지지 못합니다. 내 안에 있으면서 영혼을 위해 육체를 버리는 것만이 살아 있는 것입니다.

따라서 우리의 육체는 참된 생명을 위한 참된 식량입니다. 내 안에 있으면서 나의 육체를 소모시키는 그것, 참된 생명을 위해 육체적 생명을 버리는 그것, 오로지 그것만이 나 자신입니다. 그것은 내 안에 있고 나는 그것 안에 있습니다. 내가 아버지의 뜻에 따라 육체 안에 사는 것과 마찬가지로 내 안에서 사는 그것은 나의 뜻에 따라 삽니다."

154

그의 말을 들은 제자들 가운데 일부는 "말이 너무 어려워서 도무지 알아듣기가 힘들다."고 불평했다. 그러자 예수가 제자들에게 말했다.

"여러분의 생각은 너무 혼란스러운 상태입니다. 따라서 인간이 과거에는 무엇이었고, 현재는 무엇이며, 앞으로는 항상 무엇일지에 관한 나의 말이 여러분에게 어려운 것처럼 들립니다.

사람은 육체 안에 들어 있는 영혼입니다. 오직 영혼만이 생명을 주고 육체는 생명을 주지 못합니다. 여러분에게 어렵게 들리는 내 말의 뜻은, 영혼이 생명이라는 것 이외에는 다른 아무것도 아닙니다."

7

그 후 예수는 자신의 가까운 친구들 가운데 칠십
명을 뽑아서 자신이 가고 싶어하던 여러 곳으로 그
들을 보내면서 이렇게 말했다.

"많은 사람들이 참된 생명의 축복을 모르고 있
습니다. 나는 모든 사람을 동정하고 모든 사람을
가르치고 싶습니다. 그러나 주인 혼자서는 자기 밭
의 추수를 다 할 수가 없는 것과 마찬가지로, 나도
모든 사람을 직접 가르칠 수는 없을 것입니다. 그
러니까 여러분이 사방에 흩어진 도시들을 찾아가
서 가는 곳마다 아버지의 뜻을 완수하라고 선포하
십시오.

여러분이 선포할 아버지의 뜻이란 '화내지 말
라. 육체적 쾌락을 좇지 말라. 맹세하지 말라. 악행
에 대항하지 말라. 사람들을 절대 차별대우하지 말

라. 그리고 모든 일에서 이러한 계명들을 지키라.'
는 것입니다.

나는 여러분을 늑대들 사이에 양들을 보내는 것
처럼 보냅니다. 뱀처럼 영리하고 비둘기처럼 순박
하게 처신하십시오. 영혼 자체의 생명을 사람들에
게 가르치십시오.

그리고 그 생명에 따라서 여러분은 먼저 모든 육
체적 욕구를 버리되, 무엇보다도 자신의 개인 소유
물을 지니지 마십시오. 지갑이든 빵이든 돈이든,
아무것도 가지고 가지 마십시오. 오로지 몸에 걸친
옷과 발에 신은 신발만으로 충분합니다.

더욱이 만나는 사람들을 차별해서 대하지 마십
시오. 숙소를 제공할 집주인들 가운데 어느 한쪽을
선택하지 마십시오. 어느 집이든 제일 먼저 들어가
게 된 집을 숙소로 정하십시오. 그 집에 들어간 뒤
에는 주인에게 인사하십시오. 그가 반갑게 영접하
면 거기 머물고, 그렇지 않으면 다른 집으로 가십
시오.

박해와 강탈과 고통을 감수할 각오를 하십시오.
육체의 생명을 사랑하는 사람들은 여러분을 미워
하고 괴롭히고 죽일 것입니다. 그러나 두려워하지

마십시오. 여러분이 아버지의 뜻을 완전히 실천하면 영혼 자체의 생명을 지니고 있는 것이며, 아무도 그것을 여러분에게서 빼앗지 못합니다.

여러분의 말을 듣고 나면 그들은 여러분을 미워하고 공격하고 박해할 것입니다. 그들이 여러분을 마을 밖으로 쫓아낸다면 다른 마을로 가십시오. 거기서도 여러분을 내쫓는다면 또 다른 곳으로 가십시오. 그들은 늑대들이 양들을 추격하듯이 여러분을 박해할 것입니다.

그러나 겁내지 말고 끝까지 참고 견디십시오. 그들은 여러분을 유대교 교회로 끌고 가 심문하고 채찍질할 것이며, 나라의 정식 재판소로 끌고 가서 여러분이 관리들 앞에서 스스로 변호하게 만들 것입니다.

유대교 교회로 끌려갈 때는 두려워하지도 말고 무슨 말을 해야 좋을지 미리 생각하지도 마십시오. 해야 할 말은 아버지의 영혼이 여러분을 통해서 말할 것입니다.

사람들이 여러분의 가르침을 이해하고 받아들일 때까지는 모든 마을을 돌아다니는 일을 멈추지 마십시오.

그러므로 두려워하지 마십시오. 사람들의 영혼 속에 숨겨진 것이 드러날 것입니다. 여러분이 두세 사람에게 말한 것이 수천 명에게 퍼져나갈 것입니다. 특히 여러분의 육체를 죽일 수 있는 사람들을 두려워하지 마십시오. 그들은 여러분의 영혼에 대해서는 속수무책으로 아무 일도 할 수가 없습니다.

그러므로 그들을 두려워하지 마십시오. 그러나 아버지의 뜻을 완수하는 것을 저버리면 여러분의 육체와 영혼이 죽게 될 테니, 그것을 두려워하십시오. 여러분이 두려워해야만 할 것은 바로 그것입니다.

참새 다섯 마리가 한 푼에 팔리지만, 아버지의 뜻 없이는 참새들마저도 그렇게 팔려서 죽지는 않을 것입니다. 또한 머리카락 한 올마저도 아버지의 뜻 없이는 머리에서 떨어지지 않을 것입니다. 따라서 여러분이 아버지의 뜻 안에 있다는 것을 깨닫는다면 무엇을 두려워할 필요가 있겠습니까?

모든 사람이 나의 가르침을 믿지는 않을 것입니다. 그리고 나의 가르침을 믿지 않는 사람들은 그것을 미워할 것입니다. 나의 가르침은 그들에게서 자기가 사랑하는 것을 빼앗고, 나의 가르침 때문에 싸움이 일어날 것이기 때문입니다.

타오르는 불처럼 나의 가르침은 세상을 태울 것입니다. 또한 나의 가르침으로부터 세상에는 싸움이 반드시 일어납니다. 집집마다 싸움이 일어날 것입니다. 아버지는 아들과, 어머니는 딸과 싸우고, 친척들은 나의 가르침을 알아듣는 친척들을 미워하고 죽일 것입니다.

나의 가르침을 알아들을 사람에게는 자기 아버지도 어머니도 아내도 자녀들도 모든 재산도 아무 의미가 없을 것이기 때문입니다."

제자들은 떠나갔다가 다시 돌아왔다. 그리고 가는 곳마다 자신들이 악의 가르침을 물리쳤다고 선언했다.

8

그런데 유대교 전통법의 전문가인 정통주의자들이 예루살렘에서 모인 뒤 예수에게 몰려갔다. 그때 예수는 어떤 마을에 있었는데 수많은 사람이 그곳을 찾아가서 예수를 둘러싸고 있었다.

정통주의자들은 사람들이 예수의 가르침을 믿지 말도록 설득하기 시작했다. 그들은 예수가 마귀에 신들렸다고 말했다. 또한 사람들이 예수의 가르침에 따라 산다면 지금보다 불행한 일이 더 많이 벌어질 것이며, 예수는 악을 악으로 몰아내고 있다고 말했다.

예수는 그들을 불러서 오라고 한 다음 그들에게 이렇게 말했다.

"여러분은 내가 악을 악으로 몰아낸다고 말합니다. 그러나 어떠한 세력도 자기편을 해치지는 않습니다. 그렇게 하는 세력이 있다면 그것은 없어지고 맙니다. 여러분은 위협, 처형, 살인으로 악을 몰아내려고 하겠지만, 그럼에도 불구하고 악은 여전히 없어지지 않습니다. 악은 악에 대항할 수가 없기 때문입니다.

그러나 나는 여러분이 사용하는 수단과는 다른 수단으로 악을 몰아냅니다. 다시 말하면 악을 가지고 악을 몰아내는 것이 아닙니다.

나는 모든 사람에게 생명을 주는 아버지의 뜻을 완수하라고 사람들에게 촉구하여 악을 몰아냅니다. 다섯 가지 계명은 행복과 생명을 주는 영혼이신 아버지의 뜻을 드러냅니다. 이 다섯 가지 계명은 모두가 악을 없애 버립니다. 악을 몰아내기 때문에 이 계명들은 옳은 것이라고 증명이 됩니다.

악은 악을 이기지 못합니다. 악을 이기는 것이 있다면 그것은 오로지 선뿐입니다. 선은 모든 사람들에게 공통된 영혼 자체인 아버지의 뜻입니다.

사람은 누구나 자기에게 이익이 되는 것이 무엇인지 알고 있습니다. 사람이 만일 자기가 원하는 이익을 남에게 베푼다면, 아버지의 뜻이 원하는 것을 실천한다면, 그는 선행을 하는 것이 될 것입니다.

따라서 영혼 자체인 아버지의 뜻을 실천하면, 비록 그 뜻을 실천하는 사람들이 고통을 겪고 죽는다 해도, 그 결과는 좋을 것입니다.

사람들이 모두 하나의 영혼에서 나온 자녀가 아니라면 악과 싸워서 이기기란 불가능합니다. 그것은 힘이 매우 센 사람의 집에 들어가서 그의 물건을 뺏을 수 없는 것과 같습니다. 힘 센 사람의 집에서 물건을 뺏으려면 먼저 그를 밧줄로 묶어야만 합니다. 이와 같이 사람들은 생명의 영혼 안에 결합되어 있는 것입니다.

따라서 내가 여러분에게 말해 두지만, 사람들의 모든 잘못, 그릇된 모든 해석은 처벌을 피할 테지만, 모든 사람에게 생명을 주는 성령에 관한 그릇된 주장은 용서받지 못할 것입니다.

어떤 사람이 다른 사람을 거슬러서 말한다 해도 그것은 중요한 문제가 아닙니다. 그러나 그 사람 안에 있는 거룩한 것, 즉 영혼을 거슬러서 말한다면 그것은 처벌을 받지 않을 수 없습니다.

나를 비웃으려면 얼마든지 비웃으십시오. 그러나 내가 여러분에게 밝혀 준 생명의 계명들을 악한 것이라고 말하지 마십시오. 악한 것을 선하다고 말하는 사람이 있다면 그는 처벌을 받지 않을 수 없습니다.

생명의 영혼과 일치하는 것이 필요합니다. 그것과 일치하지 않는 사람은 그것을 거스르는 것입니다. 모든 사람 안에 있는 생명의 영혼, 그리고 선을 위해 일해야 합니다. 자신의 것만 위해 일해서는 안 됩니다.

여러분은 생명과 행복이 온 세상을 위해 좋은 것이라고 믿어서 모든 사람을 위한 생명과 행복을 사랑하는 것을 선택하거나, 아니면 생명과 행복을 악이라고 믿어서 자신을 위한 생명과 행복을 사랑하지 않는 것을 선택해야 합니다.

여러분은 좋은 나무를 가지고 좋은 열매를 맺든지, 아니면 나쁜 나무를 가지고 나쁜 열매를 맺든지 해야 합니다. 나무는 그 열매로 판단되기 때문입니다."

The
Gospel in Brief
6장

거짓된 생명

따라서 참된 생명을 얻으려면
지상에서 육체의 거짓된 생명을 버리고
영혼에 따라 살아야 한다

1

영혼의 생명을 사는 사람에게는 자기 집안 사람들과 다른 사람들 사이에 아무런 차별도 없다. 예수는 자기 어머니와 형제들보다, 우리 모두의 아버지의 뜻을 실천하는 사람들이 자신에게 더 가까운 사람이라고 말했다. 사람의 생명과 행복은 가족관계가 아니라 영혼의 생명에 달려 있는 것이다.

언젠가 예수의 어머니와 형제들이 그를 만나러 찾아간 적이 있었다. 그들은 예수가 대단히 많은 사람에게 둘러싸여 있었기 때문에 그를 도저히 대면할 길이 없었다. 한 사람이 그들을 보고는 예수에게 가서 말해 주었다.

"당신의 어머니와 형제들이 저기 밖에서 서 있는데, 당신을 만나 보고 싶어합니다."

그러자 예수가 대꾸했다.

"나의 어머니와 형제들이란 아버지의 뜻을 알아듣고 그것을 완수하는 사람들입니다."

한 여인이 말했다.

"당신을 세상에 낳아 준 배 그리고 당신에게 젖을 준 젖가슴은 축복받은 것입니다."

그 말에 대해 예수가 대답했다.

"오로지 아버지의 영혼을 이해하고 그것을 잘 지키는 사람들만이 축복을 받은 것입니다."

그런데 한 남자가 예수에게 말했다.

"당신이 가는 곳이라면 어디든 따라가겠습니다."

그러자 예수는 그에게 말했다

"당신은 나를 따라다닐 수 없습니다. 아버지의 영혼에 따라 사는 사람은 특정한 집을 소유할 수 없습니다. 그래서 나는 집도 없고 거주할 곳도 없습니다. 들짐승들은 각각 자기 굴과 보금자리가 있지만, 영혼에 따라 사는 사람은 어디를 가든 그곳이 그의 집인 것입니다."

또한 그는 아버지의 뜻을 실천하기 위해서 일정한 집이 필요한 것은 아니고, 아버지의 뜻은 언제나 어디서나 실천할 수 있는 것이라고 말했다.

2

언젠가 예수가 제자들과 함께 배를 타고 호수를 건너간 적이 있었다. 그런데 호수에 폭풍우가 들이닥쳤고 배는 물이 차기 시작하여 거의 가라앉을 지경이 되었다.

그런데 예수는 배 뒤쪽 끝에 누워서 잠이 들었다. 제자들이 그를 흔들어 깨우면서 말했다.

"선생님, 우리가 모두 죽어 버려도 선생님에게는 정말 아무것도 아니란 말입니까?"

이윽고 폭풍우가 누그러졌을 때 예수는 그들에게 말했다.

"여러분은 왜 두려워합니까? 여러분은 영혼의 생명을 믿지 않고 있습니다."

한번은 예수가 어떤 남자에게 말했다

"나를 따르십시오."

그러나 그 남자는 대답했다.

"제게 늙으신 아버지가 계십니다. 그분이 돌아가신 뒤 제가 아버지를 묻고, 그런 다음에 당신을 따라가겠습니다."

예수가 그에게 말했다.

"죽은 사람들은 죽은 사람들이 묻도록 하십시오. 죽은 사람의 매장은 죽은 사람들이 보살피는 것입니다. 그러나 살아 있는 사람들은 항상 아버지의 뜻을 실천하며 살아갑니다. 참된 생명을 바란다면 당신은 아버지의 뜻을 완수하고 아버지의 뜻을 온 세상에 알리십시오."

육체의 죽음은 자신을 아버지의 뜻에 바친 사람에게 두려운 것이 될 수 없다. 영혼의 생명은 육체의 죽음에도 불구하고 계속되는 것이기 때문이다. 예수는 영혼의 생명을 믿는 사람은 두려워할 것이 하나도 없다고 말했다. 어떠한 걱정거리도 사람이 자신의 영혼 안에서 사는 것을 막을 수는 없는 것이다. 친척과 가족의 일에 관한 걱정으로 영혼의 생명을 방해해서는 안 된다.

또 한번은 한 남자가 예수에게 말했다.

"저는 당신의 제자가 되고, 당신이 명령하시는

대로 아버지의 뜻을 완수하고 싶습니다. 다만 제가 먼저 집안일을 처리하도록 허락해 주십시오."

예수가 그에게 말했다.

"쟁기를 잡은 농부가 뒤를 돌아본다면 그는 밭을 갈 수 없습니다. 뒤를 돌아보지 않을 수 없는 이유가 아무리 많다 해도, 뒤를 돌아보고 있는 한, 당신은 밭갈이가 불가능합니다. 당신은 자기가 갈고 있는 밭이랑 이외의 다른 것은 모두 잊어버려야만 합니다. 그래야만 비로소 제대로 밭을 갈 수 있습니다.

아버지의 뜻을 실천하는 것이 육체의 생명을 위해 어떤 결과를 초래할지 염려한다면, 그것은 쟁기를 잡은 농부가 뒤를 돌아다보는 것과 같고, 당신은 참된 생명을 이해하지 못했으며 그것에 따라 살 수도 없습니다."

육체적 삶의 즐거움은 사람들에게 중요한 것으로 보이지만, 그 즐거움에 대한 염려는 헛된 것이다. 삶에서 실제로 중요한 단 한 가지는 아버지의 뜻을 밝히고 거기 주목하고 실천하는 것뿐이다.

3

예수는 제자들과 함께 어느 마을에 들어갔다. 그
때 마르타라는 여인이 그를 자기 집으로 초대했다.
마르타에게는 마리아라는 동생이 있었는데, 마리
아는 예수의 발 아래 앉아서 그의 가르침에 귀를
기울였다. 한편 마르타는 식사 준비를 하느라 매우
분주했다. 이윽고 마르타가 예수에게 다가가서 불
평하며 말했다.

"제 동생이 제게 식사 준비를 모조리 맡기고 자
기는 앉아 있는 것이 보이지 않으세요? 동생더러
제 일을 거들라고 말해 주세요."

그러자 예수가 대답했다.

"마르타여, 마르타여! 당신은 많은 일에 관해서
걱정하고 분주하게 움직이지만 필요한 것은 다만
한 가지뿐입니다. 그런데 마리아는 그 필요한 한

171

가지를 선택했고, 아무도 마리아로부터 그것을 뺏을 수 없습니다. 참된 삶을 위해서는 오로지 영혼의 식량만이 필요하기 때문입니다.

그러므로 당신이 마리아를 비난하는 것은 잘못입니다. 육체적인 일이 당신에게 필요하다면 당신은 그 일을 하십시오. 그러나 육체적 즐거움이 필요 없는 사람들에게는 그들이 삶의 가장 중요한 일에 참여하도록 내버려두십시오."

이어서 예수는 모든 사람에게 말했다.

"아버지의 뜻을 실천하면 얻게 되는 참된 생명을 원하는 사람은 무엇보다도 먼저 자신의 욕망을 버려야만 합니다. 나를 따르고 싶은 사람은 누구나 자기 뜻을 버리고 모든 어려움과 육체적 고통을 항상 참고 견딜 각오가 되어 있어야만 합니다. 그래야만 나를 따라올 수 있습니다. 자신의 육체적 생명을 보살피려고 하는 사람은 참된 생명을 죽일 것이기 때문입니다.

그러나 아버지의 뜻을 완수하는 사람은 비록 육체적 생명을 죽인다 해도 참된 생명은 살릴 것입니다. 사람이 온 세상을 얻는다 해도 자기 생명을 죽이거나 해친다면 무슨 소용이 있겠습니까?"

구스타프 도레 작   마르타와 마리아

참된 생명을 원하는 사람은 자신의 삶을 자기가 원하는 대로 계획해서는 안 될 뿐만 아니라, 어떠한 상실이나 고통도 감수할 각오가 항상 되어 있어야만 한다. 육체적 삶을 자기가 원하는 대로 살아가려는 사람은 '아버지 뜻의 실천'이라는 참된 삶을 잃을 것이다.

4

영혼의 생명에 가장 해로운 것은 이익과 재산에 대한 사랑이다. 아무리 많은 돈과 재산을 모은다 해도 사람이란 어느 순간에는 죽으며, 또한 재산은 삶의 필수 요건이 아니라는 사실을 사람들은 잊어 버리고 있다.

죽음은 우리 모두를 노리고 있다. 질병, 살인, 치명적 사고가 어느 순간에든 생명을 빼앗아 갈 수 있다. 육체적 죽음은 삶의 매 순간 피할 수 없는 조건이다. 사람이 살아 있는 한, 매 시간은 어떤 힘의 덕분으로 그만큼 죽음이 연장된 것으로 여겨야 한다. 우리는 그렇게 말해야 하며, 그것을 모른다고 해서는 안 된다.

우리는 지상에서 그리고 하늘에서 일어나는 모든 현상을 알고 또 예측하지만, 매 순간 우리를 기다리고 있는 죽음은 잊어버리고 있다. 그러나 죽음을 잊어버리지 않는 한, 우리는 육체의 삶에 굴복할 수도 없고 그것에 의존할 수도 없다.

그래서 예수는 이렇게 말을 이었다.

"재산을 경계하십시오. 여러분의 생명은 여러분이 남들보다 더 많은 것을 가지는 데 달려 있지 않기 때문입니다.

어떤 부자가 엄청나게 많은 밀을 추수한 적이 있습니다. 그때 그는 '나의 곳간들을 다시 지어야지. 예전의 곳간들보다 더 큰 것들을 짓고 거기 나의 모든 재산을 쌓아야겠다. 그리고 나의 영혼에게는, 자, 나의 영혼아, 너는 네가 원하는 것을 모두 가지고 있으니 이제는 쉬고 먹고 마시고 또한 즐거움을 마음껏 누리면서 살라고 말해 주어야지.' 라고 혼잣말을 했습니다.

그러나 하느님께서는 그에게 '이 바보야, 바로 오늘 밤에 너의 영혼은 이승을 떠날 것이다. 그러면 네가 쌓아둔 것은 모두 다른 사람들의 손에 넘어갈 것이다.' 라고 말씀하셨습니다. 그런데 이러한 일은 육체적 생명은 유지하지만 하느님 안에서 살지는 않는 모든 사람에게 일어나는 것입니다."

그리고 또 이러한 말도 했다.

"자, 여러분은 빌라도가 갈릴레아 사람들을 죽였다고 말합니다. 그러나 이 갈릴레아 사람들은 다른 사람들보다 더 악했기 때문에 살해된 것입니까? 결코 그렇지는 않습니다. 우리가 죽음으로부터 구출되지 않는 한, 우리에게도 그런 일이 일어나고, 또 우리도 그들처럼 모두 죽을 것입니다.

한편 탑이 무너질 때 깔려서 죽은 열여덟 명의 사람들은 예루살렘에 사는 다른 주민들보다 더 악했기 때문에 그렇게 된 것입니까? 결코 그렇지는 않습니다. 우리가 구원을 얻지 못한다면, 우리도 곧 언젠가는 그들처럼 죽을 것입니다. 우리가 아직은 그들처럼 죽지 않았다면, 우리의 처지를 다음과 같은 이야기에 비추어서 생각해 보아야 합니다.

어떤 정원사가 정원에 사과나무를 기르고 있었습니다. 주인이 밭에 와서 보았지만 나무에는 사과가 하나도 열리지 않았습니다. 그래서 주인이 정원사에게 '내가 이 사과나무를 지켜본 것이 어느덧 삼 년이나 되었는데도 사과가 하나도 달리지 않았다. 보다시피 이 나무는 자리만 공연히 차지하고 있으니 당장 베어 버려야겠다.'고 말했습니다.

정원사는 '주인님, 조금만 더 기다려 보기로 하십시다. 제가 나무 둘레에 구덩이를 파고 거름을 주겠습니다. 내년 여름에 열매가 맺히는지를 지켜보십시다. 그때쯤이면 열매를 맺을지도 모릅니다. 그러나 내년 여름에도 아무것도 달리지 않는다면, 그때 베어도 좋을 것입니다.' 라고 말했습니다.

이와 마찬가지로 우리는 육체에 따라 사는 한 영혼의 생명에 대해 아무런 열매도 맺지 못합니다. 그러니까 우리는 사과가 하나도 열리지 않는 사과나무들입니다. 다만 우리는 어떤 권능의 자비 덕분으로 내년 여름까지 그대로 남겨진 것뿐입니다.

만일 우리가 열매를 맺지 못한다면, 우리도 곳간을 새로 지으려던 부자처럼, 갈릴레아 사람들처럼, 탑에 깔려 죽은 열여덟 명처럼, 그리고 열매를 맺지 못하는 모든 사람처럼 죽을 것이며, 그것도 영원히 죽을 것입니다.

이것을 알아듣기 위해서는 특별한 지혜가 필요하지도 않습니다. 누구나 자기 능력으로 이것을 이해할 수가 있습니다. 집안일의 경우뿐만 아니라 온 세상에서 일어나는 일의 경우에도 우리는 사리를 분별하고 예견도 할 수가 있기 때문입니다.

서쪽에서 바람이 불면 우리는 곧 비가 올 것이라고 말하고 실제로 그렇게 비가 옵니다. 그러나 남쪽에서 바람이 불면 우리는 날씨가 맑을 것이라고 말하고 실제로 그렇게 날씨가 맑아집니다.

이처럼 우리는 날씨도 미리 내다볼 줄 아는데, 우리가 모두 죽어서 없어질 것이며, 우리의 구원은 오로지 영혼의 생명, 영혼의 뜻의 완수에 있다는 것을 어째서 미리 깨달을 수가 없단 말입니까?"

그리스도의 가르침을 따르려면 육체적 삶을 사는 이익, 자기 뜻에 따르는 이익, 그리고 아버지의 뜻을 실천하는 이익을 서로 비교해서 계산해야만 한다. 오로지 이 계산을 잘하는 사람만이 예수의 제자가 될 수 있다. 그리고 이 계산을 잘하는 사람은 참된 선과 생명 대신에 헛된 이익과 생명을 선택하지는 않을 것이다.

5

대단히 많은 사람들이 예수와 함께 길을 걸어갈 때 그는 이렇게 말했다.

"나의 제자가 되려는 사람은 자기 부모, 아내, 자녀들, 형제자매들, 모든 재산을 아무것도 아닌 것으로 여겨야만 합니다. 오로지 내가 행동하는 것과 똑같이 행동하는 사람만이 나의 가르침을 따르는 사람이고, 또한 그 사람만이 죽음으로부터 구출되는 것입니다.

누구나 무슨 일을 시작하기 전에 그 일이 이익을 가져올 것인지 미리 판단하고, 만일 이익을 가져올 것이라고 본다면 그 일을 시작할 것이고, 이익이 없을 것으로 본다면 손을 대지 않을 것입니다.

집을 지으려는 사람은 먼저 자리를 잡고 앉아 얼마나 많은 돈이 들 것인지, 자기가 돈을 얼마나 가지고 있는지, 그 돈이 집을 다 짓는 데 충분한지 여부를 미리 검토할 것입니다. 집을 짓다가 도중에 그만두면 사람들의 웃음거리가 될 테니, 그는 그런 일이 벌어지지 않도록 미리 비용 등을 계산할 것입니다.

이와 마찬가지로 육체적 생명에 따라 살려는 사람도 자기가 바쁘게 하고 있는 일을 자신이 끝낼 수가 있을지 먼저 계산하지 않으면 안 됩니다.

어느 왕이든 전쟁을 하려고 할 때는 자기가 일만 명의 군사를 이끌고 이만 명의 적과 싸우러 나갈 수 있는지를 먼저 생각해 볼 것입니다. 그렇게 할 수 없다고 판단한다면 그는 적에게 대사를 파견하여 평화조약을 맺고 전쟁을 피할 것입니다.

따라서 육체적 생명에 따라 살려고 하는 사람은 누구나 자기가 죽음과 싸울 수가 있는지, 또는 죽음이 자기보다 더 강한지, 또는 죽음과 싸우지 않고 미리 화해하는 것이 더 좋은지를 미리 생각해 보아야만 합니다.

따라서 여러분은 누구나 자신의 가족, 돈, 재산을 자기가 어떻게 여기고 있는지를 미리 검토해야만 합니다. 만일 이 모든 것이 자신에게 무슨 가치가 있는지 검토한 뒤에 자신에게 아무 소용도 없는 것이라고 깨닫는다면, 오로지 그러한 경우에만 나의 제자가 될 수 있습니다."

그 말을 들은 어떤 남자가 물었다.

"영혼의 생명이 있기만 하다면 그건 좋은 일입니다. 그러나 만일 모든 것을 다 버렸는데도 영혼의 생명이라는 것이 없다면 어떻게 됩니까?"

그 말에 예수는 이렇게 말했다.

"영혼의 생명이 없을 리가 없습니다. 사람은 누구나 그것을 알고 있습니다. 여러분은 모두 그것을 알지만, 자신이 아는 것을 실천하지는 않고 있습니다. 그것은 여러분이 의심하기 때문이 아니라, 그릇된 근심걱정으로 참된 생명으로부터 멀어지고 참된 생명을 외면하기 때문입니다.

여러분과 마찬가지로 행동하는 사람의 이야기가 있습니다.

집주인이 저녁식탁을 마련해 놓은 뒤에 손님들을 초대하기 위해 심부름꾼들을 보냈습니다. 그러나 손님들은 사양하기 시작했습니다. 한 사람은 '나는 땅을 샀기 때문에 가서 그것을 살펴보아야만 합니다.'라고 말했고, 또 한 사람은 '나는 황소를 샀기 때문에 그것을 살펴보아야만 합니다.' 라고 말했습니다. 그리고 세 번째 사람은 '나는 결혼을 했기 때문에 곧 피로연을 열어야 합니다.' 라고 말했습니다.

심부름꾼들이 돌아가서 주인에게 아무도 오지 않을 것이라고 보고했습니다. 그러자 주인은 거지들을 초대하기 위해 심부름꾼들을 보냈습니다. 거지들은 거절하지 않고 초대에 응했습니다. 그들이 그 집에 가서 자리를 잡았는데도 여전히 빈자리들이 남아 있었습니다.

그러자 주인은 더 많은 사람들을 불러오라고 심부름꾼들을 보내면서 '더 많은 사람들을 대접하고 싶으니 밖에 나가서 누구든지 내 저녁 식탁에 오라고 모든 사람을 설득하라.' 고 지시했습니다. 결국 시간이 없다면서 초대를 거절한 사람들은 그 저녁 식탁에 앉지 못하고 말았습니다.

아버지의 뜻을 완수하는 것이 생명을 준다는 것은 누구나 다 알지만, 재산의 속임수가 사람들을 잡아당기기 때문에 그들은 아버지의 뜻을 완수하지 않습니다.

아버지의 뜻 안에 있는 참된 생명을 위해 거짓된

일시적 재산을 버리는 사람은 영리한 어느 청지기가 한 것처럼 그렇게 합니다.

어느 부잣집에 청지기가 있었습니다. 이 청지기는 곧 주인이 자기를 내쫓을 것이고, 그러면 자기는 식량도 숙소도 없는 몸이 될 것이라고 깨달았습니다.

그는 '내가 할 일이라고는 이것밖에 없다. 나는 직접 일꾼들에게 주인의 재산을 나누어 주어야겠다. 그들이 주인에게 진 빚도 줄여 주겠다. 그러면 주인이 나를 내쫓은 뒤에도 그들은 내가 베푼 호의를 기억하여 나를 저버리지 않을 것이다.' 라고 속으로 생각했습니다.

그리고 청지기는 실제로 그렇게 실천했습니다. 그는 주인에게 빚진 일꾼들을 불러들인 다음, 그들의 부채 문서를 수정해 주었습니다. 주인에게 백 냥을 빚진 사람에게는 그 빚을 오십 냥으로, 육십 냥을 빚진 사람에게는 그 빚을 이십 냥으로, 나머지 사람들에게도 그런 식으로 줄여 주었습니다.

청지기가 한 짓을 알게 된 주인은 '그의 행동은 현명한 것이다. 그렇게 하지 않았더라면 그는 빵을 구걸해야만 했을 것이다. 나에게는 손해를 끼쳤지만 그의 이해타산 자체는 현명한 것이다.' 라고 중얼거렸습니다.

육체적 생명 안에서는 우리 모두가 올바른 계산을 어떻게 하는지 알지만, 영혼의 생명 안에서는 그것을 이해하려고 하지 않습니다. 따라서 우리는 영혼의 생명을 얻기 위해 불의하고 거짓된 재산을 버리지 않으면 안 되는 것입니다.

그런데 재산과 같은 하찮은 것이 아까워서 버리려고 하지 않는다면 이 영혼의 생명은 우리에게 주어지지 않습니다. 거짓된 재산을 버리지 않는다면 우리 자신의 참된 생명이 우리에게 주어지지 않는 것입니다.

하느님과 재산, 아버지의 뜻과 자신의 뜻을 섬기는 일, 즉 두 주인을 동시에 섬기는 일은 불가능합니다. 이쪽이나 저쪽 가운데 한 가지를 섬겨야만 합니다."

6

정통주의자들은 예수의 말을 들었다. 그러나 그들은 재산을 사랑하기 때문에 그의 말을 비웃었다. 그래서 예수는 그들에게 이렇게 말했다.

"여러분은 사람들이 재산을 보고 자기를 존경하기 때문에 자신이 정말로 존경받을 만한 인물이라고 여깁니다. 그러나 실제로는 그렇지가 않습니다. 하느님께서는 사람의 외모를 보시는 것이 아니라 그의 마음을 들여다보십니다.

사람들 사이에서 높이 떠받들어지는 것이 하느님의 눈에는 지겨운 것입니다. 이제 하늘나라는 지상에서 얻을 수 있는 것인데, 거기 들어가는 사람들이 위대한 것입니다. 그러나 거기 들어가는 사람들은 부자가 아니라 아무것도 가진 것이 없는 사람들입니다.

여러분의 전통법에 따르든, 모세에 따르든, 그리고 예언자들에 따르든, 하늘나라에 들어가는 사람들은 언제나 가난한 사람들이었습니다. 잘 들어보십시오. 이것은 부자와 가난한 사람에 대한 여러분의 사고방식과 얼마나 잘 일치되는 것입니까?

한 곳에 부자가 살았습니다. 그는 옷을 잘 차려입은 채 날마다 빈둥빈둥 놀면서 즐거운 생활을 계속했습니다. 한편 그곳에는 온몸이 종기로 덮인 거지 라자로가 살고 있었습니다. 라자로는 부자의 식탁에서 떨어지는 음식 부스러기를 기대하고 그 부잣집 마당에 들어갔습니다.

그러나 그는 부스러기조차 얻지 못했습니다. 부자의 개들이 모든 것을 먹어치웠을 뿐만 아니라 심지어 라자로의 종기마저 핥아댔던 것입니다.

이윽고 부자도 라자로도 죽었습니다. 지하의 죽은 자들의 세계에 떨어진 부자는 저 멀리 높은 곳에 앉아 있는 아브라함을 바라보게 되었습니다. 그런데 아브라함 곁에는 거지 라자로가 앉아 있는 것이 아닙니까!

그래서 부자는 '저의 조상이신 아브라함님이여, 거지 라자로가 당신과 함께 앉아 있습니다. 저는 감히 당신을 번거롭게 해 드릴 생각이 없지만, 거지 라자로를 제게 보내주십시오. 그가 손가락에 물을 찍어서 그 물로 제 목구멍을 식혀 주게 해 주십시오. 저는 지금 불 속에서 타고 있기 때문입니다.' 라고 간청했습니다.

그러나 아브라함은 '네가 있는 불 속으로 라자로를 보내 줄 이유가 어디 있느냐? 이승에 사는 동안 너는 원하는 것을 다 누렸지만 라자로는 오로지 슬픔만 맛보며 살았고 그래서 지금 그는 행복하게 살아야만 하는 것이다. 게다가 내가 너를 도와주고 싶다고 해도 도와줄 수가 없다. 그것은 우리와 너 사이에 어마어마한 구덩이가 가로놓여서 그것을 건너가기가 불가능하기 때문이다.' 라고 대답했습니다.

그러자 부자는 '저의 조상이신 아브라함님이여, 그렇다면 거지 라자로를 저의 집으로 보내주십시오. 저는 다섯 형제가 있는데 그들을 가련히 여깁니다. 라자로가 그들에게 모든 것을 이야기해 주고 재산이 얼마나 해로운 것인지 드러내보여 주도록 해 주십시오. 그래서 그들이 이 고문의 장소에 떨어지지 않도록 해 주십시오.' 라고 간청했습니다.

구스타프 도레 작   부자와 나자로

그러나 아브라함은 '그들은 이미 재산이 얼마나 해로운지 잘 알고 있다. 그들에게는 모세도, 모든 예언자들도 이미 그것에 관해서 말해 주었다.'라고 대꾸했습니다.

그러나 부자는 '그렇다고는 해도, 누군가 죽은 자들 가운데서 일어나 그들에게 간다면 더 좋을 것입니다. 그렇게 되면 그들은 곧 회개할 것입니다.'라고 말했습니다.

그러나 아브라함은 '모세의 말도 예언자들의 말도 듣지 않는 그들이라면 죽은 사람이 다시 살아난다 해도 그의 말조차 듣지 않을 것이다.'라고 대답했습니다.

사람은 모든 것을 자기 형제와 나누어 가져야 하며, 모든 사람에게 선행을 베풀어야만 한다는 것은 누구나 다 알고 있습니다.

모세의 모든 법과 모든 예언자들이 말하는 것은 오로지 단 한 가지입니다. 즉, '너희는 이 진리를 알고 있지만 재산을 사랑하기 때문에 이 진리를 실천할 수가 없다.'는 것입니다."

사람들이 가진 재산이란, 사실은 그의 것이 아니라 잠시 관리하도록 그에게 맡겨진 것에 불과하다.

맡겨진 재산을 잘 사용한다면 그는 참된 재산, 즉 자기 것을 얻는다. 그러나 맡겨진 것에 불과한 재산을 포기하지 않는다면, 사람은 참된 생명을 얻지 못할 것이다.

사람은 누구나 육체의 헛된 생명과 영혼의 생명, 두 가지를 섬길 수 없다. 재산과 하느님을 동시에 섬길 수 없다는 것은 그런 뜻이다. 사람들에게 영광스러운 것은 하느님 앞에서 혐오스러운 것이다.

재산은 하느님 앞에서 악이다. 가난한 사람들이 자기 집 문 앞에서 굶어죽고 있는데도 부자가 마음껏 맛있는 음식을 먹는다면 그는 그렇게 사는 동안 계속해서 죄를 짓는 것이다. 자기 재산을 남에게 나누어 주지 않는 사람은 아버지의 뜻을 실천하지 않는 것이기 때문이다.

7

정통주의자들 가운데 돈이 많은 관리가 예수 앞에 나아가서 물었다.

"당신은 선한 선생님이십니다. 영원한 생명을 받으려면 제가 무엇을 해야만 하겠습니까?"

예수가 대답했다.

"왜 나를 선하다고 부르는 것입니까? 오로지 아버지만이 선하십니다. 어쨌든 영원한 생명을 얻으려면 당신은 계명들을 지키십시오."

그 관리가 되물었다.

"계명들이 많은데 어떤 것을 지키라는 말씀이십니까?"

예수가 그에게 대답했다.

"살인하지 말라. 간통하지 말라. 거짓말하지 말라. 훔치지 말라. 너의 아버지를 섬기고 그분의 뜻을 완수하라. 그리고 이웃을 자신처럼 사랑하라. 이런 계명들을 지키십시오."

그러나 그 관리는 오만하게 말했다.

"그런 계명은 제가 어렸을 적부터 다 지켜온 것입니다. 제가 묻는 것은 당신의 가르침에 따라 다른 어떤 계명을 지켜야만 하는가 하는 것입니다."

예수는 그 사람과 그의 값진 옷을 바라보면서 미소를 띤 채 이렇게 대답했다.

"당신은 한 가지 작은 것을 아직 실행하지 않았습니다. 자기 입으로 말하는 것을 실천하지 않은 것입니다.

'살인하지 말라. 간통하지 말라. 훔치지 말라. 거짓말하지 말라.'는 계명들과 무엇보다도 '이웃을 자신처럼 사랑하라.'는 계명을 지키려고 한다면, 즉시 당신의 모든 재산을 팔아서 가난한 사람들에게 주십시오. 그러면 당신은 아버지의 뜻을 완수할 것입니다.

당신이 아버지의 뜻을 완수하려고 한다면 재산을 가지고 있지도 않았을 것입니다. 재산을 많이 가지고 있으면서도 남들에게 나누어 주지 않는 사람은 아버지의 뜻을 완수할 수 없는 것입니다."

그 말을 듣자 그 관리는 얼굴을 찌푸린 채 떠나갔다. 그는 자기 재산을 버리고 싶은 생각이 전혀 없었기 때문이다.

그러자 예수가 제자들에게 말했다.

"여러분도 봐서 잘 알겠지만, 부자로 지내면서 동시에 아버지의 뜻을 완수하기란 전혀 불가능합니다."

그 말에 제자들은 심한 두려움에 사로잡혔다. 그래서 예수는 그 말을 한 번 더 반복한 뒤에 말했다.

"그렇습니다. 나의 자녀들이여, 자기 재산을 가진 사람은 아버지의 뜻 안에 있을 수가 없습니다. 자기 재산을 믿는 사람이 아버지의 뜻을 완수하기보다는 낙타가 바늘구멍을 통과하기가 더 빠를지도 모릅니다."

제자들은 한층 더 심한 두려움에 사로잡혀서 말했다.

"정말로 그렇다면, 사람이 자기 목숨을 부지하는 것이 가능할까요?"

예수가 대답했다.

"사람들은 재산이 없으면 자기 목숨을 부지할 수 없는 것처럼 생각하지만, 하느님께서는 심지어

예수와 부자 청년

아무 재산이 없이도 사람의 목숨을 부지하실 수 있습니다. 참된 생명은 자기 재산을 남들에게 나누어 주어야만 얻을 수 있는 것입니다."

언젠가 예수는 예리코 마을을 통과하고 있었다. 그 마을에는 세금 걷는 사람들의 우두머리이며 부자인 자케오가 살고 있었다. 그는 예수의 가르침에 관해서 이미 들었으며 그것을 믿었다.

예수가 예리코에 도착했다는 말을 들은 그는 예수를 직접 자기 눈으로 보고 싶어했다. 그러나 대단히 많은 사람들이 예수를 둘러싸고 있어서 사람들 틈을 비집고 예수에게 가까이 가기는 불가능했다. 자케오는 키가 매우 작았다. 그래서 그는 앞으로 달려가서 나무에 기어 올라갔다. 예수가 나무 근처를 지나갈 때 그를 바라보려고 한 것이다.

이윽고 예수가 그 나무 곁을 지나가다가 자케오를 보았는데, 그가 자기 가르침을 믿는다는 것을 알고는 말했다.

"나무에서 내려와 집으로 돌아가십시오. 나중에 내가 당신 집에 찾아가겠습니다."

자케오는 나무에서 기어 내려와 집으로 달려갔고, 예수를 맞이할 준비를 했으며, 그를 기쁘게 맞아들였다. 사람들은 예수를 비난하며 말했다.

"봐라, 예수가 세금 걷는 악당의 집에 들어갔다."

한편 자케오는 예수에게 말했다.

"자, 보십시오. 저는 재산의 절반을 가난한 사람들에게 나누어 주고, 제게 손해를 본 사람들에게는 네 배로 갚아 줄 것입니다."

그 말에 예수가 대답했다.

"이제야말로 당신은 자신을 구했습니다. 당신은 죽은 자였지만 지금은 살아 있습니다. 잃어버렸다가 다시 찾은 사람입니다. 당신은 아브라함이 자기 아들을 죽여서 제물로 바치려고 했던 것처럼, 그렇게 자신의 믿음을 보여 주었기 때문입니다.

당신은 평소에 아버지의 뜻을 실천하는 사람입니다. 아버지의 뜻을 실천하는 것은 한 번으로 충분한 것이 아니라 일생을 바쳐서 해야만 합니다. 사람의 생명에 관한 모든 일은 멸망하는 것을 찾아 나서고, 그것을 자기 영혼 안에서 구해 주는 것입니다. 그러나 당신의 행동과 같은 희생은 그 액수로 판단해서는 안 되는 것입니다."

　다른 사람들의 선행에 대해서는 어떤 방식으로든 판단할 수가 없다. 누가 더 많은 선행을 하고 누가 덜 했는지 말할 수가 없는 것이다. 유용성을 기준으로 선행을 판단할 수도 없는 것이다.

9

한번은 예수와 그의 제자들이 성전의 헌금상자 건너편에 앉아 있었다. 사람들이 하느님을 섬기기 위해 그 상자에 헌금을 넣고 있었다. 부자들이 다가가서 많은 돈을 넣었다. 그런데 가난한 과부가 와서는 작은 동전 두 개를 넣었다.

그때 예수는 그 여인을 가리키면서 말했다.

"자, 보십시오. 저 가난한 과부는 상자에 작은 동전 두 개를 넣었습니다. 하지만 다른 모든 사람들보다도 더 많은 것을 넣었습니다. 다른 사람들은 자기가 살아가는 데 필요하지 않은 것을 넣은 반면, 저 여인은 자기가 가진 모든 것을 넣었기 때문입니다. 저 여인은 자신의 모든 생명을 바친 것입니다."

또 한번은 예수가 나병환자 시몬의 집에 머물러

구스타프 도레 작

과부의 동전 두 개

있었다. 그런데 어떤 여인이 그 집에 들어섰다. 그 여인은 열다섯 냥어치의 값진 기름이 든 항아리를 들고 있었다. 예수는 제자들에게 자기의 죽음이 가까이 왔다고 말했다.

그 말을 들은 여인은 예수를 동정했고 그에 대한 자신의 사랑을 보여 주기 위해 그의 머리에 기름을 발라 주고 싶었다. 그 일 이외에는 모든 것을 잊어버린 채 여인은 항아리의 마개를 깬 다음 예수의 머리와 발에 기름을 모조리 부었다.

제자들은 그 여인이 잘못을 저질렀다고 생각하면서 자기들끼리 논의하기 시작했다. 그런데 나중에 예수를 배반한 유다스가 말했다.

"얼마나 많은 값진 물건이 쓸데없이 낭비되었는지 보십시오. 이 기름을 팔면 열다섯 냥은 받았을 테고 그 돈이면 가난한 사람들을 많이 도울 수도 있었을 것입니다!"

그래서 제자들은 그 여인을 비난하기 시작했다. 여인은 속이 상했다. 자기가 좋은 일을 했는지 잘못했는지 분간을 할 수도 없었다.

그러나 사실 유다스는 도둑이었다. 그는 기름의 현실적 가치를 들먹거렸지만 가난한 사람들을 위해서 그런 말을 한 것은 아니었다. 유용성이든 값이든 그것은 문제가 아니다. 매순간의 필요성, 다른 사람들에 대한 사랑, 그리고 자기 재산을 나누어 주는 것이 항상 가장 중요한 것이다.

그러자 예수가 제자들에게 이렇게 타일렀다.

"여러분은 저 여인을 공연히 괴롭히고 있습니다. 여인은 좋은 일을 한 것이고, 가난한 사람들에 대한 여러분의 생각은 틀린 것입니다. 가난한 사람들에게 여러분이 선행을 하고 싶다면 그대로 하십시오. 그들은 언제나 여러분과 함께 있을 것입니다.

그런데 왜 그들에 관해서 지금 걱정을 하는 것입니까? 여러분이 가난한 사람들을 동정한다면 그 동정심을 간직하고 그들에게 선행을 베푸십시오. 그러나 저 여인은 지금 나를 동정해서 참으로 좋은 일을 했습니다. 자기가 가진 것을 전부 내주었기 때문입니다.

무엇이 유익하고 무엇이 필요하지 않은 것인지 여러분 가운데 누가 알 수 있습니까? 나에게 기름을 붓는 것이 필요하지 않았다고 여러분이 어떻게 안단 말입니까?

저 여인은 내게 기름을 부었고 오로지 장례식을

위해 나의 몸을 준비시키려고 그렇게 했을 뿐이라면 그것은 필요한 것이었습니다.

저 여인은 자신을 잊어버리고 다른 사람을 동정함으로써 아버지의 뜻을 참으로 완수했습니다. 육체의 이해타산을 잊어버리고 자기가 가진 것을 모두 내어준 것입니다."

이어서 예수는 이렇게 말했다.

"나의 가르침은 아버지 뜻의 완수입니다. 그리고 아버지의 뜻은 입에 발린 말이 아니라 오로지 행동만이 완수할 수 있습니다.

어떤 사람의 아들이 자기 아버지의 지시에 '복종합니다. 복종합니다.'라고 계속해서 대답하면서도 아버지가 지시한 것을 하나도 하지 않는다면 그는 아버지의 뜻을 완수하지 않는 것입니다.

그런데 다른 아들은 '복종하기 싫습니다.'라고 대답하고는 아버지 앞을 물러나서 아버지의 지시대로 한다면 그는 아버지의 뜻을 참으로 완수하는 것입니다. 사람들의 경우도 이와 같습니다.

'나는 아버지의 뜻 안에 있습니다.'라고 말하는 사람이 아니라 아버지가 원하시는 것을 행동으로 이루는 사람이 아버지의 뜻 안에 있는 것입니다."

The Gospel in Brief
7장

나와 아버지는 하나다

영원한 생명의 진정한 식량은
아버지의 뜻을 완수하는 것이다

1

그 일이 있은 뒤 유대인들이 예수를 잡아 죽이려 했기 때문에 그는 갈릴레아로 돌아가서 친척들과 함께 살았다.

유대인들의 종교적 축제인 초막절이 다가왔다. 예수의 형제들은 그 축제에 참가하기 위해 예루살렘으로 올라갈 준비를 했고 예수에게도 같이 가자고 말했다. 그들은 예수의 가르침을 믿지 않았기 때문에 그에게 이렇게 말했다.

"자, 당신 말에 따르자면 유대인들이 하느님을 섬기는 방식은 틀린 반면에, 당신은 행동을 통해서 하느님을 진정으로 섬기는 길을 알고 있다고 합니다. 당신이 정말로 하느님을 진정으로 섬기는 길을 오로지 혼자서만 알고 있다고 생각한다면, 이제 우리와 함께 축제에 참가하러 갑시다.

수많은 사람들이 예루살렘에 모일 테고, 당신은 모세의 가르침이 틀렸다고 그들 앞에서 선언할 수가 있을 겁니다. 모든 사람이 당신 말을 믿는다면, 당신이 옳다는 것이 모든 사람에게, 그리고 당신 제자들에게도 분명하게 드러날 것입니다.

그런데 왜 자기가 옳다는 것을 당당하게 선언하지 않고 숨기려는 겁니까? 당신은 우리의 예배가 틀린 것이고 당신은 하느님에 대한 진정한 예배를 알고 있다고 말합니다. 그렇다면 그것을 모든 사람에게 증명해 보이십시오.”

그러자 예수가 대답했다.

“여러분은 일정한 시간에 특정 장소에서 하느님을 섬기지만 나는 그렇지가 않습니다. 나는 언제나 어디서나 하느님을 위해 일을 합니다. 내가 백성들에게 보여 주는 것은 바로 이것입니다.

나는 그들이 하느님을 잘못 섬기고 있다는 것을 드러내고, 그래서 그들은 나를 미워합니다. 여러분은 축제에 참가하러 올라가십시오. 나는 내가 적절한 시기라고 보는 그때 올라갈 것입니다.”

결국 그의 형제들은 예루살렘으로 올라갔고 그는 뒤에 남았다. 그리고 축제가 진행되는 중간 시점에 비로소 올라갔다. 그러자 유대인들은 유대교의 종교적 축제를 그가 존중하지 않고 뒤늦게 참가하는 것을 보고 매우 큰 충격을 받았다.

그리고 그들은 그의 가르침에 관해서 의견이 분분했다. 그의 가르침이 옳다고 주장하는 사람들이 있는가 하면, 그가 사람들을 혼란에 빠뜨릴 뿐이라고 반박하는 사람들도 있었다.

축제가 중반부로 접어들었을 무렵에 예수는 성전으로 들어간 뒤 사람들이 하느님을 섬기는 방식이 틀렸다고 가르치기 시작했다. 그는 하느님은 성전에서 제물을 바쳐서 섬길 것이 아니라, 영혼 안에서 구체적인 행동을 통해서 섬기지 않으면 안 된다고 가르친 것이다.

모든 사람들이 그의 말에 귀를 기울였고, 그가 정식으로 교육을 받지 않았는데도 모든 지혜를 깨닫고 있는 것에 크게 놀랐다. 자신의 지혜에 대해 사람들이 크게 놀란다는 말을 들은 예수는 그들에게 이렇게 말했다.

"나의 가르침은 나 자신의 것이 아니라 나를 보내신 그분의 것입니다. 우리에게 생명을 주어 세상에 보내신 성령의 뜻을 완수하려고 하는 사람은 누구나 나의 이 가르침이 내가 지어낸 것이 아니라 하느님으로부터 오는 것임을 알 것입니다.

스스로 가르침을 지어내는 사람은 자기가 상상하는 것을 따라가는 데 불과한 것이지만, 자기를 보내신 그분의 뜻을 추구하는 사람은 올바른 사람이며 그에게는 아무런 오류도 없기 때문입니다.

내가 나의 이름으로 가르치는 것이 아니라 모든 사람들의 아버지의 이름으로 가르친다는 사실은 나의 가르침이 진리라고 증명합니다. 나는 모든 사람들의 아버지가 좋다고 보는 것, 따라서 모든 사람들에게 좋은 것을 가르칩니다.

내가 말하는 것을 실천하십시오. 다섯 가지 계명을 지키십시오. 그러면 여러분은 내가 말하는 것이 진리라는 것을 깨달을 것입니다. 이 다섯 가지 계명의 실천은 온 세상의 악을 몰아낼 것입니다.

따라서 이 다섯 가지 계명은 참되고 옳은 것입니다. 자기 자신의 뜻이 아니라 자신을 보낸 그분의 뜻을 가르치는 사람은 진리를 가르칠 것입니다.

여러분이 따르는 모세의 법은 아버지의 법이 아니며, 따라서 모세의 전통법을 따르는 사람들은 아버지의 법을 따르지 않고 오히려 악행과 거짓된 일을 하고 있습니다. 그것은 사람들 자신의 뜻을 실천하는 것을 가르치며, 따라서 모순들로 가득 차 있습니다.

나는 아버지의 뜻만을 완수하라고 여러분에게 가르치며, 따라서 나의 가르침 안에서는 모든 것이 조화를 이룹니다. 겉보기로 판단하지 말고 영혼에 따라 판단하십시오."

2

그때 어떤 사람들은 말했다.

"사람들은 그를 가짜 예언자라고 말했습니다. 그런데 보십시오. 그가 지금 우리의 전통법을 배척하는데도 아무도 그를 반박하지 못하고 있습니다. 어쩌면 그가 참으로 진정한 예언자일지도 모릅니다. 어쩌면 우리의 종교 지도자들마저도 그를 인정하고 있는지 모릅니다.

다만 한 가지 이유 때문에 그를 믿을 수가 없습니다. 그것은 하느님께서 보내시는 분이 오실 때 그가 어디서 태어나는지 아무도 모른다고 기록되어 있는데, 우리는 저 사람의 출생과 그의 모든 가족을 알고 있다는 것입니다."

백성들은 여전히 그의 가르침을 알아듣지 못했고 그래서 여전히 증거를 요구했다.

그러자 예수가 그들에게 이렇게 말했다.

"육체에 따라서는 여러분이 나를 알고 또 내가 어디서 왔는지 압니다. 그러나 영혼에 따라서는 여러분이 내가 어디서 왔는지 모릅니다. 나는 영혼에 따라 그분으로부터 왔는데 여러분은 그분을 모릅니다. 오로지 그분을 아는 것만이 필요합니다.

내가 만일 '내가 그리스도다.' 라고 말했다면 여러분은 사람인 나를 믿었을 테지만, 내 안에 있는, 그리고 여러분 안에도 있는 아버지를 믿지는 않았을 것입니다. 그러나 오로지 아버지만을 믿는 것이 필요합니다.

나는 내 생애의 매우 짧은 기간 동안만 여기서 여러분과 함께 지냅니다. 나는 생명의 원천으로부터 나왔고 그 원천에 이르는 길을 여러분에게 제시하고 있습니다. 그런데 여러분은 증거를 요구하고 또한 나를 단죄하려고 합니다.

여러분이 지금 그 길을 모른다면, 내가 더 이상 여러분과 함께 지내지 않게 될 때에는 그 길을 결코 발견하지 못할 것입니다. 여러분은 나에 관해서 논쟁해서는 안 되고 다만 나를 따라야 합니다.

나의 가르침을 실천하는 사람은 누구나 나의 말

이 옳은지 여부를 알게 될 것입니다. 내가 누구인지, 과거의 모든 예언이 나에 대해 말한 것인지에 대한 여부를 묻지 마십시오. 다만 여러분은 나의 가르침, 우리 모두의 아버지에 대해 내가 하는 말을 따르십시오.

내가 어디서 왔는지 등의 외형적 문제를 따지는 것은 불필요하지만 나의 가르침은 여러분이 반드시 따라야만 합니다. 그리고 나의 가르침을 따르는 사람은 참된 생명을 얻을 것입니다.

육체적 생명을 영혼의 식량으로 삼지 않은 사람, 목마른 사람이 물을 갈구하듯 진리를 갈구하지 않고 진리를 따르지도 않는 사람은 나를 이해할 수가 없습니다.

그러나 진리에 목말라 애타게 찾는 사람은 진리의 물을 마시기 위해 나에게 오십시오. 그리고 나의 가르침을 앞으로 믿을 사람은 참된 생명을 받을 것입니다. 그는 영혼의 생명을 받을 것입니다."

3

많은 사람들이 그의 가르침을 믿으며 말했다.

"저 사람이 말하는 것은 진리며 하느님으로부터 오는 것이다."

다른 사람들은 그를 이해하지 못했고, 그래서 그가 하느님으로부터 왔다는 증거를 예언자들의 예언에서 찾아내려고 여전히 애썼다. 또한 많은 사람들이 예수와 논쟁을 벌였지만 아무도 그의 가르침을 뒤집지 못했다. 전통법의 전문가인 정통주의자 대사제들이 성전의 경비병들을 파견해서 예수에게 시비를 걸도록 했는데, 그들이 돌아와서 보고했다.

"우리는 그에게 손을 댈 수 없습니다."

그러자 대사제들이 꾸짖으며 말했다.

"그러면 왜 그의 혐의를 찾아내서 단죄하지 않았는가?"

그들이 대답했다.

"그 사람처럼 말하는 사람은 여태껏 하나도 없었습니다."

이윽고 정통주의자 대사제들은 이렇게 말했다.

"그의 가르침을 뒤집을 수가 없든, 백성들이 그의 가르침을 믿든, 그것은 아무 의미도 없습니다. 우리는 믿지 않습니다. 종교 지도자들 가운데 아무도 그를 믿지 않습니다. 백성들이란 언제나 어리석고 무식한 족속이며, 그래서 저주를 받은 것입니다. 그들은 누가 무슨 말을 하든지 다 믿기 때문입니다."

그때 예수의 가르침에 관해 예수로부터 직접 설명을 들은 적이 있는 니코데모가 대사제들에게 말했다.

"본인의 말을 끝까지 들어보지 않은 채, 그리고 그가 사람들을 어디로 끌고 가는지 알지도 못한 채, 그를 단죄할 수는 없는 것입니다."

그러나 대사제들이 대꾸했다.

"이 문제에 관해서 더 이상 토론하거나 신경을 쓰는 것은 쓸데없는 일입니다. 예언자가 갈릴레아에서 나올 수 없다는 것을 우리는 알고 있습니다."

4

언젠가 예수는 정통주의자들과 말을 주고받을 때 그들에게 이렇게 말한 적이 있다.

"빛이 비치는 것에 대해 증거를 댈 수 없듯이 나의 가르침의 진실성에 관해서도 증거를 댈 수가 없습니다. 나의 가르침은 참된 빛이고 빛 자체입니다. 빛을 바라보는 사람은 빛과 생명을 가지고 있고 아무런 증명이 필요하지 않습니다.

그러나 어둠 속에 있는 사람은 빛이 있는 곳으로 나가야만 합니다. 백성들은 나의 가르침에 따라 무엇이 선하고 무엇이 악한지 분별합니다.

따라서 다른 모든 것을 입증해 주는 진리인 나의 가르침은 입증할 수 없는 것입니다. 나를 따를 사람은 누구나 어둠 속에 있지 않고 오히려 생명을 얻을 것입니다. 빛과 깨달음은 똑같은 것입니다."

그러나 정통주의자들이 대꾸했다.

"그것은 당신 혼자서나 하는 말입니다."

그래서 예수는 그들에게 말했다.

"비록 나 혼자서만 그렇게 말을 한다고 해도 나는 역시 옳습니다. 나는 어디서 와서 어디로 가는지 알고 있기 때문입니다. 나의 가르침에 따르면 생명 안에는 이유가 있는 반면, 여러분의 가르침에 따르면 생명 안에 아무 이유도 없습니다. 더욱이 나의 가르침은 나 혼자서만 가르치는 것이 아니라 영혼이신 나의 아버지도 똑같은 것을 가르치고 있습니다."

그들이 물었다.

"당신 아버지는 어디 있습니까?"

예수가 대답했다.

"여러분은 나의 가르침을 모르고, 따라서 나의 아버지도 모릅니다. 또한 자신이 어디서 오고 어디로 가는지도 모릅니다. 내가 여러분을 인도하고 있는데도 불구하고 여러분은 따라오기는커녕 내가 누구인지 따지고 있습니다.

따라서 여러분은 내가 여러분을 인도하는 목표인 구원에 도달할 수 없습니다. 만일 이러한 잘못에 계속 머물러 있고 나를 따라오지 않는다면 여러분은 멸망할 것입니다."

유대인들이 다시 물었다.

"당신은 누구입니까?"

예수는 이렇게 대답했다.

"처음부터 내가 여러분에게 말해 주었지만, 나는 성령을 나의 아버지로 받아들이는, 사람의 아들입니다. 나는 사람이며, 생명의 아버지의 아들입니다. 나는 아버지에 관해서 아는 것을 그대로 세상에 말해 주고 있습니다.

여러분이 자신 안에서 사람의 아들을 찬미할 때 내가 누구인지 알 것입니다. 나는 인간으로서 나의 뜻에 따라 행동하고 말하는 것이 아니라, 아버지가 나에게 가르쳐 준 것에 따라 행동하고 말하기 때문입니다. 아버지가 나에게 가르쳐 준 것, 바로 그것을 나는 말하고 가르치는 것입니다.

그리고 나를 보내신 그분은 언제나 나와 함께 있습니다. 또한 나는 아버지의 뜻을 실천하기 때문에 그분은 나를 떠나지 않았습니다. 생명에 대한 나의 깨달음을 따를 사람, 아버지의 뜻을 완수할 사람은 누구나 참으로 나의 가르침을 받을 것입니다.

진리를 알기 위해서는 다른 사람들에게 선행을 베푸는 것이 필요합니다. 다른 사람들에게 악행을 저지르는 사람은 어둠을 사랑하고 그 속으로 들어갑니다. 그러나 다른 사람들에게 선행을 베푸는 사람은 빛을 향해 나아갑니다.

따라서 나의 가르침을 알아듣기 위해서는 선행을 하는 것이 필요합니다. 선행을 하는 사람은 진리를 알게 되고, 악과 죽음에서 벗어난 자유인이 될 것입니다. 잘못을 저지르는 사람은 누구나 자기 잘못의 노예가 되기 때문입니다.

'사람은 누구나 생명의 아버지의 아들'이라는 것이 내가 가르치는 진리입니다. 자기가 아버지의 아들이라고 생각하고 또한 우리 모두의 아버지의 뜻을 실천하는 사람만이 더 이상 노예가 아닌 자유인이 될 것입니다.

우리는 육체적 삶이 진짜 삶이라고 여기는 잘못을 저지를 때에만 노예가 되기 때문입니다. 생명은 아버지의 뜻을 실천하는 데에만 있다는 진리를 깨닫는 사람만이 자유롭고 영원히 살 것입니다.

노예는 주인의 집에서 항상 사는 것이 아닌 반면에, 주인의 아들은 언제나 거기 머물러 삽니다. 마찬가지로 사람도 살아가는 동안에 잘못을 저질러서 그 잘못 때문에 노예가 된다면 항상 살아 있는 것이 아니라 죽어 버리는 것입니다.

오로지 진리 안에 머물러 있는 사람만이 항상 살아 있습니다. 그 진리란 바로 노예가 아니라 아들이 되는 것입니다. 따라서 여러분은 잘못을 저지르면 노예가 되고 죽습니다. 그러나 여러분이 진리 안에 있다면 자유로운 아들이 되고 살아 있을 것입니다.

육체의 노예로 살면 생명 안에 영원히 머물지 못하지만, 영혼 안에서 아버지의 뜻을 실천하는 사람은 생명 안에 영원히 머물 것입니다.

여러분은 자신이 아브라함의 아들이고 진리를 알고 있다고 말합니다. 그러나 지금 여러분은 나의 가르침을 알아듣지 못하기 때문에 나를 죽이려고 합니다.

결국 나는 나의 아버지로부터 배워서 아는 것을 말하지만, 여러분은 여러분의 아버지로부터 배워서 아는 것을 행동으로 옮기려고 하고 있습니다.”

5

그들이 말했다.

"우리의 아버지는 아브라함입니다."

예수는 그들에게 대답했다.

"여러분이 만일 아브라함의 아들들이라면 아브라함과 똑같은 행동을 했을 것입니다. 그러나 지금 여러분은 내가 하느님으로부터 배운 것을 가르치기 때문에 나를 죽이려고 합니다.

아브라함은 여러분처럼 행동하지 않았습니다. 따라서 여러분은 하느님을 섬기는 것이 아니라 하느님과는 별개인 여러분의 아버지를 섬기는 것입니다.

나를 이해하려면 여러분은 나의 아버지는 여러분의 아버지, 즉 여러분이 하느님이라고 부르는 그와 같지 않다는 것을 깨달아야만 합니다.

여러분의 아버지는 육체의 하느님이지만, 나의 아버지는 생명의 영혼입니다. 여러분의 아버지, 여러분의 하느님은 복수의 하느님, 살인자, 사람들을 처형하는 분입니다. 그러나 나의 아버지는 생명을 줍니다. 따라서 여러분과 나는 각각 다른 아버지의 자녀들입니다."

그들이 대꾸했다.

"우리는 사생아들이 아니오. 모두가 우리 아버지의 자녀들이고 우리는 모두 하느님의 아들들입니다."

그러자 예수는 그들에게 이렇게 말했다.

"여러분의 아버지가 나의 아버지와 같은 분이라면, 여러분은 나를 사랑했을 것입니다. 나는 스스로 태어난 것이 아니라, 바로 그 아버지로부터 왔기 때문입니다. 여러분은 나의 아버지의 자녀들이 아닙니다. 따라서 나의 말을 알아듣지 못합니다.

생명에 대한 나의 깨달음은 여러분 안에 자라나지 못합니다. 내가 아버지에게 속하고 여러분도 또한 같은 아버지에게 속한다면 여러분은 나를 죽이려고 할 수가 없습니다.

그러나 여러분이 나를 죽이려고 한다면 우리는

같은 아버지에게 속한 것이 아닙니다. 나는 진리를 따르고 있는데, 바로 그 이유 때문에, 여러분은 여러분의 하느님을 기쁘게 하려고, 나를 죽이려 합니다.

나는 선의 아버지, 즉 하느님으로부터 왔지만 여러분은 악의 아버지, 악의 원천, 즉 악마로부터 왔습니다. 여러분은 여러분의 아버지인 악마를 섬기고, 언제나 살인자이고 거짓말쟁이며 자기 안에 진리가 없는 악마의 욕망대로 하려는 것입니다.

악마가 말하는 것은 무엇이든지 모든 사람에게 속하는 것이 아니라 자기에게 속한 것을 말하는 것이며, 그는 거짓말의 아버지입니다. 따라서 여러분은 악마의 하인들이자 그의 자녀들입니다.

그러나 나의 가르침은 우리는 모두 생명의 아버지의 아들들이며, 나의 가르침을 믿는 사람은 죽지 않을 것이라고 가르칩니다. 이제 여러분은 자신의 잘못이 얼마나 명백하게 드러났는지 보십시오.

내 말이 틀렸다면 나를 단죄하십시오. 그러나 나에게 틀린 점이 하나도 없다면 여러분은 왜 나를 믿지 않는 것입니까?"

6

그러자 유대인들은 그에게 욕을 하고 그가 귀신 들렸다는 말을 하기 시작했다.

예수가 말했다.

"나는 귀신 들리지 않았고, 다만 아버지를 찬미하는데도 여러분은 나를 죽이려고 합니다. 따라서 여러분은 나의 형제들이 아니라 다른 아버지의 자녀들입니다. 내가 옳다는 것을 확인해 주는 것은 나 자신이 아니라 진리가 나를 위해 말합니다. 따라서 다시 한 번 더 말해 두지만, 나의 가르침을 알아듣고 실천하는 사람은 죽지 않을 것입니다."

그러자 유대인들이 대들며 말했다.

"자, 당신이 귀신 들린 사마리아인이고 당신이 자기 자신을 단죄한다고 한 우리 말이 맞지 않습니까? 예언자들도 죽었고 아브라함도 죽었는데, 당신은 당신의 가르침을 실천하는 사람은 죽지 않을 것이라고 말합니다. 아브라함도 죽었는데 당신은 죽지 않을 것이란 말입니까? 아니면, 당신이 아브라함보다 더 위대합니까?"

유대인들은 갈릴레아 출신의 예수가 중요한 예언자인지 아니면 하찮은 예언자인지 여부에 관하여 여전히 자기들끼리 논쟁을 계속하고 있었지만, 예수가 인간인 자기 자신에 관해서는 아무것도 말하지 않고 자기 안에 있는 영혼에 관해서만 말하고 있다는 사실을 잊어버린 상태였다.

그래서 예수는 그들에게 이렇게 말했다.

"나는 스스로 어떤 위대한 인물이 되려고 하는 것이 아닙니다. 만일 내가 나 자신에 관해서, 오직 나 자신의 판단에만 의지해서 말한다면 나의 말은 모두 아무런 의미도 없을 것입니다.

그러나 여러분이 하느님이라고 부르는, 모든 것의 원천이 있습니다. 이 원천은 모든 사람 안에 있습니다. 자, 나의 말은 모두가 그분에 관한 것입니다. 그러나 여러분은 참된 하느님을 몰랐고, 지금도 모르고 있습니다.

그러나 나는 그분을 알고 있으며, 그분을 모른다

고 말할 수 없습니다. 내가 그분을 모른다고 말했다면 여러분과 똑같이 나도 거짓말쟁이가 분명합니다. 나는 그분을 알고 그분의 뜻을 알고 그것을 완수합니다. 나는 이 생명의 원천을 알지 않을 수 없고, 이 원천에 관해서 말하는데, 이것은 죽지 않았고, 지금도 살아 있으며, 앞으로도 영원히 죽지 않을 것입니다. 여러분의 아버지인 아브라함은 나의 깨달음을 보고 크게 기뻐했습니다."

유대인들이 말했다.

"당신은 고작해야 서른 살인데 어떻게 아브라함과 같은 시기에 생존해 있었단 말입니까?"

예수가 대꾸했다.

"아브라함 이전에도 선에 대한 깨달음은 있었고, 내가 여러분에게 말해 주는 것이 있었습니다."

그러자 유대인들이 예수를 죽이려고 돌을 집어 들었고, 예수는 그들로부터 떠나갔다.

예수의 가르침에 대해 증거를 요구하는 것은 한때 눈이 멀었던 사람에게 어떻게, 왜 그가 다시 보게 되었는지 증거를 대라고 요구하는 것과 같다. 시력을 회복한 그 사람은 예전의 자기와 똑같은 사람인데, 과거에는 눈이 멀었지만 지금은 눈으로 본다는 말밖에는 할 수가 없다.

과거에는 삶의 의미를 몰랐지만 지금은 이해하
는 사람은 한때 눈이 멀었던 사람과 똑같이 말할
수밖에는 없다. 그는 과거에는 삶 속의 참된 선을
보지 못했지만 지금은 본다고 대답할 수밖에는 없
는 것이다.

한때 눈이 멀었던 사람이 눈을 뜨고 나서, 자신
이 정상적인 절차로 치유된 것이 아니라 자기를 치
유해 준 사람이 악인이며, 따라서 다른 방식으로
치유되었어야 마땅하다는 말을 듣는다고 해도 그
가 대답할 말은 이것밖에 없다. 즉, 자신은 치유의
올바른 방법, 자기를 치유해 준 사람의 잘못, 더 좋
은 치유 방법 등에 관해서는 모르지만 자기가 예전
에는 보지 못했지만 지금은 본다는 사실만은 안다
는 것이다.

이와 마찬가지로, 아버지의 뜻의 실천이 참된 선
이라는 이 가르침을 깨닫는 사람은 가르침의 절차
나 더 좋은 가르침을 얻을 가능성 등에 관해서는
아무것도 말할 수 없다. 그는 이렇게 말할 것이다.

'예전에는 내가 삶의 의미를 몰랐지만 지금은
압니다. 그 이상은 모릅니다.'

7

예수가 말했다.

"나의 가르침은 생명의 자각, 지금까지 잠들어 있던 생명을 깨우는 것입니다. 나의 가르침을 믿는 사람은 잠에서 깨어나 영원한 생명을 보고, 비록 육체적으로는 죽는다 해도 계속해서 살고, 내 안에서 살며, 나를 믿는 사람은 죽지 않을 것입니다."

그런데 백성들을 가르칠 때 예수는 세 번째로 정통주의자들에게 이렇게 말했다.

"사람들이 나의 가르침에 승복하는 것은 내가 그것을 증명했기 때문이 아닙니다. 진리를 증명하기는 불가능합니다. 진리 자체가 다른 모든 것을 증명합니다.

그러나 사람들이 나의 가르침에 승복하는 것은 그것 이외에는 다른 진리가 없기 때문입니다. 이 진리는 사람들에게 알려지고, 오로지 이것만이 사람들을 위해 생명을 약속해 줍니다.

목자는 자기 양들에게 갈 때 양 우리의 문을 열고 들어가서 양들에게 친숙한 목소리로 양들을 모아 목장으로 인도합니다. 나의 가르침과 사람들의 관계는 목자의 친숙한 목소리와 양들의 관계와 같습니다.

나의 가르침은 양들이 들어가는 문이고 나를 따르는 사람들은 모두 참된 생명을 얻습니다. 그러나 여러분의 가르침은 아무도 믿지 않습니다. 그것은 사람들에게 낯선 것이고 또한 사람들은 그 가르침 안에서 여러분의 욕심을 발견하기 때문입니다.

문으로 들어오지 않고 울타리를 넘어서 들어오는 사람을 보면 사람이든 양이든 반응은 같습니다. 양들은 그를 모르지만 그가 강도라고는 느끼는 것입니다. 나의 가르침은 양들을 위한 단 하나의 문처럼, 유일하고 참된 가르침입니다.

모세의 전통법에 관한 여러분의 모든 가르침은 거짓말이며, 양들에게 그것은 모두 도둑이나 강도와 같은 것입니다. 나의 가르침에 자기 자신을 바치는 사람은 참된 생명을 얻을 것입니다. 그것은 마치 양들이 목자를 따라가면 목장으로 나가서 먹을 것을 얻는 것과 같습니다.

도둑은 오로지 훔치고 뺏고 죽이려고 오지만, 목자는 생명을 주려고 옵니다. 그리고 오로지 나의 가르침만이 참된 생명을 약속하고 그것을 줍니다.

어떤 목자들에게는 양들만이 자기 인생의 최대 관심사이며, 그들은 양들을 소유하고 사랑하며 양들을 위해 자기 목숨을 바칩니다. 이들이 선하고 참된 목자들입니다.

반면에 주인에게 고용된 나쁜 목자들은 양들을 사랑하지 않고 전혀 돌보지 않는데, 그것은 그들이 고용된 사람이고 또 양들이 자기 것이 아니기 때문입니다. 그래서 늑대가 다가오면 그들은 자기 직무를 버리고 달아납니다. 그러면 늑대는 양들을 잡아 먹어 버립니다. 이들은 가짜 목자들입니다.

이와 마찬가지로 가짜 선생들이 있는데, 그들은 오로지 자기 목숨만 돌보고 백성들의 목숨은 전혀 돌보지 않습니다. 반면에 참된 선생들은 자기 목숨은 돌보지 않고 사람들의 목숨을 위해 자기 목숨을 내어줍니다.

나는 이러한 참된 선생들과 같습니다. 나의 가르

침은 바로 자기 목숨을 돌보지 말고, 다른 사람들의 목숨을 위해서 자기 목숨을 내어주고, 영혼의 생명을 위해 육체의 생명을 버리라는 것입니다.

나는 이렇게 가르치고 또 실천합니다. 아무도 나의 생명을 빼앗아갈 수 없습니다. 그러나 나는 참된 생명을 얻기 위해서, 스스로 자유롭게 사람들을 위해 나의 목숨을 내어줍니다.

나는 이렇게 하라는 명령을 나의 아버지로부터 받았습니다. 나의 아버지가 나를 알듯이 나도 또한 그분을 압니다. 그래서 나는 나의 목숨을 사람들을 위해서 내어주는 것입니다. 또한 내가 아버지의 뜻을 완수하기 때문에 그분은 나를 사랑합니다.

그리고 모든 사람은, 지금 여기 있는 사람들뿐만 아니라 미래에 올 모든 사람도 또한 나의 목소리를 알아들을 것입니다. 또한 모든 사람이 한군데로 모이고 하나가 될 것이며, 그들이 믿는 가르침은 하나뿐일 것입니다."

8

그러나 유대인들은 여전히 예수의 말을 이해하지 못했고, 예수를 믿어야 좋을지 여부를 결정하기 위해서는 그가 그리스도라는 증거를 자기들이 보아야겠다고 주장했다. 그들은 예수를 둘러싸고 말했다.

"당신이 하는 모든 말은 이해하기 어렵고 우리의 성서 기록과 일치하지 않습니다. 우리를 괴롭히지 말고, 당신이 우리의 성서 기록에 따라 세상에 오기로 되어 있는 그 메시아인지 아닌지를 단순하고 명백하게 말해 주십시오."

예수는 이렇게 대답했다.

"나는 내가 누구인지를 이미 여러분에게 말해 주었지만 여러분은 믿지 않고 있습니다. 내 말을 믿지 않는다면 내가 한 일들은 믿으십시오. 나의 일들을 보고 내가 누구인지, 어디서 왔는지 깨달으십시오.

내가 가르치는 행동들을 보면 여러분은 내가 진리를 가르치는지 여부를 알 수 있습니다. 나의 행동을 보고 그대로 여러분도 실천하고 쓸데없는 말장난은 그만두십시오. 그러나 여러분은 나를 따르지 않기 때문에 나를 믿지 않고 있습니다.

나를 따르고 나의 말을 실천하는 사람은 나를 이해합니다. 그리고 나의 가르침을 이해하고 그것을 실천하는 사람은 참된 생명을 받습니다. 나의 아버지는 그들을 나와 하나로 결합시켰고 아무도 우리를 분리시킬 수 없습니다.

아버지의 뜻을 실천하십시오. 그러면 여러분은 모두 나와 하나가 되고 또한 아버지와도 하나가 될 것입니다. 나는 아버지의 아들이고 또한 아버지와 하나이기 때문입니다.

나는 여러분이 하느님이라고 부르고, 나는 아버지라고 부르는 그 하느님입니다. 하느님과 나는 하나입니다."

유대인들은 그 말에 몹시 분개하여 그를 죽이려고 돌을 집어 들었다.

그러나 예수가 말했다.

"나는 여러분에게 좋은 일을 많이 보여 주었고 내 아버지의 가르침을 알려 주었습니다. 그런데 이 가운데 어떤 것 때문에 여러분이 나를 돌로 치려고 하는 것입니까?"

유대인들이 대꾸했다.

"당신의 좋은 일 때문이 아니라, 인간인 당신이 스스로 하느님이라고 자처하기 때문에 돌로 치려는 것이오."

그러나 예수는 그들에게 말했다.

"그게 무슨 소립니까? 바로 여러분의 성서에 하느님 자신이 사악한 통치자들에게 '너희는 신들이다.'라고 말씀하셨다고 기록되어 있지 않습니까?

하느님 자신이 심지어 사악한 사람들마저도 신들이라고 부르셨다면, 하느님께서 자신의 사랑 안에 세상에 내보내신 그 사람을 하느님의 아들이라고 부르는 것을 어째서 신성모독이라고 하는 것입니까?

영혼 안에 사는 사람은 누구나 하느님의 아들입니다. 사람은 누구나 영혼이 있기 때문에 하느님의 아들입니다. 아버지의 뜻을 실천하는 사람은 누구나 아버지와 하나가 됩니다.

내가 아버지의 뜻을 실천하면 아버지는 내 안에 있고 나는 아버지 안에 있습니다. 내가 만일 하느님의 길 안에서 살지 않는다면 내가 하느님의 아들이라고 믿지 마십시오.

그러나 내가 하느님의 길을 따라 산다면, 내가 아버지 안에 있다는 것을 나의 삶을 보고 믿으십시오. 그러면 여러분은 내가 아버지 안에 있고 아버지가 내 안에 있다는 것을 이해할 것입니다."

이윽고 유대인들이 논쟁을 시작했다. 어떤 사람들은 예수가 귀신 들렸다고 말했고, 또 어떤 사람들은 귀신 들린 사람은 다른 사람들을 깨우칠 수가 없다고 말했다. 그들은 예수를 어떻게 처리해야 할지 몰랐다. 그래서 그를 단죄할 수가 없었다.

9

한편 예수는 요르단강을 건너가 거기서 머물렀다. 많은 사람들이 그의 가르침을 믿었고 또한 요한의 가르침과 마찬가지로 그의 가르침도 옳다고 말했다. 그리하여 많은 사람들이 그의 가르침을 믿었다.

한번은 예수가 자기 제자들에게 말했다.

"하느님의 아들과 사람의 아들에 관한 나의 가르침을 사람들이 어떻게 이해하고 있는지 말해 보십시오."

제자들이 말했다.

"요한의 가르침과 같다는 사람들도 있고, 이사야 예언자의 예언과 같다는 사람들도 있습니다. 또 어떤 사람들은 예레미야의 가르침과 같다고도 합니다. 사람들은 선생님을 예언자로 봅니다."

율리우스 슈노르 폰 카롤스펠트 작   베드로의 고백

예수가 물었다.

"그러면 당신들은 나의 가르침을 어떻게 생각합니까?"

그러자 시몬 베드로가 대답했다.

"제 생각에는 선생님의 가르침은 선생님 자신이 생명의 하느님의 아들이라고 하는 것입니다. 선생님은 하느님께서는 사람 안에 있는 영혼의 생명이라고 가르칩니다."

예수는 시몬 베드로에게 이렇게 말했다.

"나뿐만 아니라 모든 사람들이 아버지의 아들입니다. 이것을 사람들에게 드러낸 것은 내가 아니라 우리 모두의 아버지입니다.

이것을 아는 것이 참된 생명의 기초입니다. 그리고 이 참된 생명은 결코 죽지 않습니다.

시몬이여, 당신은 이것을 깨달았으니 행복합니다. 아무도 가르쳐 줄 수 없는 것인데 당신은 이것을 알아들었습니다. 그것은 당신 안에 계시는 하느님께서 가르쳐 주셨기 때문입니다.

당신에게 이것을 가르쳐 준 것은 육체적 이해력도 아니고, 나도 아니고, 나의 말도 아닙니다. 다만 나의 아버지인 하느님께서 직접 가르쳐 주신 것입니다.

그리고 이러한 가르침 위에 죽음의 지배를 받지
않는 사람들의 저 세상이 마련되었습니다."

The
Gospel in Brief
8장

생명은 일시적인
것이 아니다

따라서 참된 생명은 현재에서도 지속되어야 한다

1

이어서 예수가 말했다.

"모든 육체적 고통과 상실에 대해 준비가 되어 있지 못한 사람은 나를 제대로 이해하지 못한 것입니다.

육체적 생명을 위해 가장 좋은 것을 모두 얻는 사람은 참된 생명을 잃을 것입니다. 그러나 나의 가르침을 실천하기 위해 육체적 생명을 잃는 사람은 참된 생명을 받을 것입니다."

그 말에 베드로가 말했다.

"우리는 선생님 말에 귀를 기울였고 모든 걱정과 재산을 버렸으며 선생님을 따랐습니다. 여기에 대해 우리는 무슨 보상을 받게 됩니까?"

그러자 예수는 이렇게 대답했다.

"나의 가르침을 위해 자기 가정, 형제자매들, 부

모, 아내, 자녀들, 그리고 토지를 버리는 사람은 그가 버린 형제자매나 토지 등의 백 배, 그리고 이 세상에 사는 동안 필요한 것을 모두 받을 것입니다. 그 외에도 시간의 힘을 초월하는 생명을 받습니다.

나의 가르침을 실천하는 사람에게는 그 이상의 보상이 없을 것입니다. 왜냐하면 첫째, 나의 가르침 때문에 친구들과 재산을 버린 사람은 그런 것들을 백 배나 받을 것이며, 둘째, 다른 사람보다 더 많은 보상을 받으려는 것은 아버지의 뜻을 실천하는 것과 완전히 상충되기 때문입니다.

하늘나라에서는 보상의 차별이 없을 것입니다. 하늘나라는 그 자체가 목적이고 보상입니다. 하늘나라에서는 모든 사람이 평등하며 거기에는 첫째도 꼴찌도 없습니다. 하늘나라는 다음의 경우와 같은 것이기 때문입니다.

어느 집의 주인이 자기 밭에서 일할 일꾼들을 고용하기 위해 아침 일찍 시장에 갔습니다. 그는 하루에 한 냥을 주기로 하고 일꾼들을 고용해서 자기 밭에서 일하도록 보냈습니다.

그리고 정오에 다시 시장으로 가서 더 많은 일꾼들을 고용한 뒤 자기 밭에 가서 일하라고 지시했습니다. 또한 저녁에도 그보다 더 많은 일꾼들을 고용해서 일터로 보냈습니다.

그런데 주인은 모든 일꾼과 품삯을 한 냥으로 하기로 합의했습니다. 이윽고 품삯을 줄 때가 와서 주인은 모든 일꾼들에게 똑같은 품삯을 주라고 지시했습니다.

맨 나중에 고용된 사람들이 제일 먼저 품삯을 받았고 제일 먼저 고용된 사람들은 맨 나중에 받았습니다. 맨 나중에 고용된 사람들이 한 냥씩 받는 것을 볼 때 맨 먼저 고용된 사람들은 자기는 더 많이 받을 것으로 기대했지만 그들도 똑같이 한 냥을 받았습니다.

그래서 품삯을 받고 난 그들이 '이게 말이나 되는가? 맨 나중에 온 자들은 짐을 한 번밖에 나르지 않았지만 우리는 네 번이나 날랐다. 그런데도 우리가 그들과 똑같은 품삯을 받는단 말인가? 이건 불공평하다.'고 불평이 대단했습니다.

그러자 주인이 그들에게 다가가서 '무엇 때문에 불평하는 것입니까? 내가 여러분에게 잘못이라도 했단 말입니까? 나는 여러분을 고용할 때 약속한 금액을 여러분에게 정확히 지불했습니다.

똑같은 품삯에 주인을 원망하는 품꾼

우리는 한 냥으로 합의했으니 그 품삯을 받아서 돌아가십시오. 맨 나중에 고용된 사람들에게 여러분과 똑같은 품삯을 준다고 해도, 그것은 주인인 내가 마음대로 결정할 사항이 아닙니까? 아니면, 여러분은 내가 마음씨 좋은 주인이라는 것 때문에 불평하는 것입니까? 라고 말했습니다.

하느님의 나라에서는 첫째도 꼴찌도 없습니다. 거기서는 모든 사람이 평등하기 때문입니다."

예수의 가르침에 따르면 하느님의 나라에서는 다른 사람보다 더 높거나 낮은 사람도 없고, 더 중요하거나 덜 중요한 사람도 없다. 왕들과 그들을 섬기는 하인들을 오로지 이러한 기준으로만 대해야 하는 것이다.

2

그러자 예수의 두 제자 야고보와 요한이 그에게 다가가서 말했다.

"우리가 요청하는 것을 그대로 해 주겠다고 약속해 주십시오."

예수가 물었다.

"무엇을 원하십니까?"

그들이 대답했다.

"우리가 선생님과 똑같은 인물이 되게 해 주십시오."

예수가 대답했다.

"당신들은 자신이 요청하는 것이 무엇인지 알지 못합니다. 당신들은 나와 똑같이 살 수도 있고, 나처럼 육체적 생명을 버릴 수도 있겠지만, 당신들을 나와 똑같은 사람으로 만드는 것은 나의 힘으로 할 수 있는 것이 아닙니다.

사람은 누구나 자기 자신의 노력으로, 자기 아버지의 힘에 복종하고 그분의 뜻을 완수하여, 그분의 나라에 들어갈 수가 있는 것입니다.”

그 말을 들은 다른 제자들은 야고보와 요한에 대해 몹시 분개했다. 야고보와 요한이 선생님과 대등한 위치에 서서 사도들 가운데 우두머리가 되려고 했기 때문이다.

그래서 예수는 제자들을 불러 모은 뒤 이렇게 말했다.

“야고보와 요한 두 형제여, 나의 제자들 가운데 우두머리가 되기 위해서 당신들을 나와 똑같이 만들어 달라고 요청했다면, 당신들은 잘못했습니다.

그러나 다른 제자들이여, 두 형제가 여러분의 우두머리가 되려고 했기 때문에 여러분이 그들에 대해 분개한다면, 여러분도 역시 잘못하는 것입니다.

세상의 모든 나라에 왕들과 서열에 따른 관리들이 있는 것은 백성을 다스리기 위한 것일 뿐입니다. 그러나 여러분 사이에는 우두머리도 아랫사람도 있을 수 없습니다.

여러분 가운데 누가 다른 사람들보다 더 높아지

려면 모든 사람의 하인이 되어야만 합니다. 여러분 가운데 누가 첫째가 되려는 사람이 있다면 그는 자기가 꼴찌라고 생각해야만 합니다. 바로 이렇게 하는 것이 사람의 아들에게 바라는 하느님의 뜻이기 때문입니다.

그래서 사람의 아들은 남들이 자기를 섬기도록 하기 위해서가 아니라 자신이 모든 사람을 자진해서 섬기기 위해서 살고, 영혼의 생명을 위한 몸값으로 자신의 육체적 생명을 내어주는 것입니다."

보상에 대한 생각이나 자기를 높이는 일을 피하기 위해서는 삶의 의미와 목적을 깨달아야 한다. 삶의 의미와 목적은 아버지의 뜻을 실천하는 것에 있다. 그리고 아버지의 뜻은 그분이 주신 것은 그분에게 다시 돌려주어야 한다는 것이다.

잃어버린 한 마리 양을 찾아나서는 목자와 같이, 잃어버린 은화를 찾으려는 여인처럼, 아버지는 자기에게 속한 것을 자기에게 끌어당김으로써 끊임없이 계속되는 자신의 일을 우리에게 드러낸다.

우리는 참된 생명을 있는 그대로 깨달아야만 한다. 참된 생명은 원래 속하던 곳에 되돌려진 탕자들 안에서, 잠든 사람들이 깨어나는 그 각성 속에서 항상 드러나게 마련이다.

참된 생명을 가진 사람들, 즉 자기 존재의 원천에게 되돌려진 사람들은 세상 사람들처럼 다른 사람들을 자기보다 더 낫거나 더 못하다고 판단할 수는 없다.

그들은 아버지의 생명을 나누어받는 사람들이기 때문에 탕자가 자기 아버지에게 돌아가는 것을 기뻐할 수 있을 뿐이다. 방탕한 아들이 집을 떠났다가 뉘우치고 집으로 다시 돌아간다면, 같은 아버지의 다른 아들들이 어떻게 아버지의 기쁨에 대해 불평할 수가 있으며, 자기 형제의 귀환을 기뻐하지 않을 수 있겠는가?

3

이윽고 예수는 백성들에게 이렇게 말했다.

"아버지는 멸망하는 사람을 구출하시고 그런 사람을 찾아다닙니다. 그분은 길 잃은 한 마리 양을 찾았을 때 목자가 크게 기뻐하듯이 멸망하는 사람이 구출을 받으면 그렇게 기뻐합니다.

한 마리 양이 길을 잃으면 목자는 아흔아홉 마리의 양을 제자리에 버려둔 채 길 잃은 양을 찾으러 나섭니다. 어떤 여인이 동전 한 개를 잃어버리면 그것을 찾아낼 때까지 집안 전체를 빗자루로 쓸면서 구석구석을 살펴봅니다.

아버지는 아들을 사랑하시고 그를 자기에게 부릅니다."

또한 예수는 하느님의 뜻 안에 사는 사람은 자화자찬하며 자기를 높여서는 안 된다는 의미에서 다른 비유를 들어 주었다.

"저녁식사에 초대를 받는 경우에 여러분은 맨 앞줄에 자리를 잡지는 마십시오. 여러분보다 더 중요한 손님이 오면 주인은 여러분에게 '당신보다 높은 사람에게 자리를 양보하고 당신은 다른 곳에 앉으십시오.' 라고 말할 것입니다. 그렇게 되면 여러분은 망신을 당하게 될 것입니다.

오히려 여러분은 제일 끝자리에 앉는 것이 더 나을 것입니다. 주인이 당신을 발견하고는 귀빈석으로 오라고 부를 테고, 그러면 당신은 남들보다 더 극진한 대접을 받은 것이 될 것입니다.

이와 같이 하느님의 나라에서는 그 누구도 오만을 부려서는 안 됩니다. 자기를 높이는 사람은 바로 그러한 행동 때문에 자신을 낮게 만듭니다.

반면에, 자기를 낮추는 사람, 자기가 아무런 자격도 없다고 여기는 사람은 바로 그러한 행동 때문에 하느님의 나라에서 자기를 높이게 됩니다."

계속해서 예수가 말했다.

"어떤 사람에게 두 아들이 있었습니다. 어느 날 동생이 아버지에게 '아버지, 제 유산을 내어주십시오.'라고 말했습니다. 그래서 아버지는 그에게 그의 몫을 내주었습니다. 자기 몫을 받은 동생은 다른 나라로 떠나가 모든 재산을 탕진한 뒤 가난에 시달리기 시작했습니다.

외국 땅에서 그는 돼지를 돌보는 일꾼이 되었습니다. 그리고 너무나도 심하게 굶주린 나머지 돼지들과 함께 도토리를 먹었습니다. 자기 신세를 곰곰이 생각해 보면서 그는 이렇게 중얼거렸습니다.

'왜 나는 내 몫을 챙겨 아버지 곁을 떠났던가? 아버지는 모든 것을 풍성하게 가지고 있었고 아버지의 집에서는 일꾼들마저도 배불리 먹었다. 그러나 나는 지금 여기서 돼지들의 먹이를 먹고 있다. 나는 아버지에게 돌아가 그의 발밑에 엎드려 용서를 빌고 아버지의 아들이 될 자격이 없으니 일꾼으로라도 다시 받아들여 달라고 말해야겠다.'

그렇게 생각한 끝에 그는 아버지에게 돌아갔습니다. 그가 아직도 집에서 매우 멀리 떨어진 곳에 이르렀을 때 아버지는 즉시 그를 알아보았고 그를 만나러 달려가 얼싸안고는 키스해 주기 시작했습니다.

그러나 아들은 '아버지, 제가 아버지께 잘못을 저질렀습니다. 저는 아버지의 아들이 될 자격이 없습니다.'라고 말했습니다.

그러나 아버지는 그의 말은 귀담아들으려고도 하지 않은 채, 일꾼들에게 '빨리 제일 좋은 옷과 제일 좋은 구두를 가져다가 내 아들에게 입히고 그 발에 신겨 주어라. 그리고 가서 살진 송아지를 끌어다가 잡아라. 죽었던 아들이 다시 살아났고 나는 잃어버린 아들을 다시 찾았으니 우리는 다 함께 크게 기뻐할 것이다.'라고 말했습니다.

이윽고 형이 밭에서 일을 마치고 집으로 돌아갔는데, 집 근처에 이르자 집에서 흘러나오는 노랫소

구스타프 도레 작   돌아온 탕자

리가 그의 귀에 닿았습니다. 그래서 소년인 하인 하나를 불러 '저렇게 흥겹게 노는 이유가 무엇이냐?' 라고 물었습니다.

그러자 어린 하인은 그에게 '아무 소식도 못 들으셨어요? 도련님의 동생이 돌아와서 주인님은 크게 기뻐하시지요. 그래서 아들이 돌아온 기쁨에 잔치를 벌이자면서 살진 송아지를 잡으라고 명령하셨지요.' 라고 대답했습니다.

형은 화가 나서 집 안에 발을 들여놓지 않았습니다. 그러자 아버지가 밖으로 나가 그를 달랬습니다. 그러나 그는 아버지에게 항의했습니다.

'아버지, 저는 참으로 오랫동안 해를 거듭하여 아버지를 위해 일했고 한 번도 지시를 어긴 적이 없습니다. 그렇지만 저를 위해서 살진 송아지를 잡으신 적은 없습니다.

그런데 제 동생은 집을 떠나간 뒤 자기가 받은 유산의 몫을 주정뱅이들과 어울려 모두 없애 버렸는데도 아버지는 이제 그를 위해 살진 송아지를 잡았단 말입니다.'

그러자 아버지는 '너는 언제나 나와 함께 지내고 또한 나의 모든 것이 바로 너의 것이다. 그러니까 너는 화를 내서는 안 된다. 오히려 네 동생은 죽었다가 다시 살아났고 나는 잃어버렸던 아들을 다시 찾았으니 너도 그것을 기뻐해야 마땅한 것이다.' 라고 대답했습니다."

5

예수가 말했다.

"어떤 주인이 과수원에 나무들을 심고 기르고 보살피는 등 과수원에서 최대한으로 많은 열매를 거두기 위해 모든 노력을 아끼지 않았습니다. 이윽고 그는 일꾼들을 과수원에 보내 일을 하라고 했습니다. 그들이 열매를 거두어들이면 주인은 서로 합의한 대로 그들에게 임금을 지불할 작정이었습니다.

(주인은 아버지고, 과수원은 세상이며, 일꾼들은 사람들이다. 아버지는 자기 아들, 즉 사람의 아들을 세상에 내보내시는 일만 한다. 그것은 사람들이 아버지가 각자의 내면에 심어 준 생명을 깨달음으로써 아버지에게 열매를 거두어 드리도록 하려는 것이다.)

주인이 일꾼들에게 심부름꾼을 파견했지만, 일

꾼들은 주인이 파견한 심부름꾼을 빈손으로 돌려 보내고는 과수원에 계속해서 눌러 살았습니다. 그들은 그 과수원이 자기들 것이고 자기들은 자신의 뜻에 따라 거기에 정착했다고 멋대로 생각한 것입니다.

(사람들은 아버지 뜻의 선포를 자신으로부터 내몰아버리고, 각자 자기 자신을 위해 계속해서 살아간다. 그들은 육체적 생명의 기쁨을 위해 살아간다고 멋대로 생각하는 것이다.)

그 후 주인은 과수원의 일꾼들이 자신에게 진 빚을 기억하도록 해 주기 위해 심부름꾼을 골라서 차례로 파견했고 마침내 자기 아들을 보냈습니다. 아들은 과수원 일꾼들에게 그 과수원이 그들의 것이 아니라고 상기시켰습니다.

그러나 그들은 제정신이 아니었고, 주인의 그 아들을 죽인다면 자기네가 속 편하게 지낼 수 있을 것이라고 상상했습니다. 그래서 그들은 그 아들을 죽였습니다.

사람들도 이와 마찬가지입니다. 영혼은 그들 각자 안에 살고, 또한 영혼은 영원하지만 사람은 영원하지 않다고 선언합니다.

그런데 사람들은 영혼이 자기를 일깨워 주는 것을 좋아하지 않습니다. 오히려 영혼의 자각을 있는 힘을 다하여 죽였습니다. 그들은 자기가 받은 금화를 헝겊으로 싸서 땅 속에 묻었습니다.

자, 그러면 과수원 주인은 어떻게 해야 하겠습니까? 못된 일꾼들을 쫓아내고 다른 일꾼들을 보내는 수밖에는 없습니다.

아버지는 어떻게 해야 하겠습니까? 열매를 거둘 때까지 씨를 뿌리는 것입니다. 실제로 아버지는 그렇게 하고 있습니다.

영혼의 자각은 사람들 각자 안에 있는데, 그들은 이것이 자기를 괴롭히기 때문에 이것을 숨겨 버립니다. 그러나 그들은 영혼의 자각이 영혼에 대한 이해를 통하여 자기에게 생명을 가져다준다는 것을 깨닫지 못했고 지금도 깨닫지 못합니다.

그들은 모든 것을 떠받치는 바탕이 되는 돌을 내버립니다. 그리고 영혼의 생명을 기초로 삼지 않는 사람은 하늘나라에 들어가지도, 생명을 받지도 못합니다. 믿음을 가지기 위해서는, 생명을 받기 위해서는 보상을 기대하기보다는 자기 처지를 깨닫지 않으면 안 됩니다."

6

예수의 가르침을 이해하고 자신의 생활방식을 바꾸며 그 가르침을 실천하기 위해서 우리에게 필요한 것은 외형적인 증거나 보상의 약속이 아니라 참된 생명이 무엇인지 명백하게 깨닫는 것이다.

사람들이 스스로 자기 삶의 완전한 주인이며 생명은 육체적 즐거움을 위해 주어진 것이라고 생각한다면, 다른 사람을 위한 희생은 분명히 보상받을 가치가 있는 것으로 보이고, 아무런 보상도 없다면 그들은 희생을 전혀 하지 않을 것이다. 자신의 뜻을 실천하려는 그들은 주인의 아들을 죽이려는 과수원의 일꾼들과 같다.

사람이 자기 힘으로는 아무것도 할 수 없고, 선을 위해서 자기 목숨을 버렸다 해도 감사나 보상을 받을 자격이 없다는 사실을 배우기 위해서는 믿음과 행동이 동시에 필요하다.

우리는 사람이 선행을 하는 것은 자기 의무를 이행하는 것에 불과하며, 반드시 해야만 하는 것을 실천하는 것임을 깨닫지 않으면 안 된다. 자기 삶에 대한 이러한 깨달음이 있어야만 사람은 참된 선행을 할 수 있도록 만드는 믿음을 가지는 것이다.

하늘나라는 바로 이러한 깨달음에 달려 있다. 이러한 나라는 눈에 보이지 않는다. 그것은 이곳이나 저곳에 있는 것이라고 지적될 수도 없다. 하늘나라는 인간의 깨달음 속에 있다.

세상의 모든 사회는 예전과 마찬가지로 굴러가고, 사람들은 먹고 마시고 결혼하고 장사하고 죽는다. 그리고 이런 과정과 더불어 사람들의 영혼 속에는 하늘나라가 살아 있다. 그것은 봄에 자라는 나무들처럼 스스로 자라는 생명에 대한 깨달음이다.

아버지의 뜻을 실천하는 참된 삶은 과거나 미래의 삶 속에 있는 것이 아니다. 그것은 지금이라는 현재의 시간을 살아가는 삶, 모든 사람이 바로 지금 살아가지 않으면 안 되는 삶이다.

따라서 사람은 누구나 자기 안에 있는 참된 생명을 소홀히 해서는 안 된다. 사람들은 과거나 미래의 삶이 아니라 현재 살아가는 삶을 잘 살펴보아야만 한다. 동시에 모든 사람이 우리 모두의 아버지의 뜻을 실천하도록 모든 노력을 기울여야 한다.

아버지의 뜻을 실천하지 않은 채 현재의 삶을 지나가게 내버려두는 사람들은 생명을 다시 받을 수 없을 것이다. 이것은 마치 오랫동안 밤에 야경을 서는 야경꾼이 잠시라도 잠에 빠져서 의무를 이행하지 못하면 바로 그때 도둑이 침입하여 모든 것이 헛수고가 되는 것과 같다.

따라서 사람은 현재의 시간에 대해 모든 힘을 집중해야만 한다. 아버지의 뜻을 실천할 수 있는 시간은 바로 현재뿐이기 때문이다. 그리고 아버지의 뜻은 모든 사람을 위한 생명이고 행복이다.

선행을 하는 사람들만이 살아 있다. 현재, 이 시간에 다른 사람들에게 베푼 선행이 생명이며, 이 생명은 우리를 우리의 아버지와 하나로 결합시켜주는 것이다.

7

제자들이 예수에게 물었다.

"우리 안에 믿음을 증가시켜 주십시오. 영혼의 생명을 위해 완전히 버려야만 하는 육체적 생명에 대해 우리가 미련을 갖지 않으려면 영혼의 생명을 더욱 굳게 믿어야 하는데, 무엇이 우리의 이 믿음을 한층 굳세게 만들어 줄는지 말씀해 주십시오. 선생님께서 보상은 없다고 말씀하셨기 때문입니다."

그 질문에 대해 예수는 이렇게 대답했다.

"자작나무 씨앗에서 거대한 나무가 자라난다는 것을 믿는 것과 같은 믿음이 여러분에게 있다면, 그리고 여러분 안에 영혼의 씨앗, 유일한 씨앗이 들어 있고 거기서 참된 생명이 자라난다는 것을 여러분이 믿었다면, 여러분 안에 믿음을 증가시켜 달라는 요청은 하지도 않았을 것입니다.

믿음이란 무엇인가 놀라운 것을 믿는 것이 아닙니다. 오히려 믿음은 자신의 처지를 깨닫고 구원이 어디 있는지 깨닫는 것입니다. 여러분이 자신의 처지를 깨닫는다면 보상을 바라기는커녕 오히려 여러분에게 맡겨진 그것을 믿을 것입니다.

주인이 밭에서 일꾼들을 거느리고 집으로 돌아가면 주인은 그들과 함께 식탁에 앉지 않습니다. 오히려 주인은 그들에게 가축을 돌보라거나 저녁 식탁을 차리라고 명령합니다. 그런 다음에야 비로소 주인은 일꾼에게 '식탁에 자리를 잡고 앉아서 먹고 마셔라.' 라고 말합니다.

주인은 일꾼이 해야만 할 일을 한 것에 대해 고맙다고 말하지 않을 것입니다. 그리고 자기가 일꾼이라는 사실을 그가 깨닫는다면 그는 화를 내기는커녕, 자기 임금을 받을 것이라고 믿으면서 일을 합니다.

이와 마찬가지로 여러분도 아버지의 뜻을 완수해야 하고, '우리는 우리가 해야만 할 일을 했을 뿐이며 하찮은 일꾼들이다.' 라고 생각해야 하며, 보상을 바랄 것이 아니라 여러분의 몫을 받는 것으로 만족해야만 합니다.

보상과 생명이 있을 것이라고 믿으려 애쓸 필요는 없습니다. 그것은 믿지 않을 수가 없습니다. 그러나 우리의 이 생명을 죽이지 않도록 조심하고, 또한 이 생명이 우리에게 주어진 것은 우리가 그 열매들을 거두고 아버지의 뜻을 완수하도록 하려는 것임을 잊지 않도록 조심할 필요가 있습니다.

따라서 주인이 돌아오면 즉시 마중하려고 기다리는 하인들처럼 여러분은 언제나 준비가 되어 있어야 합니다. 하인들은 주인이 늦게 올지 일찍 올지, 언제 돌아올지 모릅니다.

그래서 항상 준비가 되어 있지 않으면 안 됩니다. 그들이 주인과 만날 때 그들은 주인의 뜻을 완수해 놓아야 하고, 그래야 그들을 위해 좋은 것입니다.

사람들의 삶도 이와 마찬가지입니다. 현재의 매 순간을 여러분은 항상 영혼의 삶을 살아야만 합니다. 과거나 미래를 생각해서도 안 되고, '이것이나 저것을 나는 언젠가 어떤 곳에서 할 것이다.'라고 말해서도 안 됩니다.

도둑이 언제 올지 주인이 안다면 그는 잠을 자지 않을 것입니다. 이와 마찬가지로 여러분도 결코 잠들어서는 안 됩니다. 사람의 아들의 삶에서 시간은 아무것도 아닙니다. 사람의 아들은 오로지 현재 안에서만 살며, 삶의 시작이나 끝이 언제인지 모르기 때문입니다.

우리의 삶은 주인집의 모든 관리를 맡은 노예의 삶과 똑같습니다. 그런데 그 노예가 주인의 뜻을 항상 완수한다면 그것은 그에게 유익합니다! 그러나 그가 '주인은 곧 돌아올 리가 없다.'고 말하고 주인의 사업을 잊어버린다면, 주인은 그가 예상치 못한 때에 돌아와서 그를 내쫓을 것입니다.

그러니까 여러분은 기죽지 말고 언제나 영혼에 따라 현재 안에서 사십시오. 영혼의 생명을 위해서는 시간이 따로 없기 때문입니다. 과음과 과식과 근심걱정에 축 늘어지거나 눈이 멀지 않도록 조심하십시오.

구원의 시간을 놓치지 않도록 조심하십시오. 구원의 시간은 거미줄처럼 모든 사람 위에 드리워져 있습니다. 그것은 언제나 사람들 앞에 놓여 있습니다. 따라서 여러분은 언제나 사람의 아들의 삶을 살아가십시오."

8

예수가 계속해서 말했다.

"하늘나라는 다음 이야기와도 같습니다. 처녀 열 명이 등불을 들고 신랑을 마중하러 갔습니다. 다섯은 지혜롭고 다섯은 어리석었습니다. 어리석은 처녀들은 등불을 들었지만 기름은 가져가지 않았습니다. 그러나 지혜로운 처녀들은 등불과 기름이 든 기름통을 가지고 갔습니다.

신랑을 기다리고 있는 동안 그들은 잠이 들었습니다. 신랑이 도착할 때가 되자 어리석은 처녀들은 자기 등잔에 기름이 없다는 것을 알고는 기름을 사러 갔습니다.

그들이 밖에 나가고 없는 사이에 신랑이 도착했습니다. 등불과 기름을 아울러 가지고 있던 지혜로운 처녀들은 신랑과 함께 안으로 들어가고 대문은

268

어리석은 처녀들

잠겼습니다.

처녀들의 임무란 등불을 밝혀 들고 신랑을 맞이하는 것뿐이었습니다. 어리석은 처녀 다섯 명은 등불이 켜 있어야만 할 뿐 아니라 필요한 시간에 켜 있어야만 한다는 것의 중요성을 잊어버렸습니다. 신랑이 도착했을 때 등불이 켜 있기 위해서는 그 등불을 끄지 말고 계속해서 켜 두지 않으면 안 되는 것입니다.

삶이란 오로지 사람의 아들을 찬양하기 위해서만 있는 것이고 사람의 아들은 언제나 존재합니다. 그는 시간 속에 있지 않습니다. 따라서 그를 섬기는 데는 특정한 시간에 구애를 받지 않은 채 오로지 현재 안에서만 살아야 합니다.

따라서 영혼의 생명에 들어가기 위해 현재 안에서 노력을 하십시오. 이러한 노력을 하지 않는다면 여러분은 들어가지 못할 것입니다.

여러분은 '우리가 이러저러한 말을 하였습니다.'라고 말할 것입니다. 그러나 보여 줄 선행이 없을 것이며, 생명도 없을 것입니다. 생명의 유일하고 참된 영혼인 사람의 아들은 사람의 아들을 위해 행동했던 사람들 각자 안에 나타날 것이기 때문입니다.

인류는 그들이 사람의 아들을 섬기는 길에 따라서 두 가지로 갈라집니다. 가축 떼 안에서 양들과 염소들이 갈라지듯이, 그들도 자기가 한 일에 따라 둘로 갈라질 것입니다. 한쪽은 살고 한쪽은 죽을 것입니다.

사람의 아들을 섬긴 사람들은 세상이 시작할 때부터 그들에게 속했던 것, 즉 그들이 보존했던 그 생명을 받을 것입니다. 그들은 사람의 아들을 섬겼다는 그 사실을 가지고 생명을 보존했습니다.

그들은 굶주리는 사람들에게 먹을 것을 주었고, 헐벗은 사람들에게 입을 옷을 주었으며, 나그네들을 따뜻이 맞이했고, 감옥의 죄수들을 방문해 주었습니다. 그들은 사람의 아들 안에 살았고, 오직 사람의 아들만이 모든 사람들 안에만 있다는 것을 느꼈고, 따라서 그들은 자기 이웃들을 사랑했습니다.

반면에, 사람의 아들 안에 살지 않은 사람들은 그를 섬기지 않았고, 오직 사람의 아들만이 모든 사람 안에 있다는 것을 깨닫지 못했으며, 따라서 그분과 결합하지 않았고, 그분 안의 생명을 잃었으며 죽어 버렸습니다."

9장

유혹

일시적인 생명의 환상들은
현재 안에 들어 있는 참된 생명을
사람들이 보지 못하게 가린다

1

사람들은 아버지 뜻의 실천이라는 참된 삶을 날 때부터 알고 있다. 어린아이들은 이러한 지식에 따라 산다. 그것은 우리가 그들을 통해서 아버지의 뜻이 무엇인지 깨닫도록 하려는 것이다.

예수의 가르침을 이해하려면 어린아이들의 삶을 이해하고 그들과 같아지지 않으면 안 된다. 그들은 언제나 아버지의 뜻 안에서 살며 다섯 가지 계명을 어기지도 않는다.

한번은 어린아이들이 예수에게 몰려들었다. 그러자 제자들이 아이들을 쫓아버리기 시작했다. 예수는 제자들의 행동을 보고는 탄식했다. 그리고 이렇게 말했다.

"여러분은 아무 이유도 없이 아이들을 쫓아버리고 있습니다. 아이들은 모두가 아버지의 뜻에 따라 살기 때문에 그 누구보다도 더 훌륭합니다. 사실 그들은 이미 하늘나라 안에 있는 것입니다.

여러분은 아이들을 쫓아버려서는 안 되고 오히려 그들에게서 배워야만 합니다. 여러분이 아버지의 뜻 안에서 살기 위해서는 아이들이 살아가고 있는 것과 같이 살아야만 하기 때문입니다.

어린아이들은 서로 속이지 않고, 사람들에게 악의를 품지 않으며, 간통을 저지르지도 않고, 어떠한 것을 걸고도 맹세하지 않으며, 악에 대항하지도 않고, 다른 사람을 걸어 소송을 제기하지도 않으며, 자기 민족과 외국인 사이에 아무런 차별도 인정하지 않습니다.

따라서 그들은 어른들보다도 더 낫고 하늘나라 안에 있는 것입니다. 만일 육체의 모든 유혹을 물리치고 어린아이들처럼 되지 않는다면 여러분은 하늘나라에 들어가지 못할 것입니다.

어린아이들이 아버지의 뜻을 어기지 않기 때문에 우리들보다도 더 낫다는 것을 아는 사람, 바로 그런 사람만이 나의 가르침을 알아듣습니다. 그리고 나의 가르침을 알아듣는 사람, 오로지 그런 사람만이 아버지의 뜻을 알아듣습니다.

우리는 아이들을 멸시할 수 없습니다. 아이들이 우리보다 낫고, 그들의 마음은 아버지가 보시기에 순수하며, 그들은 항상 아버지와 함께 있기 때문입니다.

단 한 명의 아이도 아버지의 뜻에 따라 멸망하는 경우는 없습니다. 그들이 멸망하는 것은 어른들이 그들을 유혹하여 진리로부터 떼어 놓는 경우뿐입니다. 따라서 우리는 그들을 돌보지 않으면 안 되고, 그들을 유혹하여 아버지로부터, 참된 생명으로부터 떼어 놓아서는 안 됩니다.

아이들을 유혹하여 순수성을 저버리게 하는 사람은 악행을 저지르는 것입니다. 어린아이를 선으로부터 멀어지게 하거나 유혹에 빠지도록 유인하는 것은 그 어린아이 목에 맷돌을 달아 맨 뒤 강물에 던지는 것과 마찬가지로 나쁜 짓입니다.

어린아이는 헤엄쳐서 수면 위로 올라오기가 어렵고 대개의 경우 결국은 익사하고 말 것입니다. 어른이 어린아이를 유혹에 빠지도록 유인하는 경우 그 아이는 유혹에서 벗어나기가 그와 같이 어려운 것입니다.

사람들의 세계는 오로지 유혹 때문에 불행하니

예수와 어린아이들

다. 유혹은 세상 어디에나 있습니다. 그것은 항상 있었고, 앞으로도 항상 있을 것입니다. 사람은 유혹 때문에 멸망합니다.

따라서 유혹에 빠지지 않으려면 모든 것을 버리고 모든 것을 희생하십시오. 덫에 걸린 여우는 자기 발을 비틀어 잘라 버리고 달아날 것입니다. 그러면 발의 상처는 자연히 아물고 여우는 목숨을 구할 것입니다.

여러분도 이와 같이 행동하십시오. 유혹에 떨어지지 않으려면 모든 것을 버리십시오."

2

첫 번째 계명을 거스르는 유혹 때문에 사람들은 자기는 옳고 다른 사람들은 그르다고 생각한다. 자기는 채권자고 다른 사람들은 채무자라고 보는 것이다.

이 유혹을 피하려면 누구나 자신이 아버지에게 무한한 빚을 진 사람이라고 생각해야 한다. 자기 형제인 다른 사람의 빚을 탕감해 주지 않으면 아버지에게 진 빚에서 벗어날 수가 없다. 자기 형제의 잘못을 용서해 주어야만 우리는 아버지의 용서를 받을 수가 있다. 하늘나라란 용서이기 때문이다.

그래서 예수는 제자들에게 이렇게 말을 이었다.

"다른 사람들이 여러분에게 잘못을 저질러서 여러분이 그들에게 복수하고 싶을 때에도 그들에게 악의를 품지는 마십시오. 이것이 여러분이 경계해야만 하는, 첫 번째 계명을 거스르는 유혹입니다.

다른 사람이 여러분에게 잘못을 저질렀을 때에는 그 사람도 여러분이 모시는 같은 아버지의 아들이며, 여러분의 형제라는 사실을 기억하십시오.

그가 잘못을 저지르면 여러분은 그를 찾아가서 직접 충고해 주십시오. 그가 충고를 들으면 여러분에게는 새로운 형제가 생기는 이익이 있을 것입니다.

그가 충고를 듣지 않는다면, 그를 설득할 수 있는 다른 사람 두세 명을 불러서 도움을 요청하십시오. 그가 뉘우치면 용서해 주십시오. 그가 여러분에게 일곱 번 잘못을 저지르고 '용서해 주십시오.'라고 일곱 번 말하면, 그때마다 용서해 주십시오.

그가 뉘우치지 않으면, 나의 가르침을 믿는 사람들의 모임에 알리고, 그래도 그가 뉘우치지 않는다면, 그를 용서는 해 주지만 앞으로는 그와 모든 관계를 끊어 버리십시오.

왜냐하면 하느님의 나라는 다음 이야기와 같기 때문입니다. 어떤 나라의 왕이 소작인들에게 빚을 받아내기 시작했습니다. 왕에게 백만 냥을 빚진 사람이 왕 앞에 끌려갔지만 그는 한 푼도 갚을 능력

악한 농부

이 없었습니다.

그러자 왕은 그에게 모든 재산과 아내와 자녀들과 그 사람 자신을 팔아서 빚을 갚으라고 명령했습니다. 소작인은 왕에게 자비를 베풀어 달라고 애걸했습니다. 왕은 호의를 베풀어 그의 빚을 모두 탕감해 주었습니다.

그런데 그 소작인이 이번에는 자기 집으로 돌아가서 한 농부를 만났습니다. 농부는 그에게 오십 냥을 빚진 형편이었습니다. 왕의 소작인은 그 농부를 붙잡아 목을 조이면서 '나에게 진 빚을 모두 갚아라.' 라고 말했습니다.

농부가 그의 발밑에 엎드려 '조금만 더 참아 주십시오. 그러면 제가 곧 모든 빚을 갚겠습니다.' 라고 사정했습니다. 그러나 소작인은 자비를 베풀지 않았고 농부를 감옥에 처넣어 모든 빚을 갚을 때까지 그가 감옥살이를 하도록 했습니다.

다른 농부들이 그런 꼴을 보고는 왕에게 가서 소작인이 한 짓을 일러바쳤습니다. 그러자 왕이 소작인을 불러서 '이 나쁜 놈아, 나는 네가 애걸했기 때문에 네 빚을 모두 탕감해 주었다. 내가 너에게 호의를 베풀었으니까 너도 네게 빚진 사람에게 호의를 베풀었어야 마땅하다.'고 호통을 쳤습니다.

왕은 몹시 화가 났습니다. 그래서 그 소작인을 감옥에 넣어 그가 모든 빚을 갚을 때까지 감옥에서 고생을 하게 했습니다.

아버지도 여러분에게 이와 같이 조치할 것입니다. 여러분이 자기에게 잘못을 저질렀다고 보이는 사람들을 진심으로 용서해 주지 않는다면 아버지도 여러분을 용서하지 않을 것입니다.

다른 사람과 분쟁이 발생하면 재판소에 가기 전에 서로 화해하는 것이 더 낫다는 것을 여러분은 잘 압니다. 여러분이 이런 사실을 알고 또 그렇게 행동하는 것은 재판소에 가면 여러분이 더 많은 손해를 본다고 알기 때문입니다.

그러므로 모든 악의에 관해서도 마찬가지입니다. 악의는 나쁜 것이며 아버지로부터 멀어지게 만든다는 것을 여러분은 잘 압니다. 따라서 여러분은 되도록 빨리 악의를 버리고 마음의 평화를 얻으십시오.

여러분이 지상에서 자기 자신을 얽매면 아버지 앞에서도 얽매인 사람이 될 것이며, 지상에서 자기 자신을 자유롭게 만들면 아버지 앞에서도 자유로운 사람이 될 것임을 여러분이 잘 압니다.

지상에서 두세 명이 나의 가르침 안에서 하나가 되다면 그들은 바라는 것을 모두 이미 아버지로부터 받았다는 것을 깨달으십시오. 두세 명이 사람 안에 있는 영혼의 이름으로 하나가 되다면 사람의 영혼은 그들 안에 살아 있기 때문입니다."

3

두 번째 계명을 거스르는 유혹은, 여자는 육체적 쾌락을 위해 창조되었다고 생각하여 한 여자를 버리고 다른 여자를 얻으면 더 큰 쾌락을 얻는다고 생각하는 것이다.

이 유혹을 피하기 위해서는 남자는 여자와 즐기는 것이 아니라, 자기 아내와 한 몸이 되는 것이 아버지의 뜻임을 기억해야만 한다. 남자는 아내를 한 명 이상 두어서는 안 된다. 그것은 아버지의 뜻을 거스르는 것이다.

예수는 제자들에게 말했다.

"남자들이 자기 아내를 버리고 다른 여자와 살려는 유혹을 또한 경계하십시오. 이것이 두 번째 계명을 거스르는 유혹입니다."

언젠가 전통법의 전문가인 정통주의자들이 예수

를 찾아가서 그를 시험하여 물었다.

"남자가 자기 아내를 버려도 됩니까?"

예수는 이렇게 대답했다.

"태초에 남자와 여자가 창조되었습니다. 이것은 아버지의 뜻입니다. 따라서 남자는 자기 부모를 떠나 자기 아내와 결합합니다. 그리고 남편과 아내는 한 몸으로 결합됩니다. 그래서 아내는 남편에게 남편 자신의 몸과 똑같이 되는 것입니다.

따라서 남자는 하느님의 자연법을 거슬러서는 안 됩니다. 한 몸으로 결합된 것을 분리해서는 안 되는 것입니다. 여러분이 가지고 있는 모세의 법에 따르면 남자가 자기 아내를 버리고 다른 여자를 얻을 수 있게 되어 있습니다. 그러나 그것은 옳지 않은 것입니다.

자기 아내를 버리는 것은 아버지의 뜻에도 어긋나는 것입니다. 자기 아내를 버리는 사람은 자기 아내뿐만 아니라 그 여자를 데리고 살 다른 남자마저도 부도덕한 상태로 몰아넣는 것이라고 나는 말합니다.

또한 자기 아내를 버리는 사람은 그 행위를 통해서 세상에 부도덕한 상태를 퍼뜨리는 것입니다."

그러자 제자들이 예수에게 말했다.

"무슨 일이 있어도 한 아내와 평생 동안 같이 살아야만 한다는 것은 너무나 가혹합니다. 평생 동안 결코 헤어져서는 안 된다면, 차라리 결혼을 아예 하지 않는 것이 더 나을 것입니다."

예수는 그들에게 말했다.

"여러분은 결혼을 하지 않을 수도 있습니다. 그러나 결혼에 관해서 확실히 깨달아야만 합니다. 독신으로 살고 싶은 사람이 있다면 그는 자신의 순결을 지켜야 하고 여자를 가까이 해서는 안 됩니다.

그러나 여자를 좋아하는 사람은 아내를 한 명만 얻어야 하고, 그 아내를 버리거나 다른 여자들을 탐내서는 안 됩니다."

4

세 번째 계명을 거스르는 유혹은 사람들이 일시
적 삶의 보호를 위해 권력을 만들어 내는 것, 그리
고 그 권력이 요구하는 행동을 하겠다는 맹세나 서
약을 서로 요구하는 것이다.

이 유혹을 피하려면 하느님 이외의 그 어떠한 권
력도 사람들에게 삶을 주지 않았다는 점을 기억해
야 한다. 권력의 요구는 폭력이라고 보아야 한다.

악에 대항하지 말라는 계명에 따르면 사람들은
권력이 요구하는 것, 즉 그들의 재산과 노동력을
바쳐야만 하지만 맹세로든 약속으로든 자신의 행
동을 보장해 줄 수는 없다.

강요된 맹세는 사람을 악하게 만든다. 아버지의
뜻 안에서 생명을 인정하는 사람은 자신의 행동을
맹세에 구속시킬 수는 없다. 그런 사람에게는 자신

의 생명보다 더 신성한 것이 없기 때문이다.

그래서 예수는 제자들에게 말했다.

"다른 사람들에게 의무 이행과 맹세를 강요하려는 유혹을 경계하십시오. 이것이 세 번째 계명을 거스르는 유혹입니다."

한번은 세금을 걷는 관리들이 베드로에게 가서 물었다.

"당신의 선생은 세금을 바칩니까?"

베드로가 대답했다.

"아닙니다. 우리 선생님은 세금을 바치지 않습니다."

그리고 베드로는 예수에게 갔다. 그리고 세금을 걷는 관리들이 자기를 불러 세워 사람은 누구나 세금을 낼 의무가 있다는 말을 했다고 전했다.

그러자 예수는 베드로에게 이렇게 말했다.

"왕은 자기 아들들에게 세금을 물리지 않습니다. 더욱이 사람들은 오로지 왕에게만 세금을 낼 의무가 있습니다. 그렇지 않습니까?

우리의 경우도 이와 똑같습니다. 우리가 만일 하느님의 아들들이라면 우리는 오로지 하느님에게만 의무를 지고 다른 모든 의무는 벗습니다.

그들이 당신에게 세금을 요구한다면 세금을 내십시오. 그러나 그것은 당신이 세금을 낼 의무가 있기 때문이 아니라 악에 대항하지 않으려고 하기 때문입니다. 세금을 내지 않고 악에 대항한다면 그것은 더 큰 악을 초래할 것입니다."

또 한번은 정통주의자들이 로마 황제의 관리들과 결탁한 다음, 예수를 찾아가서 말로 그를 함정에 빠뜨리려고 했다. 그래서 이렇게 말했다.

"당신은 진리에 따라서 모든 사람을 가르칩니다. 우리는 로마 황제에게 세금을 바칠 의무가 있습니까, 아니면 없습니까?"

예수는 로마 황제에 대한 세금 납부 의무를 부인하면 자기를 유죄로 옭아 넣으려는 그들의 속셈을 알아챘다. 그래서 그들에게 말했다.

"여러분이 로마 황제에게 세금으로 바치는 은화를 나에게 보여 주십시오."

그들이 예수에게 은화를 한 개 건네주었다. 예수는 그것을 바라보면서 물었다.

"여기 새겨져 있는 것은 무엇입니까? 누구의 초상과 이름입니까?"

그들이 대답했다.

루벤스 작   세금

"로마 황제의 것입니다."

그러자 예수는 이렇게 말했다.

"그렇다면, 로마 황제의 것은 로마 황제에게 바치십시오. 그러나 하느님의 것, 즉 여러분의 영혼은 오로지 하느님에게만 바치십시오. 여러분이 가진 돈이든 물건이든 노동력이든 그것을 달라고 하는 사람에게 모두 주십시오. 그러나 여러분의 영혼은 오로지 하느님에게만 바쳐야 합니다.

전통법의 전문가인 정통주의자들은 사방을 돌아다니면서 백성들에게 전통법을 지키겠다는 맹세를 하도록 강요합니다. 그러나 그렇게 하여 그들은 백성들을 나쁜 길로 이끌고 예전보다 더 악하게 만듭니다.

아무도 자기 영혼을 주겠다고 자기 몸과 약속할 수는 없습니다. 하느님은 여러분의 영혼 안에 계십니다. 따라서 사람들은 다른 사람들에게 하느님을 주겠다고 약속할 수 없는 것입니다."

5

네 번째 계명을 거스르는 유혹은 사람들이 원한과 복수심에 사로잡혀 있으면서도 자신들이 사람들 사이에서 악을 완전히 제거할 수 있다고 주장하는 것이다.

사람들은 남을 해치는 사람이 있다면 그는 처벌을 받아야 마땅하고, 정의는 인간의 판단에 들어 있다고 생각한다.

이 유혹에서 벗어나려면 우리는, 사람이 태어난 이유는 남을 심판하기 위해서가 아니라 구해 주기 위해서라는 사실을 기억해야만 한다.

사람은 스스로가 사악함으로 가득 차 있기 때문에 남의 불의를 심판할 수 없다. 그들이 할 수 있는 일이란 선행, 용서, 순수성의 모범을 보여서 다른 사람들을 가르치는 것뿐이다.

그래서 예수는 말했다.

"사람들은 다른 사람들을 심판하고 처형하고 싶어하며, 이러한 자신의 행동에 다른 사람들도 끌어들이려는 유혹을 받습니다. 이러한 유혹을 경계하십시오. 이것이 네 번째 계명을 거스르는 유혹입니다."

예수의 제자들이 어떤 마을에 들어가 하룻밤 묵어갈 수 있도록 해 달라고 요청했지만 거절당한 적이 있다. 그때 그들은 예수에게 돌아가 불평을 늘어놓으면서 말했다.

"저 마을 사람들이 벼락을 맞게 해 주십시오."

예수는 말했다.

"여러분은 자신이 어떤 영혼을 지니고 있는지 아직도 깨닫지 못하고 있습니다. 나는 사람들을 죽이는 방법이 아니라 살리는 방법을 가르치고 있습니다."

언젠가는 한 사람이 예수를 찾아와서 말했다.

"형이 제 유산을 넘겨주도록 주선해 주십시오."

그러자 예수는 그에게 대답했다.

"아무도 나를 당신의 재판관으로 삼지 않았고, 나는 아무도 심판하지 않습니다. 그러니 당신은 어느 누구도 심판해서는 안 됩니다."

정통주의자들이 한번은 어떤 여인을 예수에게 끌고 간 다음 말했다.

"자, 이 여인은 간통 현장에서 붙잡혔습니다. 그런데 전통법에 따르면 이 여인은 돌에 맞아 죽어야만 합니다. 당신 의견은 어떤 것입니까?"

예수는 아무런 대답도 하지 않은 채 그들이 잘 생각해서 스스로 결단을 내리기를 기다렸다. 그러나 그들은 예수에게 그 여인에게 어떤 처벌을 내려야 좋을지 말해 보라고 계속해서 재촉했다. 이윽고 예수가 말했다.

"여러분 가운데 잘못을 저지른 적이 없는 사람이 저 여인에게 먼저 돌을 던지십시오."

그리고는 더 이상 아무 말도 하지 않았다. 그러자 전통주의자들은 각자 반성하기 시작했고 양심의 가책을 느꼈다. 이윽고 앞줄에 서 있던 사람들이 다른 사람들 등 뒤로 물러서는가 하면 얼마 후에는 모두 그 자리에서 떠나 버리고 말았다.

결국은 예수와 그 여인만 거기 남았다. 예수가 둘러보자 다른 사람들은 하나도 보이지 않았다. 예수가 그 여인에게 물었다.

"자, 당신을 단죄한 사람이 하나도 없습니까?"

그 여인이 대답했다.

"하나도 없습니다."

그러자 예수가 말했다.

"나도 당신을 단죄하지 않습니다. 집으로 돌아가십시오. 그리고 다시는 죄를 짓지 마십시오."

6

다섯 번째 계명을 거스르는 유혹은 사람들이 자기 동족은 외국인들과 전혀 다르며, 따라서 외국인으로부터 동족을 보호하고 외국인을 해치는 것이 필요하다고 생각하는 것이다.

이러한 유혹을 벗어나기 위해서는, 모든 계명은 단 한 가지 계명, 즉 모든 사람에게 생명과 행복을 주는 아버지의 뜻을 실천하라는 계명으로 요약되고, 따라서 모든 사람에게 차별 없이 선행을 해야 한다는 것을 기억해야만 한다.

다른 사람들이 여전히 서로 차별한다 해도, 이민족들이 전쟁을 벌이고 있다 해도, 아버지의 뜻을 실천하려는 사람은 누구나 모든 사람에게, 심지어는 자기 나라와 전쟁을 하는 나라의 사람들에게도 선행을 베풀어야 한다.

그래서 예수는 말했다.

"사람들은 오직 자기 동족에게만 선행을 베풀고 외국인들은 원수로 삼아야 한다고 생각하려는 유혹을 받습니다. 이러한 유혹을 경계하십시오. 이것이 다섯 번째 계명을 거스르는 유혹입니다."

전통법을 가르치는 선생이 예수를 시험하기 위해서 이렇게 물은 적이 있다.

"참된 생명을 얻기 위해 제가 무엇을 해야만 하겠습니까?"

예수가 대답했다.

"너의 아버지인 하느님을 사랑하고, 어느 나라 사람인지 가리지 말고 너의 형제를 너의 아버지인 하느님을 통해서 사랑하라고 하는 계명은 당신이 잘 알고 있습니다."

그러자 그가 되물었다.

"서로 다른 나라들이 없다면 그 계명은 잘 준수될 것입니다. 그러나 서로 다른 나라들이 있으니 제 동족의 원수를 제가 어떻게 사랑하겠습니까?"

그러자 예수는 이렇게 대답했다.

"어떤 유대인이 불운을 당했습니다. 그는 길을 가다가 강도를 만나 얻어맞고 재산을 털린 뒤 길에

착한 사마리아인

버려졌습니다.

유대인 사제가 마침 그곳을 지나가다가 심하게 부상을 당한 그를 바라보았지만 그냥 지나쳐 버리고 말았습니다. 유대인 레위 사람도 그곳을 지나가다가 부상이 심한 그를 바라보았지만 역시 그냥 지나쳐 버렸습니다.

이윽고 유대인들의 원수이며 외국인인 사마리아인이 그곳을 지나가고 있었습니다. 이 사마리아인은 죽어가는 유대인을 보았지만 유대인들이 사마리아인들을 멸시해 왔다는 사실에 대해 원한을 품기는커녕 오히려 가련한 유대인에 대한 동정심만 앞섰습니다.

그 사마리아인은 유대인의 상처를 포도주로 씻고 붕대로 감아 준 다음, 그를 자기 당나귀에 태워서 여관으로 데리고 갔습니다. 그리고 그를 위해 여관 주인에게 돈을 주었을 뿐만 아니라 다시 돌아와서 모자라는 돈까지 더 지불하겠다고 약속했습니다.

당신도 외국인들에 대해, 당신을 멸시하고 해치려는 사람들에 대해 저 사마리아인처럼 행동하십시오. 그러면 참된 생명을 얻을 것입니다."

7

예수가 말했다.

"세상은 자기에게 속한 사람들은 사랑하지만 하느님의 백성들은 미워합니다. 따라서 사제들과 설교하는 사람들과 관리들을 비롯한 세상의 사람들은 아버지의 뜻을 완수하려는 사람들을 학대할 것입니다.

나는 예루살렘으로 올라가서 박해를 받고 살해될 것입니다. 그러나 나의 영혼은 살해될 수가 없고 따라서 계속해서 살아 있을 것입니다."

예수가 예루살렘에서 고문을 받고 살해될 것이라는 말을 듣자 베드로는 가슴이 미어지듯이 아프고 슬퍼졌다. 그래서 예수의 손을 잡고는 말리며 말했다.

"그렇다면 선생님은 예루살렘에 올라가지 않으

시는 것이 더 나을 것입니다."

그러자 예수가 말했다.

"그런 말은 하지 마십시오. 당신이 하는 말은 유혹입니다. 당신이 내가 겪을 고문과 죽음을 두려워한다면, 그것은 당신이 하느님의 일, 영혼의 일을 생각하는 것이 아니라 세속의 일을 생각한다는 것이 됩니다."

이윽고 예수는 백성들과 제자들을 불러 모은 뒤에 말했다.

"나의 가르침에 따라 살려고 하는 사람은 누구나 자신의 육체적 생명을 버려야만 하고 모든 육체적 고통을 감수할 준비가 되어 있어야만 합니다.

육체적 생명을 잃을까 두려워하는 사람은 참된 생명을 죽일 것이며 육체적 생명을 하찮게 여기는 사람은 참된 생명을 얻을 것이기 때문입니다."

그런데 그들은 예수의 그 말을 알아듣지 못했다. 그리고 어떤 물질주의자들이 다가오는 것을 본 예수는 참된 생명의 의미 그리고 죽음으로부터 잠을 깨는 것이 무엇인지 모든 사람들에게 설명해 주었다. 참된 생명 안에는 죽음이 없다는 것을 모든 사람들에게 이해시키려고 예수는 이렇게 말했다.

"영원한 생명을 이 지상의 생명과 같은 것이라고 이해해서는 안 됩니다. 아버지의 뜻 안에 사는 참된 생명은 시간과 공간의 제약을 받지 않기 때문입니다.

잠들었던 사람들이 참된 생명에 눈을 뜨고 아버지의 뜻 안에서 산다면 그들은 시간과 공간의 속박을 받지 않으며 아버지와 함께 삽니다. 비록 그들이 우리에게는 죽었다 해도 하느님에게는 살아 있는 것입니다.

따라서 모든 계명들은, 우리의 모든 힘을 다하여 생명의 원천을 사랑하고, 그 결과 각자 자기 안에 이 생명의 원천을 지니고 있는 모든 사람들을 사랑하라는 한 가지 계명에 모두 포함됩니다.

이 생명의 원천은 여러분이 기다리고 있는 바로 그 그리스도입니다. 그리고 사람들을 아무도 차별하지 않고 시간과 공간의 제약도 없는 이 생명의 원천에 대한 깨달음은 내가 가르치는 사람의 아들입니다. 사람들로부터 이 생명의 원천을 감추는 것은 어느 것이든 모두 유혹입니다."

8

물질주의자들은 육체적 죽음 이후에는 더 이상 삶이 없다고 주장했다. 그래서 그들이 물었다.

"어떻게 죽은 자들이 모두 다시 살아날 수가 있단 말입니까? 모두 다시 살아난다고 해도 그들은 결코 함께 살 수가 없습니다.

예를 들면, 우리 사이에 일곱 형제가 있었습니다. 장남이 결혼한 뒤 죽었습니다. 둘째 아들이 형수와 함께 살다가 그도 죽었습니다. 셋째 아들이 역시 형수와 함께 살다가 그도 죽고 이런 순서로 막내아들까지 형수와 살다가 그도 죽었습니다.

자, 그러면 모든 사람이 다시 살아난다고 하면, 일곱 형제가 아내 한 명과 어떻게 함께 살 수가 있단 말입니까?"

예수는 그들에게 이렇게 대답했다.

"여러분은 일부러 문제의 본질을 왜곡하거나, 아니면 잠을 깨어 생명을 얻는 것이 무엇인지 모르고 있는 것입니다.

사람들은 지금 현세에 사는 동안에는 결혼을 합니다. 그러나 영원한 생명을 얻고 죽음으로부터 잠을 깨는 사람들은 결혼을 하지 않습니다. 그것은 그들이 다시는 죽지 않을 뿐만 아니라 아버지와 결합되어 있기 때문입니다.

여러분의 성서 기록을 보면 하느님께서는 '나는 아브라함과 이사악과 야곱의 하느님이다.' 라고 말씀하셨습니다. 이것은 아브라함과 이사악과 야곱이 이미 죽어서 세상 사람들로부터 떠난 뒤에 하느님께서 하신 말씀입니다.

따라서 이것은 죽어서 세상 사람들로부터 떠난 사람들이 하느님에게는 살아 있는 사람들이라는 의미가 됩니다. 하느님께서 계시고 또 그분은 죽지 않으신다면, 하느님과 함께 있는 사람들은 항상 살아 있는 것입니다.

죽음으로부터 잠을 깬다는 것은 아버지의 뜻 안에 산다는 것입니다. 아버지에게는 시간이라는 것이 존재하지 않기 때문입니다.

따라서 아버지의 뜻을 완수하면, 그분과 결합하면, 사람은 시간과 죽음으로부터 떠나가는 것입니다."

그 말을 듣고 나자 정통주의자들은 예수의 입을 다물게 만들 방법을 더 이상 생각해 낼 수가 없었다. 그러면서도 그들은 예수에게 질문을 퍼붓기 시작했고 그들 가운데 한 명이 물었다.

"선생님, 당신 생각에는 우리의 전통법 전체 가운데 어느 것이 가장 중요한 계명이겠습니까?"

그 정통주의자는 예수가 전통법에 관한 대답을 할 때 틀린 대답을 내놓을 것이라고 생각했다. 그러나 예수가 대답했다.

"그것은 자신의 영혼을 다 바쳐서 주님을 사랑하라는 것이 첫 번째 계명입니다. 우리는 주님의 권능 안에 들어 있습니다.

그리고 첫 번째 계명에서 나오는 두 번째 계명은 자기 이웃을 사랑하라는 것입니다. 바로 그 주님이 우리 이웃 안에 계시기 때문입니다.

또한 이 두 가지는 여러분의 성서에 기록된 모든 내용의 본질입니다."

게다가 예수는 그들에게 물었다.

"여러분은 그리스도를 누구라고 생각합니까?"

그들이 대답했다.

"우리는 그리스도가 다윗의 자손이라고 생각합니다."

그러자 예수는 그들에게 말했다.

"그렇다면 어떻게 다윗이 그리스도를 자신의 주님이라고 부른단 말입니까? 그리스도는 다윗의 자손도 아니고 육체적으로 그 누구의 자손도 아닙니다. 그리스도는 우리의 지배자, 즉 우리 주님입니다. 우리는 우리 안에 계시는 그분이 우리의 생명임을 알고 있습니다."

9

또한 예수는 사람들에게 말했다.

"정통주의자 선생들의 누룩을 경계하십시오. 물질주의자들의 누룩도, 통치자들의 누룩도 경계하십시오.

그러나 무엇보다도 가장 경계해야만 하는 것은 자칭 '정통주의자들'의 누룩입니다. 그런 사람들이 가장 고약한 걸림돌이 되기 때문입니다."

백성들이 예수가 하는 말이 무슨 뜻인지 알아들었을 때 그는 이렇게 다시금 강조했다.

"세상에는 전통법 전문가들, 학자들, 물질주의자들이 던지는 유혹이 있지만 거기 넘어가지 마십시오.

권력이 던지는 유혹도 있지만 거기에도 넘어가지 마십시오. 가장 해롭고 혐오스러운 것은 정통주의자로 자처하며 종교를 가르치는 선생들입니다.

다른 무엇보다도 전통법 학자들, 즉 소위 '정통주의자들'의 가르침을 가장 경계하십시오. 그들은 하느님의 뜻을 백성들에게 선포했던 예언자들의 자리를 차지했기 때문입니다.

그들은 하느님의 뜻을 백성들에게 설교하는 권위를 사악하게도 가로챘습니다. 그들은 거짓된 하느님의 예배를 만들어 내고 여러분을 하느님으로부터 멀어지게 합니다.

또한 입으로는 설교를 하지만 실천은 하나도 하지 않습니다. 그러니까 그들은 '이런 저런 것을 하라.'고 말하는 것에 불과합니다. 그들은 입으로 지시만 할 뿐 선행을 전혀 하지 않기 때문에 아무런 결실도 맺지 못합니다.

또한 그들은 사람들이 실천할 수도 없는 것을 실천하라고 백성들에게 명령하고 자기들은 아무것도 실천하지 않습니다. 여러분은 그들에게서 말 이외에는 배울 것이 없습니다.

그러나 아버지는 말이 아니라 행동을 요구합니다. 게다가 그들은 자기 자신도 아무것도 모르기 때문에 가르칠 것도 가지고 있지 못합니다.

그들이 하는 것이라고는 오로지 가르침을 자기들 손으로 움켜쥐고 있는 것뿐이며, 그 목적을 달성하기 위해 그들은 겉으로 엄숙하게 보이려고 애씁니다.

오로지 자기 이익을 챙기기 위해서 그들은 선생으로 행세해야만 합니다. 다시 말하면 그들은 옷을 잘 차려입으며 자화자찬을 일삼고 있습니다.

따라서 아무도 선생이나 지도자로 자처해서는 안 된다는 것을 여러분은 알아야만 합니다. 모든 사람을 위한 선생은 생명의 주님, 즉 깨달음뿐입니다. 그러나 자칭 정통주의자들을 사람들은 선생님이라고 부릅니다.

바로 이 사실 때문에 그들은 여러분이 하늘나라에 들어가지 못하게 막고 있으며, 자기 자신들도 그 나라에 들어가지 않습니다.

선생으로 자처하는 그들은 자기가 다른 사람들을 가르친다고 생각하지만, 다른 사람들로부터 참된 생명을 빼앗고 다른 사람들이 그것을 깨닫지 못하게 막습니다.

이러한 정통주의자들은 하느님이 외형적 예식을 기뻐하고 자신들이 외형적인 예식과 맹세를 통해서 사람들을 하느님 앞으로 인도할 수 있다고 생각합니다. 그들은 외형적인 것에만 관심을 둡니다.

그들에게는 종교의 외형만으로 모든 것이 충분하고, 사람들의 마음속에 있는 것은 거들떠보지도 않습니다.

눈먼 사람들과 마찬가지로 그들은 겉으로 보이는 것은 아무 의미도 없다는 것, 그리고 모든 것이 사람의 영혼에 달려 있다는 것을 깨닫지 못합니다.

그들은 가장 쉬운 것, 즉 외형적인 것은 실천하지만, 반드시 필요하고 또 어려운 것, 즉 사랑, 동정, 진실 등은 외면해 버립니다.

그들에게는 오로지 외형적으로만 전통법 안에 머물고 다른 사람들을 외형적으로만 전통법으로 인도하면 그것으로 충분합니다.

따라서 그들은 색깔을 잘 칠한 관처럼 겉은 깨끗하게 보이지만 속은 혐오스러운 것입니다. 그들은 성인들과 거룩한 순교자들을 겉으로는, 말로는 존경합니다.

그러나 실제 행동을 보면 그들은 성인들과 순교자들을 과거에 고문하고 살해한 사람들과 똑같습니다. 그들은 지금도 성인들을 고문하고 살해합니다.

그들은 과거와 마찬가지로 지금도 모든 선행의 원수들입니다. 세상의 모든 악, 모든 유혹은 그들로부터 나옵니다. 그들은 선을 숨기고 그 대신 악을 옹호하며, 선의 탈을 쓰고 악을 가르치기 때문입니다.

그들이 만들어 내는 유혹은 다른 모든 유혹의 뿌리입니다. 그들은 가장 신성한 것을 더럽히기 때문입니다. 앞으로 오랫동안 그들은 변하지 않을 것이며, 속임수를 계속해서 쓸 것이며, 세상에서 악을 증가시킬 것입니다.

따라서 선생님이라고 자처하는 사람들을 무엇보다도 가장 두려워하십시오. 그들은 어떠한 악도 선으로 위장할 수 있다는 것을 여러분 자신이 잘 알기 때문입니다.

그러나 만일 백성들이 무엇이 선인지 잘못 배워서 선과 악을 혼동하게 된다면, 이러한 혼동은 결코 바로잡을 수가 없습니다. 백성의 지도자라고 자처하는 사람들은 바로 이런 짓을 합니다."

10

또한 예수는 이렇게 말했다.

"이곳 예루살렘에서 나는 모든 사람이 참된 행복에 관해 똑같이 깨닫게 해 주고 싶습니다. 그러나 이곳 사람들이 할 수 있는 것이라고는 선을 가르치는 선생들을 죽이는 일뿐입니다.

따라서 그들은 하느님에 대한 깨달음을 사랑하고 기꺼이 받아들일 때까지는, 예전과 똑같이 하느님을 믿지 않는 백성으로 남아 있을 것이며 참된 하느님을 알지도 못할 것입니다."

그 후 예수는 성전을 떠나 다른 곳으로 가 버렸다.

얼마 후 예수의 제자들이 그에게 물었다.

"그러면 하느님의 이 성전, 그리고 하느님께 바치기 위해 백성들이 가져온 성전의 모든 장식품들은 어떻게 될 것입니까?"

그러자 예수가 대답했다.

"내가 여러분에게 사실대로 말해 주지만, 이 성전 전체, 그리고 성전의 모든 장식품들은 파괴되고 이 가운데 아무것도 남지 않을 것입니다. 모든 성전들이 폐허로 변하고 하느님에 대한 모든 외형적 예배가 없어질 날이 올 것입니다.

그날이 오면 모든 사람들은 한 분뿐인 생명의 아버지의 뜻을 실천함으로써 그분을 섬길 줄 알 것이며, 사랑 안에서 일치를 이룰 것입니다. 하느님의 성전은 하나뿐입니다. 사람들이 서로 사랑할 때, 그들의 마음이 곧 하느님의 성전인 것입니다."

제자들이 물었다.

"그러한 성전은 언제 마련될 것입니까?"

그러자 예수가 대답했다.

"그것이 곧 마련되지는 않을 것입니다. 사람들은 오랫동안 나의 가르침의 이름 때문에 속을 것이며, 그 결과 여러 가지 전쟁과 반란이 일어날 것입니다. 그리고 세상은 심한 무법천지가 되고 사랑은 찾아보기조차 힘들 것입니다.

그러나 참된 가르침이 모든 사람들 사이에 퍼지면 그때 악과 유혹도 끝이 날 것입니다."

유혹과 싸우는 전쟁

따라서 유혹에 지지않기 위해
우리는 일생의 한순간도 빠짐없이
언제나 아버지와 하나가 되지 않으면 안 된다.

1

　유대인들은 예수의 가르침이 자기들의 나라, 종교, 민족을 멸망시킬 것이라고 보았고, 동시에 그를 이론으로 대항할 수 없다는 사실도 깨달았다. 그래서 그를 죽일 생각을 했다.

　그 후 정통주의자인 대사제들은 어떠한 방법으로든 예수를 죽이기 위해, 그를 함정에 빠뜨릴 계략을 최대한으로 동원하기 시작했다. 그들은 종교 지도자 회의를 열고 논의하기 시작했던 것이다. 그들은 이렇게 말했다.

　"저 사람은 무슨 수를 써서라도 끝장을 보지 않으면 안 됩니다. 그는 자기 가르침을 매우 교묘하게 증명하기 때문에 그대로 두었다가는 모든 사람들이 그를 믿는 반면에 우리의 믿음은 버릴 것입니다. 이미 백성의 절반은 그를 믿고 있습니다.

모든 사람이 같은 아버지의 아들들이며 우리 히
브리 민족과 다른 민족들 사이에 아무런 차이도 없
다는 그의 가르침을 유대인들이 믿는다면, 로마인
들이 앞으로 우리를 완전히 장악할 것이며 히브리
민족의 나라는 사라지고 말 것입니다."

그래서 정통주의자인 대사제와 전통법 학자들이
오랫동안 궁리에 궁리를 거듭했지만 예수를 어떻
게 해야 좋을지 결론을 내리지 못했다. 정의롭고
아무 죄도 없는 그를 죽이려는 결심을 할 수가 없
었던 것이다.

그러자 거기 참석한 사람들 가운데 하나이며 그
해의 대사제인 카야파스가 다음과 같은 방안을 생
각해 냈다. 그는 이렇게 말했다.

"저 사람이 옳은가 그른가는 문제가 아닙니다.
우리 유대 민족이 고유한 민족으로 남을 것인가,
아니면 우리 나라가 멸망해서 민족이 사방으로 흩
어지게 될 것인가, 바로 그것이 문제입니다.

모든 백성이 살아남기 위해서는 한 사람을 죽이
는 것이 낫다는 말을 여러분은 상기해야만 합니다.
나는 여러분에게 선언해 둡니다만, 우리가 저 사람
을 그대로 내버려둔다면 백성 전체가 살해될 것입

니다.

　따라서 예수를 죽이는 것이 더 낫습니다. 우리가 예수를 죽이지 않을 경우, 백성들이 살해되지 않는 다 해도, 그들은 우리의 믿음을 저버린 채 그릇된 길을 헤매고 말 것입니다."

　카야파스가 그런 말을 하고 나자 거기 모인 사람들은 더 이상 토론은 필요 없고 예수는 반드시 죽이지 않으면 안 된다고 결심했다.

2

　그들은 즉시 예수를 잡아다가 죽이려고 했다. 그러나 예수는 그들을 피해서 광야로 갔다. 그런데 그 무렵 유대인의 종교 축제 기간인 과월절이 가까이 다가왔다. 과월절에는 수많은 유대인들이 언제나 예루살렘에 모이고는 했다.

　그래서 정통주의자인 대사제들은 예수가 사람들과 함께 축제에 참가하러 올 것이라고 예측했다. 그들은 누구든지 예수를 보면 즉시 그를 자기들에게 데리고 와야 한다고 백성들에게 널리 알렸다. 물론 예수도 그 사실을 알고 있었다.

　그럼에도 불구하고 과월절이 시작되기 육 일 전에 예수는 제자들에게 말했다.

　"우리는 예루살렘으로 올라갑시다."

　그리고 제자들을 이끌고 예루살렘으로 갔다.

도중에 제자들이 그에게 말했다.

"예루살렘 안에는 들어가지 마십시오. 대사제들은 선생님을 돌로 쳐 죽이기로 결정했습니다. 예루살렘으로 들어가시면 그들이 죽일 것입니다."

예수는 그들에게 말했습니다.

"저 정통주의자들과 다른 모든 사람들이 나에게 할 수 있는 일은 나를 위한 진리를 변경시킬 수 없습니다. 내가 만일 빛을 가지고 있다면 나는 내가 어디에 있고 어디로 가고 있는지 압니다. 나는 깨달음의 빛 안에서 살기 때문에 아무것도 두려워하지 않습니다.

앞을 보지 못하는 사람만이 돌부리에 걸려 비틀거립니다. 돌부리에 걸려 넘어지지 않으려면 밤이 아니라 대낮에 길을 걸어가야 하는 것과 마찬가지로, 아무것도 의심하지 않고 두려워하지 않으려면 누구나 이 깨달음으로 살아야만 하는 것입니다.

의심하고 두려워하는 것은 오로지 진리를 모르는 사람, 육체를 따라 사는 사람뿐입니다. 그러나 깨달음으로 사는 사람에게는 의심할 것도 두려워할 것도 전혀 없습니다."

이윽고 예수는 예루살렘 근처 베타니아 마을에

예루살렘 입성

도착한 뒤 그곳에 사는 마르타와 마리아의 집에 머물렀다.

다음 날 아침 일찍 예수는 예루살렘에 들어갔다. 축제에 참가하기 위해 대단히 많은 사람들이 모여 있었다. 사람들은 곧 예수를 알아보고는 그를 둘러쌌다.

그리고 나뭇가지를 꺾어 손에 드는가 하면 예수가 걸어갈 길에 저마다 옷을 벗어서 던졌으며 "참된 하느님을 우리에게 가르쳐 주신 분, 우리의 참된 왕이 여기 계신다."라고 소리쳤다.

예수는 당나귀 새끼를 타고 앉아 있었고 사람들은 그 앞에서 달려가면서 소리를 쳤다. 예수는 그렇게 당나귀 새끼를 탄 채 예루살렘으로 들어갔다.

그러자 예루살렘의 모든 주민들이 흥분했고 "저 사람은 누굽니까?"라고 물었다. 예수가 누군지 알고 있던 사람들은 "갈릴레아 지방 나자렛의 예언자인 예수입니다."라고 대답했다.

그를 따르는 수많은 사람들을 본 정통주의자들은 예수를 죽일 결심을 더욱 굳게 다졌다. 그리고 그를 잡을 기회만 노렸다. 예수는 자기가 한 마디만 실수를 해도, 전통법에 어긋나는 말을 한 마디만 해도 그들이 자기를 처형할 구실로 삼을 것임을 잘 알았다.

그럼에도 불구하고 그는 성전으로 들어갔다. 그리고 장사꾼들과 제물을 사고파는 사람들을 예전처럼 모두 내쫓았다.

정통주의자인 대사제들은 모든 과정을 지켜본 뒤 서로 말을 주고받았다.

"저 사람이 하는 행동을 보십시오. 모든 백성들이 그를 따르고 있습니다."

그러나 그들은 백성들이 보는 가운데 곧장 예수를 체포할 엄두는 내지 못했다. 대부분이 가난한 백성들인 군중이 예수를 둘러싸고 있었기 때문이다. 그래서 그를 잡아들일 교묘한 수를 생각해 내려고 애썼다.

3

한편 예수는 성전 안에 머물면서 백성들을 가르쳤다. 또한 제물과 청결을 중심으로 하는 유대인들의 예배가 거짓된 것이라고 다시금 선언했다.

그의 가르침을 듣는 사람들 가운데는 유대인들 이외에 그리스인들과 다른 이교도들이 있었다. 그리스인들은 예수의 가르침에 귀를 기울이고는 그가 히브리 사람들뿐만 아니라 모든 사람들에게 진리를 가르치고 있다는 식으로 알아들었다.

따라서 그리스인들도 예수의 제자가 되기를 바랐고, 자신들의 그런 의향을 필립보에게 구두로 알렸다. 그리고 그들의 의향을 필립보는 안드레아에게 알렸다.

예수의 제자인 필립보와 안드레아는 그리스인들을 예수에게 데리고 가기를 꺼렸다. 예수가 히브리

인들과 다른 민족들 사이에 아무런 구별도 인정하지 않는다는 이유로 유대인들이 그에 대해 분개하지나 않을까 해서 두 제자는 염려한 것이다. 그래서 그들은 그리스인들의 요망을 예수에게 오랫동안 전하지 않았다.

그러나 결국 두 제자는 나중에 그 사실을 예수에게 알렸다. 그리스인들이 자기의 제자가 되고 싶어 한다는 말을 들은 예수는 입장이 난처해졌다. 그는 자기가 유대인들과 이교도들을 전혀 차별하지 않고 자신도 이교도들과 똑같다는 것을 인정했기 때문에 유대인들이 자기를 미워한다는 것을 잘 알고 있었다.

동시에 그는 하느님 아버지의 자녀들인 모든 사람이 종교의 차이에도 불구하고 같은 형제들임을 명백히 밝혀 주는 것이 자신의 사명이라는 것도 잘 알고 있었다. 또한 자기가 취하려는 조치로 자기 목숨을 잃을 것이라는 사실도 잘 알았다.

예수는 이렇게 말했다.

"사람의 아들에 관해서 내가 깨달은 것을 설명해 줄 때가 왔습니다. 그 설명으로 내가 유대인들과 이교도들 사이의 구별을 없애 버린다는 이유 때문에 내가 살해된다고 해도 나는 진리를 말하지 않으면 안 됩니다.

밀 알 하나는 오로지 그것이 죽을 때에만 밀 이삭의 결실을 가져올 것입니다. 자신의 육체적 생명을 사랑하는 사람은 참된 생명을 잃지만, 육체적 생명을 경멸하는 사람은 영원한 삶을 위해 참된 생명을 받아서 보존합니다.

나의 가르침을 따르고 싶어하는 사람은 나와 똑같이 살고 행동해야 합니다. 그리고 나와 똑같이 살고 행동하는 사람은 나의 아버지의 보상을 받을 것입니다.

나의 영혼은 지금 번민하고 있습니다. 일시적 생명을 얻기 위해 나는 타협을 할 것인가, 아니면 아버지의 뜻을 지금, 바로 이 시간에 완수해야 할 것인가, 그것이 문제인 것입니다. 어느 쪽을 선택하겠습니까?

나는 이 시간에 이르기 위해 살아왔습니다. 그런데 내가 마땅히 해야만 할 일을 어떻게 피하겠습니까? 아직 나는 살아 있지만 그 시간이 닥친 바로 지금 나는 '아버지, 제가 해야만 하는 일을 면제해 주십시오.' 라는 말은 결코 하지 않을 것입니다. 내 목숨을 구하기 위해 그런 말을 할 수는 없습니다.

따라서 나는 '아버지, 제 안에서 당신을 보여 주십시오.' 라고 말합니다. 아버지의 뜻은 바로 지금 나를 통해서 드러나야만 합니다."

또한 예수는 니코데모에게 개인적으로 말해 주었던 내용을 유대인들과 이교도들 앞에서 공개적으로 선언했다.

"사람들의 삶은 그들의 각종 종교와 조직된 권력 구조와 더불어 완전히 바뀌지 않으면 안 됩니다. 모든 권력과 권위는 사라지지 않으면 안 됩니다. 오로지 필요한 것은 생명의 아버지의 아들로서 존재하는 사람의 본성을 이해하는 것입니다.

이러한 이해는 사람들 사이의 분열과 차별, 그리고 모든 통치 권력을 없애 버리고 사람들을 하나로 결합시킵니다.

사람들의 지금 이 사회는 앞으로 반드시 파괴되고 말 것입니다. 이 세상을 다스리는 것은 지금부터 멸망할 것입니다. 그리고 사람의 아들이 지상의 삶보다 높이 들어 올려질 때 그는 모든 사람들을 하나로 결합시킬 것입니다."

4

그러자 유대인들이 예수에게 물었다.

"당신은 우리가 받드는 종교를 완전히 파괴합니다. 우리의 전통법은 그리스도를 기다리라고 하는데 당신은 오로지 사람의 아들에 대해서만 말합니다. 영원한 그리스도가 무엇인지는 우리가 전통법에서 배워 잘 알고 있습니다.

그런데 당신은 왜 사람의 아들이 높이 들어 올려질 것이라고 말합니까? 사람의 아들을 들어 올린다는 말은 무슨 뜻입니까?"

그 말에 예수는 이렇게 대답했다.

"사람의 아들을 높이 들어 올린다는 것은 여러분 자신 안에 있는 것을 깨닫는 삶을 산다는 것을 의미합니다. 그것은 사람들 안에 있는 깨달음의 빛을 따라서 사는 것, 이 빛을 따라서 더 많은 빛으로 들어가는 것입니다.

지상에 속하는 것보다 높이 사람의 아들을 들어 올린다는 것은 깨달음의 아들이 되기 위해, 아직 빛이 있는 동안에 그 빛을 믿는다는 것을 의미합니다.

나는 새로운 믿음을 가르치는 것이 아니라 누구나 자기 안에서 알 수 있는 것만을 가르칠 따름입니다. 사람은 누구나 생명의 아버지가 자기에게 그리고 모든 사람에게 준 그 생명을 가지고 있다는 사실을 압니다.

나의 가르침은 아버지가 모든 사람에게 준 이 생명을 사람은 살아가지 않으면 안 된다는 것일 뿐입니다.

나의 가르침을 믿는 사람은 나를 믿는 것이 아니라, 세상에 생명을 주는 그 영혼을 믿는 것입니다. 그리고 나의 가르침을 이해하는 사람은 세상에 생명을 주는 그 영혼을 이해하는 것입니다.

나의 말을 듣기는 들었지만 실천하지 않는 사람이 있다면 그를 단죄하는 것은 내가 아닙니다. 나는 사람들을 구해 주려고 왔지 단죄하려고 온 것은 아니기 때문입니다.

나의 말을 받아들이지 않는 사람을 단죄하는 것

은 나의 가르침이 아니라 바로 그 사람 안에 들어 있는 깨달음입니다. 바로 이 깨달음이 그를 단죄하는 것입니다.

나는 내 생각대로 말한 것이 아니라 나의 아버지, 즉 내 안의 살아 있는 영혼이 일깨워 주는 대로 말했습니다. 내가 하는 말은 깨달음의 영혼이 나에게 말해 준 것이고, 내가 가르치는 것은 참된 생명입니다."

말을 마친 다음 예수는 그 자리를 떠나 다시금 대사제들로부터 몸을 숨겼다.

대부분 사회적 지위가 낮은 사람들이 예수의 가르침을 믿었다. 그러나 귀족들과 관리들은 믿지 않았다. 그들은 예수가 하는 말의 보편적 근거를 생각하려고 하지는 않고, 오직 즉각적이고 세속적인 결과만 고려했기 때문이다.

많은 지도자들과 부자들도 그를 믿기는 했지만 자신의 믿음을 대사제들 앞에서 공개하기를 꺼렸다. 대사제들 가운데 예수의 가르침을 믿거나 인정한 사람이 하나도 없었기 때문이다. 대사제들은 하느님에 따라 판단하지 않고, 사람에 따라 판단하는 습관이 있었다.

5

　예수가 몸을 숨긴 뒤 대사제들과 백성의 지도자들이 카야파스의 저택에 모였다. 그들은 백성들 몰래 예수를 잡을 방법에 관해서 의논하기 시작했다. 공공연하게 그를 잡기가 두려웠던 것이다.

　그런데 열두 제자 가운데 하나인 유다스 이스카리옷이 그들이 모인 자리를 찾아가서 말했다.

　"여러분이 백성들 모르게 그를 잡기를 바란다면, 아무도 그의 주변에 없을 때를 내가 알아내어 그가 있는 곳으로 여러분을 안내하겠습니다. 그러면 나에게 무엇을 줄 것입니까?"

　그들은 은화 삼십 냥을 주겠다고 약속했다. 유다스는 합의했다. 그리고 예수를 잡으려고 하는 대사제들을 그에게 데리고 갈 기회를 그때부터 노리기 시작했다.

한편 예수는 사람들을 떠나서 오로지 자기 제자들만 데리고 있었다. 누룩이 들지 않은 빵을 먹는 과월절 축제의 첫날이 되자 제자들이 예수에게 물었다.

"과월절 음식을 어디에서 먹을 것입니까?"

그러자 예수가 대답했다.

"어떤 마을로 가서 어떤 사람의 집에 들어가십시오. 그리고 우리가 과월절 준비를 할 시간이 없었다고 말하고 우리가 과월절을 그 집에서 지내도록 허락해 달라고 요청하십시오."

제자들은 그의 말대로 했다. 그들은 어떤 마을의 한 사람에게 요청했고 그는 그들을 자기 집으로 불러들였다.

6

이윽고 예수와 제자들이 그곳으로 가서 식탁에 자리를 잡고 앉았다. 유다스 이스카리옷도 거기 끼어 있었다. 그는 자기가 한 일을 예수가 모르고 있다고 생각했다.

예수는 유다스가 자신을 배반하여 죽이기로 이미 약속했다는 것을 알고 있었다. 그러나 그는 유다스를 단죄하지도, 그에게 혐오감을 표시하지도 않았다. 오히려 제자들에게 언제나 사랑을 가르쳐 왔기 때문에 그는 그때에도 사랑하는 마음으로 유다스를 꾸짖었을 뿐이다.

열두 제자들이 모두 자리를 잡고 앉은 뒤 예수는 그들을 바라보면서 말했다.

"나를 이미 배반한 사람이 여러분 가운데 앉아 있습니다. 나와 함께 지금 먹고 마시는 사람이 나를 배반할 것입니다."

예수는 그 이상 말하지 않았고 제자들은 그가 누구를 가리켜서 말하는지 알 수가 없었다. 그래서 제자들은 식사를 시작했다.

그들이 음식을 들기 시작했을 때 예수는 빵을 한 덩어리 집어든 다음, 그것을 열두 조각으로 나누어 제자들에게 각각 한 조각씩 주면서 말했다.

"받아서 드십시오. 이것은 나의 몸입니다."

이어서 잔을 포도주로 채워서 제자들에게 건네주면서 말했다.

"여러분은 모두 이 잔의 포도주를 마십시오."

그들이 모두 그 잔에서 포도주를 조금씩 마시고 났을 때 예수가 말했다.

"여러분 가운데 하나가 나를 피 흘리게 만들 것입니다. 이것은 나의 피입니다. 나는 사람들이 나의 뜻, 즉 다른 사람들의 죄에 대한 용서를 알도록 해 주려고 나의 피를 흘립니다.

나는 곧 죽어서 더 이상 여러분과 함께 이 세상에 있지 않을 것이며, 오직 하늘나라에서만 여러분과 다시 만날 것이기 때문입니다."

그런 다음 예수는 식탁 자리에서 일어나 허리에

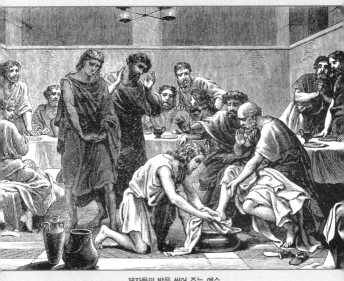

제자들의 발을 씻어 주는 예수

수건을 두르고 물이 담긴 대야를 들고는 유다스를 포함한 모든 제자들의 발을 일일이 씻어 주기 시작했다. 이윽고 예수가 베드로 앞에 이르자 베드로가 물었다.

"선생님은 왜 제 발을 씻어 주려고 하십니까?"

예수가 그에게 대답했다.

"내가 당신 발을 씻어 주는 것이 당신 눈에는 이상하게 보일 것입니다. 그러나 내가 왜 이렇게 하는지 곧 알게 될 것입니다.

나의 제자 여러분들은 깨끗하지만 모두가 깨끗한 것은 아닙니다. 오히려 여러분 가운데는 나를 배반한 사람도 들어 있고, 나는 그에게 내 손으로 직접 빵과 포도주를 주었으며, 이제 그의 발을 씻어 주려고 하는 것입니다."

모든 제자들의 발을 다 씻어 주고 난 다음에 예수는 자기 자리에 다시 앉아 이렇게 말했다.

"내가 왜 여러분의 발을 씻어 주었는지 그 이유를 알아듣습니까? 그것은 여러분도 내가 한 것과 똑같이 언제나 서로 발을 씻어 주라는 뜻입니다.

여러분의 선생인 내가 여러분에게 이렇게 한 것은 여러분이 자신에게 악행을 저지르는 사람들에

게 어떻게 처신하는 것이 좋을지 알도록 하려는 것
입니다.

여러분이 이것을 깨달았다면 앞으로 그대로 실
천하십시오. 그러면 여러분은 행복해질 것입니다.
여러분 가운데 한 사람이 나를 배반할 것이라고 내
가 말했을 때 나는 여러분 전체를 두고 그 말을 한
것은 아닙니다. 여러분 가운데 오직 한 사람만이
나를 배반할 것이기 때문입니다. 나는 그의 발을
씻어 주었고, 그는 나와 함께 빵을 먹은 나의 제자
인 것입니다."

그 말을 하고 난 뒤 예수는 마음이 몹시 괴로워
서 다시금 말했다.

"그렇습니다. 여러분 가운데 한 사람이 나를 배
반할 것입니다."

그러자 제자들은 예수가 누구를 가리켜서 하는
말인지 몰라 다시금 서로 얼굴을 쳐다보기만 했다.
예수 곁에 한 제자가 앉아 있었는데, 시몬 베드로
는 배반자가 누구인지 예수에게 물어보라고 그 제
자에게 신호를 보냈다. 그 제자가 예수에게 물었
다. 그러자 예수가 대답했다.

"나는 빵 조각을 포도주에 적셔서 그에게 줄 것

입니다. 그것을 나에게서 받을 제자가 나를 배반할 것입니다."

그리고 예수는 빵을 유다스 이스카리옷에게 주면서 말했다.

"당신이 하고 싶어하는 것을 빨리 하십시오."

그러자 유다스는 자기가 밖으로 나가지 않으면 안 된다는 것을 깨달았고, 그래서 빵을 받자마자 곧 밖으로 나갔다. 아무도 그를 가로막지 않았다. 그때는 밤이었기 때문에 그의 뒤를 쫓아가기는 불가능했다.

7

유다스가 자리를 뜬 다음에 예수가 말했다.

"이제 여러분에게는 사람의 아들이 무엇인지 분명해졌습니다. 하느님께서는 사람의 아들을 하느님 자신과 마찬가지로 찬미받도록 하려고 사람의 아들 안에 계신다는 것이 이제는 여러분에게 분명해졌습니다.

사람의 아들을 들어 올린다는 것은 아버지와 마찬가지로, 우리를 사랑하는 사람들에게뿐만 아니라 심지어 우리를 해치는 사람들에게도 선행을 베푼다는 것입니다.

자녀 여러분! 내가 여러분과 함께 있을 시간은 이제 얼마 남지 않았습니다. 나의 가르침에 관해서 공연한 질문은 더 이상 던지지 마십시오.

정통주의자들에게도 나는 말해 두었지만 여러분

도 나의 가르침을 잘못 알아듣지는 마십시오. 다만 내가 실천한 그대로 여러분도 그렇게 실천하십시오. 여러분이 지금까지 본 그대로 실천하십시오.

나는 여러분에게 새로운 계명을 한 가지 줍니다. 내가 언제나 그리고 끝까지 여러분을 사랑한 것과 마찬가지로, 여러분도 언제나 그리고 끝까지 서로 사랑하십시오.

오직 이 사랑만으로 여러분은 다른 사람들과 구별될 것입니다. 오직 이것만으로 다른 사람들과 구별되도록 노력하십시오. 서로 사랑하십시오."

이어서 그는 두려움에 휩싸였다. 밤에 밖으로 나간 예수와 제자들은 올리브 산으로 올라갔다. 그 산으로 가던 도중 예수는 제자들에게 말했다.

"자, 목자가 살해되고 양들은 모두 흩어질 것이라고 한 기록이 실현될 때가 이제 되었습니다. 그 일은 오늘 밤에 일어날 것입니다.

여러분은 지금 모두 동요하고 있고 또한 두려워하고 있습니다. 그들이 체포하러 오면 나는 체포될 것이고, 여러분은 모두 나를 버린 채 달아날 것입니다."

그러자 베드로는 말했다.

"모든 사람이 공포에 질려서 사방으로 달아난다고 해도 저는 선생님을 결코 모른다고 부인하지 않겠습니다. 저는 죽는 한이 있어도 선생님을 보호하겠습니다. 저는 선생님과 함께 감옥에 갇히거나 죽을 각오도 되어 있습니다."

예수는 베드로에게 말했다.

"그러나 내가 체포된 뒤 당신은 바로 오늘 밤, 닭이 울기 전에 나를 한 번이 아니라 세 번이나 모른다고 부인할 것입니다."

그러나 베드로는 예수를 부인하지 않겠다고 말했고, 다른 제자들도 그와 똑같이 단언했다.

이윽고 예수는 제자들에게 말했다.

"지금까지는 나도 여러분도 필요한 것이 하나도 없었습니다. 여러분은 돈 자루도 예비용 구두도 없이 돌아다녔고 나도 그렇게 하라고 명령했습니다.

그러나 이제 내가 범죄인으로 취급된다면 우리는 종전처럼 살아갈 수는 없고 오히려 칼을 비롯하여 필요한 것은 모두 갖추지 않으면 안 됩니다. 그래야만 헛된 죽음을 면할 수가 있습니다. 우리는 무기를 들고 숨어야만 하고 또한 자기 방어를 위해 싸워야만 합니다."

그러자 제자들이 말했다.

"보십시오. 우리에게 칼이 두 자루 있습니다."

예수가 말했다.

"그것으로 충분합니다."

8

그 말을 마친 뒤 예수는 제자들을 거느리고 겟세마네 과수원으로 갔다. 과수원으로 들어섰을 때 예수가 말했다.

"나는 기도를 드릴 테니 여러분은 여기서 기다리십시오."

예수는 베드로, 그리고 제베데오의 두 아들을 따로 데리고 갔는데, 심한 근심과 슬픔이 그를 짓눌렀다. 그래서 그는 세 제자들에게 말했다.

"나는 몹시 슬프고 나의 영혼은 죽을 지경의 번민으로 가득 차 있습니다. 여러분은 여기서 기다리십시오. 나는 낙담하지 않습니다. 그러니 여러분도 결코 낙심하지 마십시오."

또한 예수는 제자들에게 자기처럼 기도하라고 말했지만, 제자들은 그의 속마음을 이해하지 못했다. 그리고 예수는 조금 더 걸어간 다음 땅 바닥에 엎드려 기도하기 시작했다. 그는 이렇게 기도했다.

"영혼 자체인 나의 아버지! 유혹과 싸우는 이 싸움을 내 안에서 끝내 주십시오. 당신의 뜻을 실천하도록 나에게 힘을 주십시오. 나의 뜻은 내가 죽지 않는 것이지만, 나의 뜻이 아니라 당신의 뜻이 이루어지게 하십시오.

나는 나의 육체적 생명의 방어를 원하지 않습니다. 악에 대항하지 않음으로써 당신의 뜻을 실천하기를 나는 바랍니다. 나는 죽기를 바랍니다.

그러나 영혼인 당신에게는 모든 것이 가능합니다. 내가 죽음을 두려워하지 않도록, 그래서 육체의 유혹을 피하게 해 주십시오."

이윽고 예수가 자리에서 일어나 제자들에게 가서 보니 제자들은 모두 낙심한 상태였다. 그들은 아직도 예수를 이해하지 못하고 있었다.

그는 제자들에게 말했다.

"여러분은 적어도 나처럼 낙심하지 말아야 하는데, 한 시간도 못 견딘단 말입니까? 육체에 관한 근심걱정은 버리고 영혼을 향해 높이 날아오르도록 노력하십시오.

율리우스 슈노르 폰 카롤스펠트 작   겟세마네의 고뇌

육체의 유혹에 빠지지 않도록 결의를 굳게 다지십시오! 영혼은 강하지만 육체는 약한 것입니다. 힘은 영혼 안에 있지만 육체는 무력한 것입니다."

예수는 제자들을 떠나 먼저 기도하던 곳으로 가서 다시금 기도를 바쳤다.

"아버지, 제가 고통을 받고 죽어야만 한다면, 그리고 곧 죽을 몸이라면, 그렇게 되도록 해 주십시오. 그러나 심지어 고통 속에서도 나는 나의 뜻이 아니라 오로지 당신의 뜻이 이루어지기를 바랄 뿐입니다."

기도를 마친 뒤 예수는 다시 제자들이 있는 곳으로 가서 살펴보았다. 그들은 한층 더 낙심하여 당장이라도 울음을 터뜨릴 지경이었다. 그들은 여전히 예수를 이해하지 못했다.

예수는 제자들을 떠나 같은 장소로 가서 세 번째 기도를 바쳤다.

"아버지, 당신의 뜻이 이루어지기를 빕니다."

예수는 유혹과 싸웠고 드디어 이겼다. 제자들이 있는 곳으로 돌아가자 이렇게 말했다.

"이제는 안심하고 더 이상 걱정하지 마십시오. 이제 결정이 내려졌으니 여러분은 쉬어도 됩니다.

나는 이 세상에 속한 사람들에 대항해서 싸우지 않고 그들의 손에 나 자신을 넘겨주기로 결심했기 때문입니다."

The
Gospel in Brief
11장

작별의 대화

개인의 생명은 육체,
즉 악으로부터 오는 환상이지만,
참된 생명은 모든 사람들에게 공통된 것이다

1

예수는 죽음을 위한 준비를 마쳤기 때문에 자신을 넘겨주려고 걸어갔다. 그때 베드로가 물었다.

"어디로 가려는 것입니까?"

예수가 대답했다.

"당신은 내가 가려고 하는 곳에 같이 갈 힘이 지금 없습니다. 나는 죽음을 위한 준비가 되어 있지만 당신은 되어 있지 않습니다. 그러나 나중에는 당신도 나와 같은 길을 갈 것입니다."

베드로가 말했다.

"선생님이 가시는 길을 따라갈 힘이 왜 지금 제게 없다고 생각하십니까? 저는 선생님을 위해 목숨을 바치겠습니다."

그러자 예수는 베드로에게 말했다.

"사람은 아무것도 약속할 수가 없습니다. 나를

위해 목숨을 바치겠다고 말하지만 당신은 오히려 오늘밤 닭이 울기 전에 나를 세 번이나 모른다고 부인할 것입니다."

그리고 이어서 제자들에게 이렇게 말했다.

"나는 죽음이 내 앞에 있다는 것을 알지만, 아버지의 생명을 믿고, 따라서 죽음을 두려워하지 않습니다. 여러분도 걱정하거나 두려워하지 마십시오.

나의 죽음을 슬퍼하지도 말고, 다만 진정한 하느님, 생명의 아버지, 생명의 참된 하느님과 나의 가르침을 믿으십시오. 그러면 여러분에게 나의 죽음은 무서운 것으로 보이지 않을 것입니다.

내가 생명의 아버지와 결합되어 있다면 아무도 나에게서 그 생명을 빼앗을 수 없습니다. 아버지의 생명은 지상에 있는 생명일 뿐만 아니라 다른 곳에도 있는 생명이기도 합니다.

다른 곳에 지상의 생명과 똑같은 생명만 있다면, 나는 여러분에게 '내가 죽으면 아브라함의 품에 들어가 여러분을 위한 자리를 마련한 다음 여러분에게 돌아와서 여러분을 데리고 그곳으로 가 아브라함의 품 안에서 여러분과 함께 행복하게 살 것입니다.'라고 말했을 것입니다.

그러나 나는 사후에 나의 생명이 무엇이며, 어디에 있을 것인지 여러분에게 말해 주지 않고 다만 참된 생명에 이르는 길을 제시할 뿐입니다. 나의 가르침은 그 생명이 무엇인지 드러내지 않고, 생명의 유일하고 참된 길을 드러낼 뿐입니다.

그것은 아버지와 결합하는 것입니다. 아버지는 생명의 원천입니다. 나의 가르침은 사람은 아버지의 뜻 안에서 살아야 하며, 모든 사람의 생명과 행복을 위해 아버지의 뜻을 실천해야만 한다는 것입니다."

토마스가 말했다.

"우리는 선생님이 어디로 가시는지 모릅니다. 따라서 우리는 그 길을 알 수도 없습니다. 우리는 죽은 뒤의 세상이 어떤 것인지 알고 싶습니다."

예수가 말했다.

"나는 죽은 뒤의 세상이 어떤 것인지 여러분에게 보여 줄 수가 없습니다. 나의 가르침은 길이고 진리며 생명입니다. 그리고 나의 가르침을 통하지 않고서는 다른 방법으로 생명의 아버지와 결합할 수가 없습니다. 나의 가르침을 실천한다면 여러분은 아버지를 알게 될 것입니다."

2

필립보가 물었다.

"그러면 아버지는 누구입니까?"

그 말에 예수는 이렇게 대답했다.

"아버지는 생명을 주는 그분입니다. 나는 아버지의 뜻을 완수했습니다. 따라서 여러분은 아버지의 뜻이 어디에 있는지 나의 생애를 보고 알 수 있습니다. 나는 아버지의 뜻에 따라 살고 아버지는 내 안에서 삽니다.

내가 말하고 행동하는 모든 것은 아버지의 뜻에 따라서 하는 것입니다. 나의 가르침은 내가 아버지 안에 있고 아버지는 내 안에 있다는 것입니다. 여러분은 나의 가르침을 알아듣지 못한다 해도 나 자신과 내가 한 일들은 보고 있습니다.

따라서 여러분은 아버지가 누구인지 알 수 있습

니다. 나의 가르침을 따르는 사람은 나와 똑같이 행동할 수 있다는 것을 여러분은 잘 압니다. 그런 사람은 더 많은 일을 할 수 있을 것입니다. 나는 죽을 테지만 그 사람은 여전히 살아 있을 것이기 때문입니다.

나의 가르침에 따라 살 사람은 자기가 원하는 것을 모두 가지게 될 것입니다. 그때에는 아들이 아버지와 하나가 되어 있을 것이기 때문입니다. 나의 가르침에 적합한 것은 여러분이 무엇을 원하든 모두 받을 것입니다.

그러나 그렇게 되기 위해서는 여러분이 나의 가르침을 사랑해야만 합니다. 내가 떠나간 뒤에는 진리에 대한 여러분의 지식이 여러분의 선생이 될 것입니다.

나의 가르침은 나를 대신하여 중재하고 위로해 줄 존재를 여러분에게 줄 것입니다. 위로해 주는 이 존재는 진리에 대한 인식일 것입니다.

세상에 속한 사람들은 이것을 알지 못하지만 여러분은 자기 자신 안에서 이것을 알 것입니다. 나의 가르침의 정신이 여러분과 함께 있다면 여러분은 결코 홀로 있지 않을 것입니다.

나는 죽을 것이고 세상에 속한 사람들은 나를 더 이상 보지 못하겠지만 여러분은 나를 볼 것입니다. 나의 가르침은 살아 있고 여러분은 나의 가르침에 따라 살 것이기 때문입니다.

더욱이 나의 가르침이 여러분 안에 있다면 여러분은 내가 아버지 안에 있고 아버지는 내 안에 있다는 것을 알아들을 것입니다. 나의 가르침을 실천하는 사람은 자기 자신 안에서 아버지를 느낄 것이고, 나의 정신은 그 사람 안에서 살 것입니다.

나의 가르침을 실천하면 여러분은 자신이 진리 안에 있다는 것, 아버지가 여러분 안에 있고, 여러분은 아버지 안에 있다는 것을 언제나 느낄 것입니다. 그리고 여러분 안에 있는 생명의 아버지를 안다면 여러분은 아무도 빼앗아갈 수 없는 평화를 체험할 것입니다.

따라서 여러분이 진리를 알고 그 안에서 산다면 나의 죽음도 여러분 자신의 죽음도 여러분을 괴롭힐 수 없습니다."

3

그러자 유다스 이스카리옷이 아닌 다른 유다스가 물었다.

"그러면 왜 모든 사람들이 진리의 정신에 따라 살지를 못하는 것입니까?"

예수는 이렇게 대답했다.

"사람들은 자신이 스스로의 의지력을 삶에서 발휘하며 살아가는 독자적인 존재라고 여깁니다. 그러나 이것은 착각에 불과합니다. 참된 삶이란 아버지의 뜻이 생명의 원천임을 인정하는 것뿐입니다.

나의 가르침은 생명의 이 단일성을 드러내며, 생명을 여러 개의 가지들로 보여 주는 것이 아니라 모든 가지들이 붙어서 자라는 단 하나의 나무로 보여 줍니다.

오로지 아버지의 뜻 안에서 사는 사람만이 한 나

무에 돋아난 가지처럼 살아 있고, 자기 뜻에 따라 살려고 하는 사람은 잘려나간 가지처럼 죽어 버립니다.

오로지 나의 가르침을 실천하는 사람만을 아버지는 사랑하고, 오로지 그런 사람 안에서만 나의 정신은 거주합니다. 그러나 나의 가르침을 실천하지 않는 사람은 나의 아버지가 사랑할 수 없습니다. 이 가르침은 나의 것이 아니라 아버지의 것이기 때문입니다.

지금 내가 여러분에게 말해 줄 수 있는 것은 이것이 전부입니다. 그러나 내가 떠나간 뒤에 여러분 안에서 거주할 나의 정신, 즉 진리의 정신은 여러분에게 모든 것을 드러내 줄 것이며, 여러분은 내가 말해 준 것들 가운데 많은 것을 다시 생각해 보며 알아들을 것입니다.

그러면 여러분의 정신은 언제나 평온해질 것입니다. 그것은 세상 사람들이 추구하는 그런 평온이 아니라 우리가 더 이상 아무것도 두려워하지 않는 정신의 평온입니다. 따라서 여러분이 나의 가르침을 실천한다면 나의 죽음에 대해 슬퍼할 아무런 이유도 없습니다.

나는 진리의 정신으로서 여러분에게 다시 올 것이고, 또한 아버지에 대한 지식과 더불어 여러분의 마음속에 거주할 것입니다.

나의 가르침을 실천한다면 여러분은 오히려 나의 죽음을 기뻐해야만 합니다. 여러분은 여러분 안에 내가 아니라 아버지를 모시게 될 것이며, 그것이 여러분에게는 훨씬 더 좋은 것이기 때문입니다.

나의 가르침은 생명의 나무입니다. 아버지는 그 나무를 보살피는 분입니다. 그분은 나뭇가지들을 잘라 주는가 하면, 열매를 맺은 가지들은 더 많은 열매를 맺도록 정성껏 손질해 줍니다.

나의 이 생명의 가르침을 잘 간직하십시오. 그러면 생명이 여러분 안에 있을 것입니다. 또한 나무에서 튼 싹이 자신의 힘으로 사는 것이 아니라 나무의 힘으로 살듯이 여러분은 나의 가르침에 따라 살 것입니다.

나의 가르침은 나무고, 여러분은 거기서 돋는 싹입니다. 나의 이 생명의 가르침에 따라 사는 사람은 많은 열매를 맺습니다. 그러나 나의 가르침에 따라 살지 않는 사람은 시들어 죽습니다. 그러면 말라죽은 가지들은 베어져서 불에 타고 맙니다.

여러분이 나의 가르침에 따라 살고 그것을 실천한다면 여러분이 원하는 모든 것을 얻을 것입니다. 아버지의 뜻은 여러분이 참된 삶을 살고 바라는 것을 모두 얻는 것이기 때문입니다.

아버지가 나에게 행복을 주신 것과 마찬가지로 나도 여러분에게 행복을 줍니다. 이 행복을 잘 간직하십시오. 아버지가 나를 사랑하고 나도 아버지를 사랑하기 때문에 나는 살고 있습니다.

여러분도 이와 똑같은 사랑으로 살아가십시오. 바로 이 사랑으로 살아간다면 여러분은 축복을 받을 것입니다. 아버지는 나에게 선행을 하라고 생명을 주었고, 나는 여러분에게 선행을 하기 위해 살라고 가르쳤습니다.

나의 계명들을 지킨다면 여러분은 축복을 받을 것입니다. 나의 모든 가르침을 요약해 주는 계명은 오로지 한 가지, 즉 사람들은 서로 사랑해야만 한다는 것입니다. 그리고 사랑은 다른 사람을 위해 자기 육체적 생명을 희생하는 것입니다.

내가 여러분을 사랑한 것과 마찬가지로 여러분도 서로 사랑하라는 것이 나의 계명입니다. 내가 나에게 속한 사람들을 위해 목숨을 버린 것처럼 그

렇게 자기에게 속한 사람을 위해 목숨을 버리는 것
보다 더 큰 사랑은 없습니다.

내가 여러분에게 가르친 것을 그대로 실천한다
면 여러분은 나와 대등한 친구들이 됩니다. 나는
여러분을 명령이나 받는 노예들이 아니라 나와 대
등한 친구들로 여깁니다. 나는 내가 아버지에 관해
서 아는 모든 것을 여러분에게 분명하게 알려 주었
기 때문입니다.

사랑에 관한 나의 계명을 실천할 때 여러분은 주
인의 명령을 이해하지도 못한 채 그것을 따르는 노
예들처럼 하지 말고, 내가 자유인으로 사는 것처럼
여러분도 자유인으로 사십시오. 나는 생명의 아버
지에 관한 지식에서 파생되는 삶의 목적을 여러분
에게 밝혀 주었기 때문입니다.

여러분이 나의 가르침을 선택한 것은 여러분 자
신의 뜻에 따라, 우연한 선택으로 그렇게 한 것이
아니라, 그 가르침은 사람들을 자유롭게 만드는 유
일한 진리이며, 또한 내가 여러분에게 그 유일한
진리를 지적해 주었기 때문입니다. 여러분은 그 진
리에 따라서 살 것이며, 여러분이 원하는 모든 것
을 그 진리로부터 받을 것입니다.

세상의 가르침은 다른 사람들을 해치라고 하는 것이지만, 나는 사람들이 서로 사랑하라고 가르칩니다. 나의 가르침은 서로 사랑하라는 한 마디로 요약됩니다.

세상이 여러분을 미워한다 해도 조금도 이상하게 여기지 마십시오. 세상은 나의 가르침을 미워합니다. 만일 여러분이 세상과 하나였다면 세상은 여러분을 사랑했을 것입니다. 그러나 나는 여러분과 세상을 갈라놓았고, 바로 그 이유 때문에 세상은 여러분을 미워하는 것입니다.

세상은 나를 멸시했듯이 여러분을 멸시할 것입니다. 세상은 나의 가르침을 알아듣지 못하고 나를 박해했으니 여러분을 또한 박해하고 해칠 것이며, 그렇게 하는 것이 하느님을 섬기는 것이라고 생각할 것입니다.

그들은 참된 하느님을 모르기 때문에 여러분을 박해해야 하고, 여러분은 진리를 주장해야만 합니다. 그렇더라도 여러분은 놀라지 마십시오. 이 모든 것은 반드시 그렇게 된다는 것을 깨달으십시오.

나는 그들에게 설명해 주었지만 그들은 내 말을 귀담아들으려 하지 않았습니다. 그들은 아버지를 이해하지 못했기 때문에 나의 가르침을 알아듣지 못했습니다. 그들은 나의 삶을 보았고, 나의 삶은 그들의 잘못을 보여 줍니다. 바로 이러한 이유 때문에 그들은 나를 더욱 미워했습니다.

앞으로 여러분에게 올 진리의 정신은 이 점을 여러분에게 확인해 줄 것입니다. 그리고 여러분은 그 확인을 받아들일 것입니다. 내가 이것을 미리 여러분에게 말해 두는 것은 박해가 닥칠 때 여러분이 속지 않도록 하려는 것입니다.

그들은 여러분을 유대인 교회에서 쫓아낼 것이며 자기들은 여러분을 죽임으로써 하느님을 기쁘게 만든다고 생각할 것입니다. 그들은 나의 가르침도, 참된 하느님도 알지 못하기 때문에 이런 모든 짓을 하지 않을 수 없습니다.

이 모든 것을 내가 여러분에게 미리 말해 두는 것은 실제로 그런 일이 닥쳤을 때 여러분이 이상하게 여기지 않도록 하려는 것입니다.

자, 이제 나는 나를 보내셨던 그 영혼에게 돌아갑니다. 그러니까 여러분은 내가 어디로 가는지 물을 필요가 없습니다. 그러나 여러분은 내가 어디로, 어느 장소로 떠나가는지 말해 주지 않았다고 해서 지금까지 슬퍼했습니다. 세상 사람들이 나를 죽일 것이라고 해서 여러분은 슬퍼합니다.

그러나 그들은 진리를 선언하기 위해 나를 죽입니다. 따라서 나의 죽음은 진리의 선언을 위해 필요한 것입니다. 죽음에 직면해서도 나는 진리에서 물러서지 않지만, 나의 죽음은 여러분을 더욱 강화시키고 여러분은 진리와 허위의 본질을 깨달을 것입니다.

허위는 육체적 생명에 대한 사람들의 믿음 그리고 영혼의 생명에 대한 그들의 불신 안에 있는 반면, 진리는 아버지와 이루는 결합 안에 있고 거기서 육체에 대한 영혼의 승리가 나온다는 것도 여러분은 깨달을 것입니다.

있는 그대로 말해 주지만, 내가 떠나가는 것이 여러분에게는 잘된 일입니다. 내가 죽지 않는다면 진리의 정신은 여러분에게 나타나지 않을 것이지만, 내가 죽는다면 그것은 여러분 안에 자기 거처를 마련하고 거기서 살 것입니다.

진리의 정신은 여러분 안에서 자리를 잡고 살 것이며, 허위가 어디에 있고 진리가 어디에 있는지, 어떻게 결정을 내려야 하는지가 여러분에게 분명해질 것입니다. 허위 안에서는 사람들이 정신의 생명을 믿지 않습니다. 진리 안에서는 내가 아버지와 하나입니다. 결정 안에서는 육체적 생명의 힘이 끝나고 말 것입니다.

내가 여러분에게 해 주고 싶은 말은 아직도 산더미처럼 많지만, 여러분은 그것을 이해하기가 어렵습니다. 그러나 진리의 정신이 여러분 안에 자리를 잡고 살게 되면 그것이 모든 진리를 보여 줄 것입니다. 그것이 자기 자신의 새로운 것이 아니라 하느님의 것을 여러분에게 말해 줄 것이며, 또한 삶의 모든 문제에 관하여 길을 보여 줄 것이기 때문입니다.

내가 아버지로부터 오는 것처럼 진리의 정신도 아버지로부터 오는 것입니다. 따라서 그것도 또한 내가 여러분에게 말해 주는 것과 똑같은 것을 여러분에게 말해 줄 것입니다.

그러나 내가, 즉 진리의 정신이 여러분 안에 있게 될 때 여러분은 항상 나를 보지는 못할 것입니다. 때로는 나의 말이 여러분에게 들리겠지만 때로는 들리지 않을 것입니다."

4

그러자 제자들은 서로 물었다.

"저분이 '때로는 여러분이 나를 보겠지만 때로는 나를 보지 못할 것입니다.' 라고 하는 말은 무슨 뜻인가? '때로는 볼 것이고 때로는 그렇게 되지 않을 것입니다.' 라는 말은 무슨 뜻인가?"

예수는 그들에게 이렇게 말했다.

"내가 '때로는 여러분이 나를 보겠지만 때로는 나를 보지 못할 것입니다.' 라고 한 말을 아직도 알아듣지 못하겠습니까?

여러분도 잘 아는 대로 세상에서는 언제나 어떤 사람들은 슬퍼하고 탄식하는 반면, 어떤 사람들은 기뻐하게 마련입니다. 그런데 여러분은 슬퍼하겠지만 여러분의 슬픔은 기쁨으로 변할 것입니다.

임신한 여인은 아기를 낳기 위해 진통을 겪는 동

안은 슬퍼하지만 진통이 끝나면 고통을 더 이상 기억하지 않습니다. 한 사람의 새 생명이 세상에 태어나 기쁘기 때문입니다.

이와 같이 여러분은 슬퍼하겠지만, 곧 나를 볼 것이고 진리의 정신이 여러분 안에 들어갈 것이며, 그러면 여러분의 슬픔이 기쁨으로 변할 것입니다.

그때 여러분은 원하는 것을 모두 얻을 것이기 때문에 더 이상 아무것도 나에게 요청하지 않을 것입니다. 그때에는 여러분이 각자 자기 정신 안에서 원하는 것을 모두 아버지로부터 얻을 것입니다.

내가 비록 육체적 생명 안에서는 여러분과 함께 있지 않을 때라도 나의 정신은 여러분과 함께 있을 것입니다. 다른 모든 사람들과 마찬가지로 여러분도 자기 안에서 항상 정신의 힘을 느끼지는 못할 것입니다.

때로는 정신의 긴장이 풀어지고 그 힘을 잃어 유혹에 빠질 것이며, 때로는 잠을 깨어 참된 생명을 볼 것입니다.

육체에 매여 있는 시기가 여러분에게 올 것입니다. 그러나 그것은 오로지 잠시 동안일 뿐입니다. 여러분은 육체의 힘 아래 놓일 것이지만 정신이 여러분을 다시 일으키고, 그러면 여러분은 기쁨을 느낄 것입니다.

지금까지 여러분은 정신을 위해서 아무것도 요청하지 않았지만, 이제는 정신을 위해 요청하고 싶은 것은 모두 요청하십시오. 그러면 여러분은 모든 것을 얻을 것이고 여러분의 행복은 완전한 것이 될 것입니다.

한 사람으로서 나는 이것을 지금 여러분에게 말로 분명하게 설명할 수가 없지만, 진리의 정신으로서 내가 여러분 안에 살게 될 때 나는 아버지에 관해서 여러분에게 분명하게 선포할 것입니다.

그런데 여러분이 정신의 이름으로 아버지에게 요청하는 모든 것을 앞으로 줄 분은 내가 아닙니다. 아버지가 직접 여러분에게 줄 것입니다. 아버지는 나의 가르침을 받아들인 여러분을 사랑하기 때문입니다.

여러분은 깨달음이 아버지로부터 나와서 세상에 오고, 세상을 떠나서 아버지에게 돌아간다는 것을 알고 있습니다."

이윽고 제자들이 예수에게 말했다.

"이제 우리는 모든 것을 알아들었고, 더 이상 물어볼 것이 하나도 없습니다. 또한 우리는 선생님이 하느님으로부터 온다는 것을 믿습니다."

그러자 예수가 말했다.

"내가 여러분에게 말해 준 모든 것은 여러분이 나의 가르침을 확신하고 그 안에서 쉬도록 하려는 것입니다. 세상에서 그 어떠한 불행, 박해, 내분, 낙담 상태가 여러분에게 닥친다 해도 조금도 두려워하지 마십시오. 나의 가르침은 온 세상을 정복할 것입니다."

그 말을 마친 뒤 예수는 하늘을 우러러보면서 이렇게 말했다.

"나의 아버지! 당신은 자기 아들이 참된 생명을

받도록 하려고 그에게 생명의 자유를 주었습니다. 깨달음의 참된 하느님은 나에게 알려졌고 생명이란 그분에 대한 지식입니다. 나는 지상에서 사람들에게 모든 것의 원천인 당신을 알려 주었습니다. 그것은 당신이 나에게 하라고 지시한 일이고 나는 그 일을 했습니다.

나는 지상에서 사람들에게 당신의 존재를 보여 준 것입니다. 그들은 지금까지 당신의 것이었지만, 당신의 뜻에 따라 나는 그들에게 진리를 알려 주었고 그들은 이제 당신을 알고 있습니다.

그들은 자기들이 가진 모든 것, 즉 자기들의 생명이 오로지 당신으로부터만 나온다고 알아들었습니다. 또한 그들은 내가 그들과 함께 당신으로부터 나오듯이 내가 그들에게 가르쳐 준 모든 것도 나의 것이 아니라 당신으로부터 오는 것이라고 알아들었습니다.

나는 그들이 모두 무한한 생명의 원천으로부터 왔고, 따라서 그들은 모두 하나라는 것, 그리고 내가 아버지 안에 있고 아버지가 내 안에 있듯이, 그들도 나와 아버지와 하나라는 것을 가르쳤습니다.

또한 나는 당신이 그들을 사랑 안에서 세상에 보

낸 것처럼, 그들도 세상에서 사랑과 함께 살아야 한다는 것도 가르쳤습니다.

그러나 나는 당신을 인정하는 사람들을 위해 당신에게 기도합니다. 그들은 내가 가지고 있는 모든 것이 당신의 것이고, 당신의 모든 것이 나의 것임을 알아들었습니다. 나는 당신에게 돌아가기 때문에 더 이상 세상에 머물러 있지 않습니다.

그러나 그들은 세상에 남아 있습니다. 나의 아버지! 그래서 나는 당신이 그들 안에서 당신의 깨달음을 보존해 주기를 기도합니다.

나는 당신이 그들을 세상으로부터 격리해 주기를 기도하는 것이 아니라 악으로부터 구출해 주기를, 그들을 당신의 진리 안에 굳세게 만들어 주기를 기도하는 것입니다.

당신의 깨달음은 진리입니다. 나의 아버지! 나는 그들이 나와 똑같이 되기를, 참된 생명이 세상의 창조 이전에 시작되었다는 것을 내가 알듯이, 그들도 깨닫게 되기를 바랍니다.

그들이 모두 하나가 되기를, 아버지이신 당신이 내 안에 있고 내가 당신 안에 있듯이, 그들도 내 안에서 하나가 되기를 나는 바랍니다.

내가 그들 안에 있고 당신이 내 안에 있으며, 그래서 모든 사람이 하나가 되기를, 모든 사람이 자기가 스스로 세상에 태어난 것이 아니라, 당신이 나를 세상에 보낸 것과 같이 사랑 안에서 그들도 세상에 보낸 것임을 깨닫게 되기를 나는 바랍니다.

진리의 아버지! 세상은 당신을 알지 못했지만 나는 당신을 알았고 그들은 나를 통하여 당신을 알았습니다. 그리고 당신이 누구인지를 나는 그들에게 분명히 알려 주었습니다. 당신이 내 안에 있는 것은 당신이 내게 베푼 그 사랑이 그들 안에도 머물도록 하려는 것입니다.

당신은 그들에게 생명을 주었고, 따라서 그들을 사랑했습니다. 나는 그들이 이러한 사실들을 알고 당신을 사랑하도록 가르쳤습니다. 그것은 당신의 사랑이 그들로부터 당신에게 돌아가도록 하려는 것입니다."

육체에 대한 영혼의 승리

따라서 개인의 삶을 살아가는 것이 아니라
아버지의 뜻 안에서 공동의 삶을 살아가는
사람에게는 죽음이란 것이 없다
그런 사람에게 육체적 죽음이란
아버지와 결합하는 것을 의미한다

1

그렇게 말한 뒤 예수는 "자, 일어나서 갑시다. 나를 배반할 그 사람이 이미 다가오고 있습니다." 라고 말했다. 그는 달아나거나 자신을 방어하려고 하지 않고 오히려 자기를 잡으려고 군인들을 데리고 오는 유다스를 향하여 나아갔다.

예수의 말이 끝나자마자 열두 제자 가운데 하나인 유다스 이스카리옷이 갑자기 나타났다. 그리고 몽둥이와 칼을 든 매우 많은 사람들이 그의 뒤를 따랐다. 그때 유다스가 그들에게 말했다.

"예수와 그의 제자들이 있는 곳으로 내가 여러분을 인도하겠습니다. 그것은 여러분이 제자들과 함께 있는 그를 제대로 알아보도록 하려는 것입니다. 내가 제일 먼저 키스로 인사하는 사람이 바로 그 사람입니다."

예수에게 입 맞추는 유다스

그런 다음 그는 곧장 예수에게 다가가서 "선생님, 안녕하십니까?"라고 말하고 키스로 인사했다.

그러자 예수는 물었다.

"나의 친구여, 무슨 일로 여기 온 것입니까?"

그러나 유다스는 대답하지 않았고, 성전 경비대원들이 예수를 둘러싸고는 그를 붙잡으려고 했다.

바로 그때 베드로가 예수를 보호하려고 앞으로 나서 대사제의 하인의 손에서 칼을 뺏어 그 하인의 한쪽 귀를 베었다. 그리고 싸울 태세를 취했다.

그러나 예수는 제자들을 말리며 말했다.

"악에 대항하면 안 됩니다. 대항하지 마십시오."

이어서 베드로에게 말했다.

"그 칼은 원래 그것을 가지고 있던 사람에게 돌려주십시오. 칼을 뽑아드는 사람은 칼에 맞아 죽을 것입니다."

그런 다음 예수는 자기를 잡으러 온 무리를 향해 몸을 돌려서 말했다.

"여러분은 왜 마치 강도를 잡으러 나선 것처럼 무기를 들고 나를 잡으러 온 것입니까? 나는 날마다 여러분과 함께 성전에 머물러 있으면서 여러분을 가르쳤지만 여러분은 나를 잡지 않았습니다.

또 나는 지금까지 아무런 두려움도 없이 여러분 가운데 홀로 있어 왔고, 지금도 나는 두려워하지 않습니다.

그러나 지금은 여러분이 마음대로 행동하는 시간, 암흑의 세력을 위한 시간입니다. 그러니 마음대로 하십시오."

예수가 그들에게 붙잡힌 것을 보고 모든 제자들이 달아났다.

그때 장교 한 명이 부하들에게 예수를 잡아서 묶으라고 명령했다. 자신이 아버지의 뜻 안에 있다고 느끼면서 예수는 죽을 각오가 되어 있었고, 군인들이 자기를 잡을 때 저항하지도 않았으며 끌려갈 때 조금도 두려워하지 않았다.

2

군인들은 그를 묶어서 우선 안나스에게 끌고 갔다. 안나스는 카야파스의 장인이고 카야파스는 그해의 대사제인데, 그들 둘은 한 저택에서 살고 있었다. 카야파스는 얼마 전에도 예수를 죽이려 했던 바로 그 사람이었다.

그는 예수를 죽이지 않으면 백성들이 더 큰 불행을 겪게 될 것이기 때문에 백성들을 위해 예수를 죽이는 것이 낫다고 주장했던 것이다. 군인들이 예수를 끌고 간 곳은 바로 이 대사제의 저택이었다.

그들이 예수를 카야파스의 저택으로 끌고 갈 때 제자들 가운데 하나인 베드로가 멀리서 그들의 뒤를 따라가면서 그들이 어디로 예수를 끌고 가는지 지켜보았다. 그들이 예수를 대사제의 저택으로 끌고 들어가자 베드로도 일이 어떻게 끝이 나는지 보려고 뒤따라 앞마당에 들어섰다.

그때 앞마당에 있던 한 젊은 여인이 베드로를 바라보고는 말했다.

"갈릴레아의 예수와 함께 있던 사람이에요."

그러자 베드로는 그들이 자신도 재판에 넘길까 두려워하여 사람들 앞에서 큰 목소리로 대꾸했다.

"당신이 무슨 말을 하는 건지 나는 모르겠군요."

얼마 후 그들이 예수를 대사제 저택의 큰 홀 안으로 끌고 들어갔을 때 베드로도 사람들과 어울려서 안으로 들어갔다. 난로의 불을 쬐면서 몸을 녹이던 어떤 여인이 베드로에게 가까이 다가갔다. 그리고 그를 자세히 살펴보더니 사람들에게 말했다.

"보세요, 이 사람은 나자렛의 예수와 어울려 지내던 사람 같아요."

베드로는 더 겁에 질려서, 자기는 예수와 함께 지낸 적이 전혀 없고 심지어 예수가 누구인지조차도 모른다고 맹세했다. 얼마 후 사람들이 베드로에게 다가가서 말했다.

"당신도 소란을 피운 저 무리와 한패거리가 분명합니다. 당신 말투를 보면 당신이 갈릴레아 출신이라는 것을 누구나 알 수 있다 이겁니다."

베드로는 맹세하기 시작했고 자기는 예수를 본 적도 없고 알지도 못한다고 단언했다.

그의 말이 끝나자마자 닭이 울었다. 그러자 베드로는 모든 제자들이 예수를 모른다고 부인한다 해도 자기만은 그를 부인하지 않겠다고 말했을 때 예수가 자기에게 해 주었던 말이 머리에 떠올랐다.

"오늘밤 닭이 울기 전에 당신은 나를 세 번이나 모른다고 부인할 것입니다."

이윽고 베드로는 밖으로 빠져나간 뒤에 가슴을 치면서 슬프게 통곡했다. 예수는 그가 그렇게 유혹에 빠지지 않도록 기도했다. 그런데 그는 예수를 보호해 주려고 했을 때 싸움의 유혹에 빠져서 악에 대항해서 싸우고 스스로 악을 저지르려고 했다.

예수를 모른다고 부인했을 때는 육체의 고통과 죽음의 공포라는 유혹에 빠졌던 것이다. 베드로는 두 가지 육체의 유혹에 진 것이다.

그러나 예수는 제자들이 두 자루의 칼을 준비했을 때 싸움의 유혹에 굴복하지 않았고, 예루살렘의 지도자들 앞에서, 그리고 이제는 자기를 잡아 재판에 끌어가는 군인들 앞에서 두려움의 유혹에 지지 않았다.

가스파르 푸생 작   베드로의 부인

3

한편 그 대사제의 저택에는 정통주의자인 대사제들과 그들 밑의 사제들, 그리고 관리들이 모여 있었다. 그들이 모두 회의장에 모였을 때 거기 예수가 끌려 들어갔다. 대사제들은 그에게 그의 가르침은 무엇이며 그의 제자들은 누구인지 심문하기 시작했다.

예수는 대사제가 자신의 가르침을 알아보려는 의도가 아니라 자기를 단죄할 명목만 찾고 있다는 것을 알았기 때문에 가르침에 대해서는 대답하지 않고 이렇게 대꾸했다.

"나는 내가 해야만 하는 말을 모든 사람들 앞에서 공개적으로 항상 말했고 또 지금도 그렇게 말합니다. 나는 그 누구에게도 숨긴 것이 하나도 없었고 또 지금도 숨기는 것이 전혀 없습니다. 그런데 여러분은 지금 무엇에 관해서 나를 심문하는 겁니까? 심문하려면 나의 가르침을 듣고 알아들은 사람들을 불러서 심문하십시오. 그들이 대답해 줄 것입니다."

예수가 그렇게 대꾸하자 대사제의 하인 한 명이 그의 뺨을 때렸다. 그리고 꾸짖으며 말했다.

"누구한테 그 따위로 말대꾸를 하는 거냐? 대사제에게 이런 식으로 말을 해도 되는 줄 아느냐?"

예수는 그에게 말했다.

"내가 틀린 말을 했다면 어디가 틀렸는지 말해 보시오. 그러나 내 말이 틀리지 않았다면, 당신은 나를 때릴 이유가 없는 거요."

대사제의 하인은 아무 말도 못 했다.

정통주의자인 대사제들은 예수를 재판에 넘길 혐의를 찾아내려고 애썼다. 그러나 그를 사형에 처할 수 있는 죄의 증거를 처음에는 발견하지 못했다. 이윽고 증인 두 명을 찾아냈다. 그들은 예수에 관해서 이렇게 증언했다.

"이 사람의 말을 우리는 직접 들었습니다. 그는 '나는 손으로 지은 여러분의 이 성전을 무너뜨리고, 하느님에게 바쳐진 다른 성전, 곧 손으로 짓지 않은 성전을 세울 것입니다.' 라고 말했습니다."

그러나 이 증언도 예수를 사형에 처하기에는 충분하지 않았다. 따라서 대사제 카야파스가 예수를 불러 세운 뒤 그에게 물었다.

"저 사람들의 증언에 대해 왜 아무 대꾸도 없는 건가?"

예수는 그 재판이 형식에 불과하다는 것을 알고 있어서 입을 꾹 다문 채 아무 대꾸도 하지 않았다. 그러자 대사제가 독촉했다.

"자, 그렇다면, 네가 그리스도이며 하느님의 아들인지 말해 보라."

예수가 대답했다.

"그렇다. 나는 그리스도이며 하느님의 아들이다. 나를 고문하면 이제 사람의 아들이 얼마나 하느님과 비슷한지 네가 볼 것이다."

예수의 대답을 들은 대사제는 매우 기뻤다. 그가 노리던 대답이었던 것이다. 그러자 그 대사제가 예수에게 고함쳤다.

"너는 하느님을 모독한다! 이제 우리는 더 이상 증거를 바라지 않는다. 네가 하느님을 모독하는 말을 바로 지금 우리 모두가 들었다."

이어서 대사제는 거기 모인 사람들에게 물었다.

"그가 하느님을 모독하는 말을 여러분이 직접 귀로 들었습니다. 여기에 대해 그에게 내릴 판결은 무엇입니까?"

그들은 모두 "우리는 그에게 사형을 선고합니다."라고 대답했다.

이윽고 모든 사람들과 성전 경비대원들이 예수에게 달려들어서 그의 얼굴에 침을 뱉거나 양쪽 뺨을 갈기거나 손으로 때렸다. 그들은 그의 눈을 가린 채 얼굴을 주먹으로 때리면서 조롱했다.

"자, 예언자야, 누가 너를 때리는지 말해 보라."

그러나 예수는 입을 다문 채 태연자약한 태도를 유지했다.

4

유대인들은 죄수들을 사형시킬 권한이 없었고, 그래서 사형을 집행하려면 로마 총독으로부터 허가를 받아야만 했다. 그들은 예수를 몹시 학대한 다음 밧줄로 묶은 채 유데아 총독 폰티우스 필라투스에게 끌고 갔다. 그리고 총독에게 앞마당으로 나와 달라고 부탁했다.

총독 필라투스는 그들의 요구대로 그들 앞에 나타나서 물었다.

"당신들은 이 사람을 어떠한 죄로 고발하는 것이오?"

그들이 대답했다.

"이 사람은 범죄를 저질러서 우리가 여기 끌고 온 것입니다."

그러자 필라투스는 그들에게 대꾸했다.

"그가 범죄를 저질렀다면 당신네 전통법에 따라 당신들이 스스로 심판하시오."

그러자 그들이 대답했다.

"우리에게는 사람을 사형에 처할 권한이 없기 때문에 총독께서 이 사람을 처형해 주도록 끌고 온 것입니다."

결국은 예수가 예상했던 일이 벌어지고 말았다. 유대인들의 손에 걸려 죽기보다는 오히려 로마인들의 손에 걸려 십자가에서 처형될 각오를 누구나 하지 않으면 안 된다고 그는 이미 말했던 것이다.

그리고 필라투스가 유대인들에게 예수가 무슨 혐의로 고발되었는지 물었을 때 그들은 그가 백성들을 선동했고, 로마 황제에게 세금을 바치는 것을 금지했으며, 자신이 그리스도이자 왕이라고 주장했다면서 예수의 죄목을 열거했다.

필라투스는 그들의 말에 귀를 기울인 다음, 예수를 커다란 홀 안으로 끌어 오라고 명령했다. 예수가 안으로 들어서자 필라투스가 그에게 물었다.

"그러니까 너는 유대인의 왕인가?"

예수는 필라투스에게 말했다.

"당신은 내가 정말 왕이라고 생각하는 것이오?

아니면 다른 사람들이 당신에게 말해 준 것을 반복하는 것에 불과한 것이오?"

예수의 말은 '너는 나의 나라가 무엇인지 정말로 알고 싶은가? 아니면 그냥 형식적으로 질문해 보는 것인가?' 라는 뜻이었다.

필라투스가 대답했다.

"나는 유대인이 아니다. 따라서 너는 나의 왕이 될 수 없다. 네가 유대인의 왕이든 아니든 나에게는 관계가 없다. 그렇지만 너의 백성들이 너를 내게 끌어 왔다. 너는 어떤 사람이냐? 사람들이 왜 너를 왕이라고 부르느냐?"

예수는 필라투스에게 대답했다.

"내가 스스로 왕이라고 부른다는 그들의 말은 맞다. 나는 정말로 왕이다. 그러나 나의 나라는 지상에 있는 것이 아니라 하늘에 있다. 지상의 왕들은 전쟁을 하고 군대를 거느린다. 내가 만일 지상의 왕이었더라면 나의 신하들은 나를 위해 싸우면 싸웠지 결코 대사제들에게 굴복하지는 않았을 것이다.

그러나 당신이 보는 바와 같이 그들은 나를 묶고 때렸으며 나는 저항하지 않았다. 실제로 나의 나라

필라투스 앞의 예수

는 지상에 있는 것이 아니다. 나는 하늘로부터 온 왕이고 나의 힘은 영혼의 힘이다."

그 말을 받아 필라투스가 물었다.

"그렇지만 너는 여전히 자신이 왕이라고 생각하는가?"

예수가 대답했다.

"그것은 당신이 스스로가 잘 알고 있다. 나뿐만 아니라 당신도 나를 왕이라고 생각하지 않을 수 없다. 나는 하늘나라의 진리를 모든 사람들에게 전해 주려고 사람들을 가르칠 따름이기 때문이다. 그리고 진리에 따라 사는 사람은 누구나 왕인 것이다.

영혼에 따라서 사는 사람은 누구나 자유롭다. 나는 오로지 영혼에 따라서만 산다. 또한 사람은 영혼에 따라서 자유롭다는 진리를 사람들에게 보여 주어서 그들을 가르칠 뿐이다."

필라투스가 물었다.

"너는 진리에 관해서 말했다. 너는 진리를 가르치지만 진리가 무엇인지는 아무도 모른다. 그러면 진리란 무엇이냐?"

그 말을 던지자마자 필라투스는 즉시 몸을 돌려서 커다란 홀을 나선 다음 대사제들에게 갔다.

5

그는 홀 밖으로 나가 그들에게 말했다.

"내가 보기에 저 사람은 아무런 범죄도 저지르지 않았소. 그런데 왜 그를 사형에 처해야 한단 말이오?"

그러나 대사제들은 자기들의 주장을 조금도 굽히지 않았다. 그리고 예수가 많은 범죄를 저질렀고, 백성들을 선동했으며, 갈릴레아에서 시작하여 유데아 지방 전체에 이르기까지 모든 곳의 사람들에게 로마에 대한 반란을 선동했다고 소리쳤다.

이윽고 필라투스는 대사제들이 보는 앞에서 예수를 심문하기 시작했다. 그러나 예수는 자기에게 던져지는 질문이 오로지 조롱을 목적으로 하는 것이라고 보고는 아무런 대답도 하지 않았다. 그래서 필라투스가 예수에게 물었다.

"저 사람들이 고발하는 너의 혐의를 듣지 못하는가? 왜 너 자신을 변호하지 않느냐?"

그러나 예수는 입을 꾹 다문 채 단 한 마디도 대꾸하지 않았다. 그래서 필라투스는 예수에 대해 매우 이상하게 여겼다.

한편 필라투스는 갈릴레아가 헤로데 왕의 권한에 놓인 지역이라는 사실이 머리에 떠오르자 "아, 저 사람이 갈릴레아 출신이라고 했소?"라고 물었다. 그들이 "그렇습니다."라고 대답했다.

그러자 필라투스는 대사제들에게 말했다.

"그가 갈릴레아 출신이라면 당연히 헤로데의 관할 아래 놓여 있는 것이오. 그러니까 내가 단독으로는 저 사람의 사형을 언도할 수 없으니 그를 헤로데에게 보내겠소."

마침 그때 헤로데는 예루살렘에 머물러 있었는데, 필라투스는 그 일에서 손을 떼려고 예수를 헤로데에게 보냈다.

유대인들이 예수를 헤로데에게 끌고 갔을 때 헤로데는 예수를 직접 보게 되어 매우 기뻐했다. 그는 예수에 관해서 이야기를 많이 들었고, 또한 예수가 어떤 사람인지 알고 싶어하던 참이었다.

그래서 헤로데는 예수를 가까이 부른 다음, 자기가 알고 싶어하던 모든 것에 관해서 질문하기 시작했다. 그러나 예수는 대답을 전혀 하지 않았다.

한편 대사제들과 유대인들의 전통법을 가르치는 선생들은 얼마 전에 필라투스 앞에서 그랬던 것처럼 헤로데 앞에서도 예수를 매우 심하게 고발하는가 하면 그가 폭동을 일으키는 자라고 비난하기도 했다.

그런데 헤로데는 예수를 하찮은 백성의 하나로 보았다. 그래서 예수를 조롱할 목적으로 그에게 붉은 옷을 입혀 필라투스에게 돌려보내라고 명령했다. 또한 헤로데는 필라투스가 예수를 자기에게 보내 재판을 받도록 하여 자기의 권한을 존중해 준 것을 기쁘게 여겼고, 그때까지는 사이가 별로 좋지 않았던 헤로데와 필라투스는 바로 그 일 때문에 그 후 친구 사이가 되었다.

6

예수가 다시 필라투스에게 끌려갔을 때 필라투스는 그를 동정했고 그래서 대사제들과 유대인들의 지도자들을 소집한 다음 이렇게 말했다.

"당신들은 이 사람을 백성을 선동했다는 혐의로 내게 끌어왔고, 나는 당신들이 보는 앞에서 그를 심문했지만 그가 폭동을 일으키는 자라는 증거는 하나도 나오지 않고 있소.

또 나는 당신들이 그를 헤로데에게 끌고 가도록 했지만, 자, 당신들이 보는 바와 같이 그의 혐의는 하나도 입증되지 않았소.

따라서 내가 보기에는 그를 사형에 처할 근거가 전혀 없소. 그러니까 당신들이 그를 매질한 뒤 풀어주는 것이 더 낫지 않겠소?"

그 말을 들은 대사제들은 한 목소리로 고함쳤다.

"그건 안 됩니다! 로마인들의 방식대로 그를 처벌하십시오! 십자가에 매달아 처형하십시오!"

필라투스는 그들의 고함소리를 다 들은 다음 대사제들에게 말했다.

"정 그렇다면 당신들이 원하는 대로 해 주겠소! 그런데 과월절 축제 기간에는 사형판결을 받은 사형수를 한 명 사면해 주는 것이 당신네 관습이오. 자, 살인에다가 폭동을 일으킨 사형수 바랍바스를 나는 감옥에 처넣었는데, 두 명 가운데 어느 쪽을 사면해 주는 것이 좋겠소? 예수요, 아니면 바랍바스요?"

필라투스는 그런 방법으로 예수를 구출하려고 했다. 그러나 대사제들은 이미 백성들을 자기네 편으로 끌어들인 뒤였기 때문에 모든 사람은 "바랍바스요! 바랍바스를 사면해 주십시오!"라고 소리쳤다.

그러자 필라투스가 물었다.

"그러면 예수는 어떻게 하면 좋겠소?"

그들은 다시금 소리쳤다.

"로마인들의 방식대로 해 주십시오. 십자가에 매달아 처형해 주십시오."

필라투스는 말로 그들을 설득하려고 했다.

"당신들은 그를 왜 그렇게도 미워하는 거요? 그는 사형을 받을 죄를 전혀 저지르지도 않았고 당신들을 해치지도 않았소. 나는 그에게서 아무런 죄도 찾아내지 못했기 때문에 석방할 작정이오."

대사제들과 그들의 하인들은 목청껏 고함쳤다.

"십자가에 못 박으십시오! 그를 십자가에 못 박으십시오!"

이윽고 필라투스가 말했다.

"정 그렇다면, 당신들이 그를 끌어다가 직접 십자가에 못 박으시오. 하여간 나는 그에게서 아무런 죄도 찾아내지 못했소."

대사제들은 필라투스에게 대답했다.

"우리는 오로지 우리의 전통법에 따른 집행만 요청하는 것입니다. 그는 스스로 하느님의 아들이라고 자처했기 때문에 우리의 전통법에 따라 사형을 받아야만 하는 것입니다."

그 말을 들은 필라투스는 '하느님의 아들'이라는 말이 무엇을 의미하는지 몰랐기 때문에 심한 불안감을 느꼈다. 홀 안으로 돌아간 그는 예수를 다시금 불러 오라고 한 다음 물었다.

"너는 누구냐? 그리고 어디서 왔느냐?"

그러나 예수는 대답하지 않았다.

그러자 필라투스는 예수에게 말했다.

"왜 대답을 하지 않느냐? 네가 내 권한 아래 놓여 있다는 것을 모르는가? 내가 너를 십자가에 못박을 수도 있고 석방할 수도 있다는 것을 잘 알지 않는가?"

예수는 그에게 대답했다.

"당신에게는 아무런 권한이 없다. 권한이란 오로지 위에서 내려오는 것만 있을 뿐이다."

7

그럼에도 불구하고 필라투스는 예수를 석방해 주기를 원했고, 그래서 유대인들에게 말했다.

"당신들은 도대체 왜 당신들의 왕을 십자가에 못 박으라고 하는 거요?"

그것은 예수를 풀어주기 위해 유대인들을 설득하려는 필라투스의 세 번째 시도였다.

그러나 유대인들은 그에게 말했다.

"예수를 놓아준다면 그것은 총독께서 로마 황제에게 충성하지 않는 신하임을 드러낼 것입니다. 자기가 왕이라고 주장하는 자는 로마 황제의 적이기 때문입니다.

우리들의 군주는 로마 황제입니다. 로마 황제의 적을 처형하지 않으신다면 총독께서는 로마 황제의 친구가 아니라 적이 됩니다. 그러니 저 사람은 십자가에 못 박으십시오."

그 말을 들었을 때 필라투스는 자기가 예수의 십
자가 처형을 더 이상 거부할 수 없다는 것을 깨달
았다. 이윽고 필라투스는 밖으로 나가 유대인들이
보는 앞에서 물로 손을 씻었다. 그리고 말했다.

"나는 이 정의로운 사람의 피에 대해 아무런 책
임이 없소."

그러자 거기 모였던 모든 사람들이 소리쳤다.

"그의 피에 대해서는 우리와 우리의 모든 자손
들이 책임을 지겠습니다."

결국은 대사제들이 자기네 주장을 관철시켰다.
필라투스는 재판관의 자리에 앉은 다음 예수에게
우선 채찍질을 하라고 명령했다.

로마 군인들이 예수에게 채찍질을 했다. 그런 다
음에 그들은 예수의 머리에 왕관을 씌우고 손에는
막대기를 쥐어 주었으며 붉은 외투도 걸쳐 주었다.
그리고 그를 조롱하기 시작했다.

그들은 예수의 발치에서 일부러 허리를 굽히고
는 "유대인들의 왕 만세!"라고 말하면서 그를 조롱
했다. 그리고 다른 사람들은 예수의 뺨과 얼굴을
때리는가 하면 얼굴에 침도 뱉었다.

그러나 대사제들은 "그를 십자가에 못 박으십시오! 우리들의 군주는 로마 황제입니다! 그를 십자가에 못 박으십시오!"라고 고함쳤다.

8

마침내 필라투스는 예수를 십자가에 못 박으라고 명령했다. 군인들은 예수의 옷을 벗기고 채찍으로 심하게 때렸다. 그런 뒤 매우 괴상한 방식으로 옷을 입히고는 때리고 조롱하고 욕을 했다.

이윽고 군인들은 예수에게 걸쳐 주었던 붉은 옷을 벗기고 원래의 그의 옷을 다시 입힌 다음, 골고타라는 곳까지 십자가를 지고 가라고 그에게 명령했다. 골고타는 그를 즉시 십자가에 못 박을 장소였다.

그래서 예수는 십자가를 지고 골고타에 이르렀다. 군인들은 거기서 예수를 십자가에 매달아 못 박았고 다른 두 명도 그렇게 했다. 그들 두 명은 예수를 가운데 두고 각각 양쪽에서 못 박혔다.

그들이 예수를 못 박고 났을 때 예수가 말했다.

"아버지! 저들을 용서해 주십시오. 저 사람들은 자기가 무엇을 하는지 깨닫지 못하고 있습니다."

니콜라 드 라르질리에르 작   십자가를 세우다

9

예수가 십자가에 매달려 있는 동안, 사람들이 십자가 주위로 몰려들어 예수에게 욕을 퍼부었다. 그들은 가까이 다가가 예수를 향해 머리를 흔들어대면서 말했다.

"너는 예루살렘 성전을 허물었다가 사흘 안에 다시 짓겠다고 했다. 자, 이제는 네 목숨이나 구해라. 그리고 십자가에서 내려와 봐라!"

또한 대사제들과 백성의 지도자들도 거기 서 있었고 이렇게 말하면서 그를 조롱했다.

"다른 사람들을 구하려는 생각은 했지만 자기자신을 구할 수는 없나 보군. 네가 그리스도라는 것을 지금 당장 보여라. 십자가에서 내려와라. 그러면 우리가 너를 믿을 것이다. 너는 하느님의 아들이며 하느님께서는 너를 저버리지 않으실 것이라고 말했다. 그런데 왜 하느님께서는 지금 너를 저버리셨단 말인가?"

이윽고 백성들과 대사제들, 그리고 군인들이 예수를 모욕했다. 심지어는 그와 더불어 십자가에 못 박힌 두 강도 가운데 한 명마저도 그를 모욕했던 것이다.

두 강도 가운데 하나가 예수를 모욕하며 말했다.

"네가 그리스도라면 너 자신과 우리를 구출해 봐라."

그러나 그 말을 들은 다른 한 강도는 예수를 모욕하는 강도에게 말했다.

"너는 하느님이 두렵지도 않으냐? 십자가에 못 박혀 있는 주제에 네가 무죄한 사람을 모욕하기까지 한단 말이냐? 너와 나는 우리가 저지른 죄 때문에 처형되는 것이지만 이분은 남을 전혀 해치지 않았다."

그리고 그 강도는 예수를 향해 고개를 돌리고 나서 말했다.

"주님, 당신 나라에서 저를 기억해 주십시오."

그러자 예수가 그에게 말했다.

"당신은 이미 나와 함께 축복을 받았습니다."

사람들이 자기를 조롱하는 말을 듣고 예수는 이렇게 기도했다.

"아버지! 저 사람들에게 책임을 묻지 말아 주십시오. 자신들이 무슨 일을 하고 있는지도 모르고 있습니다."

10

그런데 아홉 시가 되자 완전히 기진맥진한 예수가 외쳤다.

"엘로이, 엘로이, 라마 사박타니!"

그것은 '나의 하느님, 나의 하느님! 왜 나를 저버렸습니까?' 라는 의미의 말이었다.

예수의 그 말을 들은 백성들이 조롱했다.

"저 사람이 엘리야 예언자를 소리쳐 부르고 있다! 엘리야가 구하러 오는지 보자!"

잠시 후 예수가 소리쳤다.

"마실 것을 달라!"

어떤 사람이 해면을 집어든 다음 그것을 곁에 있던 신 포도주 통에 넣었다가 꺼내 갈대 줄기 끝에 꿰어 예수에게 내밀었다.

예수는 해면에 흡수된 포도주를 약간 핥았다. 그

리고 크게 소리쳤다.

"끝났습니다! 아버지, 나의 영혼을 당신 손에 바칩니다! 보살펴 주십시오!"

마침내 고개를 푹 떨어뜨린 채 마지막 숨을 내쉬며 자기 영혼을 바쳤다. ▪

십자가 위의 예수

부록

톨스토이 생애와 작품

크리미어 전쟁에 참가할 당시 29세 장교시절의 톨스토이

톨스토이의 생애와 작품

Tolstoi, Lev Nikolaevich
(1828. 8. 28 −1910. 11. 7)

위대한 휴머니즘의 승리

레프 니콜라예비치 톨스토이는 1828년 8월 28일 러시아의 남부 야스나야 폴랴나 지방에서 백작의 둘째 아들로 태어났다. 가난한 귀족이었던 톨스토이의 아버지는 대지주의 딸과 결혼하면서 비로소 귀족 가문의 기반을 잡기 시작했다.

톨스토이의 어머니 마리아 볼콘스카야는 남편보다 다섯 살 연상으로 5개국어에 능통한 지성인이었으나 톨스토이가 태어난 지 2년이 못되어 죽고, 아버지 역시 7년 후에 타계했다. 따라서 톨스토이의 형제들은 먼 친척뻘이 되는 타치야나

톨스토이가 태어난 집

톨스토이의 모스크바 집

의 손에서 자랐다.

타치야나는 원래 톨스토이 부친의 첫사랑 이었으나 그가 돈 많은 상속녀인 볼콘스키 귀족의 딸과 결혼하면서 눈물을 머금고 물러났던 여자였다. 그러나 타치야나는 그에 개의치 않고 톨스토이의 형제들을 정성껏 사랑으로 길렀다.

톨스토이는 먼 훗날 유년시절의 추억을 회고하면서 "타치야나는 내 마음속에 사랑을 심어준 최초의 여자"라고 말하고 있다. 타치야나는 톨스토이의 유년기에 가장 큰 문학적 영향을 주었으며 82세로 죽기까지 톨스토이가 가장 사랑한 어머니 같은 여자였다.

1844년에 카잔대학에 입학한 톨스토이는 재학 때부터 일기를 쓰기 시작하여 비교적 자세한 생애의 기록을 남긴 작가 중의 하나이다.

대학시절 당시 그는 '죄와 악덕' 그리고 '정욕의 포로'가 되어 깊은 고뇌에 빠진 도덕적 회한들을 치밀하게 기록해 놓고 있다. 청년시절에 톨스토이의 정신적 우상은 자연주의자 장 자크 루소였으며 영향을 준 작가는 영국의 찰스 디킨스, 러시아 작가 푸슈킨과 고골리, 프랑스 철학자 몽테스키외 등이었다.

아내 소피아의 처녀시절

1847년 19살에 돌연 카잔 대학을 중퇴하고 귀향한 그는 노예처럼 사는 가난한 농민들을 위해 노동운동을 벌여 농민에 대한 불신과 적대감을 가진 귀족들과 충돌했다. 그러나 그의 젊은 이상주의는 참담한 실패로 끝났고, 크게 실망한 그는 모스크바로 돌아가 방탕한 생활에 빠져버린다.

1851년에 그는 형의 권유로 군에 입대하여 카프카스에서 사관후보생이 된다. 당시의 심정을 그는 일기에 다음과 같이 쓰고 있다.

"나는 도대체 누구인가. 퇴역 장교의 아들로 태어나 일곱 살에 고아가 되어 남의 손에서 자라나 공부를 하고 열일곱 살에 겨우 자유의 몸이 되었다. 나는 재산도 없고 사회적 지위도 없으며 사상도 주장도 없다. 돈을 낭비하고 젊은 시절을 아무런 목표도 없이 헛되이 보냈으며 빚을 지고 카프카스로 달아난 사내에 불과했다."

당시 카프카스는 러시아 지식인들에게는 낭만적인 모험의 땅이었으며 억압된 젊은 러시아인들에게는 도피의 땅이었다.

또한 당대의 작가 푸슈킨과 레르몬토프가 쓴 소설 속에서 토착민 반란의 무대가 된 곳으로 유명했다. 훗날 톨스토이의 전쟁소설은 대부분 이곳에서의 경험이 토대가 되었다.

이어 그는 본격적인 집필활동에 들어가 3부작 〈유년시대〉, 〈소년시대〉, 〈청년시대〉를 발표했으며 〈세바스토폴 이야기 : Sevastopoliskie Rasskazy〉 등은 군 복무시절에 쓴 작품들로 그는 제대할 무렵에 이미 작가로서의 탄탄한 기반을 닦았다.

1854년 1월에 군 장교가 된 톨스토이는 이후 전쟁의 화염에 휩싸인 크리미아 반도로 전속명령을 받고 포병 여단에 배속되어 전투에 참가, 당시의 체험을 〈12월의 세바스

군 장교시절의 톨스토이

톨스토이의 가족들(1905년)

토폴리〉라는 소설로 형상화했다.

1862년 톨스토이는 모스크바에서 의사 베르스의 딸 소피아를 만나 사랑에 빠진다. 그는 소피아에게 사랑의 감정을 단어의 첫 자만 따서 백묵으로 테이블 위에 써서 고백한다. 그 장면은 훗날 그의 대표작 〈안나 카레니나〉에서 묘사가 되어 나온다.

그 무렵 소피아는 한 사관생도와 반약혼 상태에 있었지만 평소에 톨스토이의 열렬한 팬이었던 그녀는 그의 청혼을 즉각 받아들였다. 따라서 그는 서른네 살에 독신생활을 청산하고 열여덟 살의 아름다운 소녀 소피아와 결혼하면서 정서적 안정을 찾아 창작에 전념한다.

그때 쓴 작품들이 나폴레옹의 모스크바 침공을 배경으로 러시아의 귀족 사회를 그린 불멸의 명작

〈전쟁과 평화〉와 〈안나 카레니나〉이다.

전쟁과 평화는 역사소설의 한계를 뛰어넘는 웅장한 러시아의 서사시이자 인생의 백과사전으로 평가받고 있으며, 세 가족의 연대기를 보여주는 소설 〈안나 카레니나〉는 당대의 문호 도스토예프스키가 "유럽 문학에서 이 소설과 비교할 수 있는 작품은 하나도 없다."고 극찬할 정도였다.

그러나 그 무렵 그는 인생의 깊은 허무에 빠져들면서 삶에 대한 회의와 죽음의 공포로 정신적 갈등을 일으킨다. 그 기간 동안에 쓴 톨스토이의 〈참회록〉 제2장을 보면 톨스토이가 얼마나 자신의 현실을 비극화시켰으며 가혹한 번민에 사로잡혀 있었

톨스토이와 잡지 〈현대인〉의 동인들(1855년)

는지를 알 수 있다.

"나는 수년 동안 공포와 혐오감과 마음의 고통으로 지샜다. 전쟁에서 사람을 죽였고 결투를 했으며, 카드 놀음으로 큰돈을 잃었다. 농민들을 착취하고 형벌에 처했으며 거짓말, 강탈, 강간, 음주, 살인… 그게 내가 저지른 범죄들이었다. 그럼에도 불구하고 사람들은 작가인 나를 존경하고 숭배했으며 도덕적인 인물로 치켜세웠다. 나는 10여 년을 그렇게 방탕하게 살면서 집필을 계속했다. 참으로 허영과 욕망과 오만의 세월이었다."

그는 비극적 삶 속에서도 점차 신앙에 접근해가고 있었다. 과학이나 철학 혹은 예술에서 얻지 못했던 해답을 종교에서 찾으려고 노력했던 것이다. 따라서 그는 문학 창작생활을 접고 신학과 복음서 연구에 몰두하여 〈교의신학비판〉, 〈요약 복음서〉, 〈참회록〉 등의 저서를 내면서 자신의 인생관과 철학 사상을 체계화시켜 갔다.

그것이 바로 오늘날 우리들이 말하는 소위 톨스토이주의 사상이다. 톨스토이는 그리스도 교회의 규칙인 계명을 자신의 입장에서 이렇게 설명했다. 예를 들면 "어린이를 죽이려고 하는 강도는 죽여

도 좋은가?"라고 그에게 질문했을 때 그는 "어린
이의 생명이 강도의 생명보다 더 귀중한 것이라고
누가 정했습니까?"라고 반문하는 것이었다.

톨스토이는 이렇게 신이 정한 규칙을 실현하는
것을 우리 인생의 뜻으로 삼았다. 당시 작가 투르
게네프가 톨스토이에게 쓴 편지를 보면 그가 종교
에 너무 심취한 나머지 주위의 문학가들을 안타깝
게 했다는 사실을 알 수가 있다.

"현재 러시아에서 당신과 어깨를 견줄 만한 작

톨스토이의 서재 겸 응접실

420

가가 없다. 그런데 당신은 왜 작품을 안 쓰고 종교에 빠져 있는가. 당신은 성서와 복음서와 불가사의한 윤리서와 사이비 해설책들에 둘러싸여 있는 것을 아는가. 이미 문학과는 담을 쌓았단 말인가. 러시아의 위대한 작가여! 문학의 세계로 돌아오기를!"

톨스토이와 작가 체호프

그는 주위의 충고에도 아랑곳없이 타락한 교회를 비판하고, 원시 그리스도교로 돌아갈 것과 악에 대한 무저항주의와 자기

톨스토이와 작가 막심 고리키

완성을 향한 사랑의 정신으로 인간성을 복원하자고 외쳤다.

그는 "악에 대해 힘으로 맞서지 말라."고 주장한다. 따라서 러시아에서 일어나는 어떤 혁명적 투쟁도 반대한 철저한 보수주의자였다. 오스트리아의 작가 슈테판 츠바이크는 "톨스토이만큼 역사와 문명의 악을 의식한 사람은 없다."고 평가할 정도였다.

톨스토이의 아들들

소피아와 딸들

1882년 톨스토이는 자녀 교육을 위해 모스크바로 이사했다. 그곳에서 그는 처음으로 모스크바 빈민가의 참상을 목격했으며 히트로프 공원과 라핀 수용소를 방문한 후에 큰 충격을 받고 자신의 안락

한 삶을 부끄러워한다.

이후 그는 사회 제도의 모순을 깨닫고 그 부분을 개혁하기 위해 노력을 했으며, 그의 철학적 사상과 고뇌는 종교와 윤리 문제에서 사회제도 개혁에까지 광범위하게 확대된다.

1886년에 그는 예술의 미학적 가치와 윤리적 가치를 결합한 소설 〈이반 일리이치의 죽음〉을 발표하여 창작 생활로 다시 돌아왔으며, 모스크바에서 창립된 민중극장을 위해 〈어둠의 힘〉이라는 희곡을 썼다. 그러나 그 작품은 잔혹한 사실적 묘사로 검열에 걸려 무대 공연을 금지당했다.

이후 그는 〈문명의 과실〉, 〈산송장〉 등 가난한 농민들과 모스크바의 귀족들의 대립을 다룬 희곡들을 발표했다.

이어 1889년에는 베토벤의 음악에 도취된 두 남녀의 사랑과 간통을 그린 화제작 〈크로이체르 소나타〉을 발표, 사회에 화제를 불러일으켰다. 그 즈음 유럽의 문단은 훌륭한 작가들의 작품들이 등장하기 시작했다.

도스토예프스키의 작품에 대한 관심이 높아졌고, 톨스토이와 적대적이었던 니체가 독일에서는 철학의 대가로 등장했다. 또한 입센의 〈인형의 집〉이 발표되어 새로운 모더니즘이 형성되기 시작했다.

특히 근로자 계층을 옹호하는 막심 고리키의 〈풍운아〉가 발표되면서 혁명을 선도하는 분위기가 무르익어갔다. 톨스토이는 당시 〈예술론〉을 집필하고 있었으나 1889년 12월에 그의 문학 경력에 강력한 획을 긋는 작품 〈부활〉을 완성하게 된다.

톨스토이는 친구로부터 불행한 핀란드 소녀의 비극적 이야기를 듣게 된다. 한 핀란드 소녀가 러시아에 입양된 후에 그 집 친척 남자의 아기를 임신하게 되고 그녀는 쫓겨나서 매춘부가 된다.

그 매춘부는 현금을 훔친 죄로 구속되어 재판을 받게 되었는데 배심원 중의 한 사람이 소녀를 임신시킨 남자였다. 양심의 가책을 받은 남자가 그녀와의 결혼을 결심했으나 소녀는 출옥이 될 즈음 감옥에서 장티푸스로 죽는다.

이 비극적인 이야기를 친구로부터 전해들은 그는 곧바로 집필에 들어가 유명한 〈부활〉의 주인공 '카추샤 마슬로바'와 '네플류도프'를 탄생시키게 된 것이다.

소설 〈부활〉은 러시아 시인 보리스 파스테르나크의 아버지 O.L 파스테르나크가 그린 삽화와 함께 잡지 〈니바〉에 발표되면서 검열로 550곳이나 삭제되었지만 독일과 영국, 프랑스에 동시에 번역 출판되어 큰 화제를 일으켰으며 톨스토이가 국제적인 작가로 주목을 받는 계기가 되었다.

톨스토이가 소설 〈부활〉의 완성을 서두른 것은 당시 러시아 정교회에 소속되지 않고 박해를 받던 두호보르(교회에서 성령을 부정하는 신자들) 4천여 명을 캐나다로 이주시키기 위한 자금이 필요했기 때문이었다. 그는 이 작품에서 동방 정교회에 비판을 가한 이유로 종무원에서 파문까지 당하게 된다.

1901년 그는 건강이 악화되어 아내와 두 딸의 보호를 받으며 크리마아로 이사해서 요양생활을 한다. 톨스토이는 〈부활〉 이후 〈신부 세르게이〉 단편 〈무도회가 끝나고〉, 〈병 속의 알료샤〉 등을 썼으며 논문집 〈종교와 도덕〉, 〈톨스토이즘에 대하여〉, 〈현대의 노예제도〉, 〈자기 완성의 의의〉, 〈유일한 수단〉, 〈세 가지 의문〉, 〈셰익스피어론〉 등을 발표했으며 그 후 그의 마지막 대작 〈인생론 에세이〉를 쓰게 된다.

톨스토이의 아내 소피아는 남편과의 정신적 대립 속에서 살았다. 그녀는 남편을 위선자로 의심했으며 남편이 '세상의 모든 재산을 버리고 성서적인 청빈 속에서 살아야 한다'는 것과 그의 이론적 금욕주의에 대해서 매우 비판적이었다.

"가난하게 살아야 한다. 거지가 되어야 한다. 이것이 예수의 가르침이다. 이 가르침을 따르지 않고는 어느 누구도 하느님의 나라에 들어가지 못하며 세상에서 행복할 수가 없다."

톨스토이가 늘 평소에 주장한 말이었다. 그러자 소피아는 톨스토이의 그런 이론들이 성인이 되려는 허영심에 가득 찬 것이라고 비판했다. 남편의 설교에도 불구하고 자신은 두 아이의 어머니이자 남편을 보살피는 아내로서 남편의 금욕적인 생활을 수용할 수가 없었던 것이다.

게다가 근위장교 출신으로 톨스토이의 제자가 된 체르트코프와 소피아의 갈등과 불화는 그를 오랫동안 괴롭혔다.

마침내 1891년에 톨스토이는 아내를 위하여 자신의 모든 재산과 출판 인세를 포기한다는 각서에 서명까지 한다. 소피아의 기록에 의하면 톨스토이의 아홉 명의 아들과 딸들은 '모두가 난폭하고 낭비벽이 심해서 감당할 수 없는 아이들'이었다. 그처럼 톨스토이는 말년에 가정의 불화 속에서 끝없는 탈출을 시도했다.

임종 직전의 톨스토이

톨스토이가 마지막 숨을 거둔 아스타포브 역장의 집

1908년 8월 28일, 톨스토이의 80주년 탄생 축제 때는 전세계가 톨스토이의 말 한마디에 귀를 기울일 정도였다. 세계적인 대문호에게 세계의 눈과 귀가 집중되어 있었다.

그는 작가이자 예언가이며 종교 개혁가였고, 도덕적 교사이자 성인이었다. 그것이 톨스토이에게 주어진 명예였다. 그러나 세계적인 그의 명성과 달리 그는 가정적으로 더 깊은 불행에 빠져들었다.

그의 제자 체르트코프에 대한 소피아의 질투와 증오심은 심각한 파문을 몰고 왔으며 마침내 소피아는 자살 기도까지 하게 된다.

결국 톨스토이는 참지 못하고 소피아에게 편지를 남겨 놓고 주치의이자 친구였던 두샨 마코비츠치와 딸 사샤와 함께 집을 떠나고 말았다. 그때가 1910년 10월 28일 새벽이었다.

톨스토이는 정처없이 기차에 올라탔으나 곧이어

심한 폐렴 증세를 보이면서 여행을 중단하고 무명의 시골역 아스타포브에서 내려 역장의 집 침대에 누워 버렸다.

그의 며칠 동안의 도피 행각은 전세계 매스컴의 화제가 되었다. 가장 먼저 아스타포브로 달려온 사람은 체르트코프였다. 그 다음으로 달려온 사람은 아내 소피아였지만 소피아는 불행하게도 그가 의식이 있는 한 면회가 허락되지 않았다. 그것이 톨스토이의 의사였는지 아니면 반목과 대립 속에 있었던 제자 체르트코프의 뜻이었는지는 확실하지 않다.

마침내 1910년 11월 7일, 대문호 톨스토이는 객지에서 쓸쓸하게 눈을 감고 말았다. 그의 유해는 곧 고향 야스나야 폴랴나로 옮겨졌고, 그를 추모하는 수많은 군중들의 애도 속에서 장례식이 치러졌다.

— 편집자

묘지로 옮겨지는 톨스토이 시신

톨스토이의 장례식에 모여든 군중들